BODY GUARDS

Ce livre est une fiction. Les noms, caractères, professions, lieux, événements ou incidents sont les produits de l'imagination de l'auteur, utilisés de manière fictive. Toute ressemblance avec des personnes réelles, vivantes ou mortes, serait totalement fortuite.

Images de couverture :
© LUMEZIA – iStock
© Zen Rial – Getty Images
Couverture : Camille Decoster

Collection créée par Hugues de Saint-Vincent
et dirigée par Arthur de Saint-Vincent
Ouvrage dirigé par Camille Léonard

34-36, rue La Pérouse
75116 Paris
www.hugopublishing.fr

Dépôt légal : janvier 2023
ISBN : 9782755663358
Imprimé en France par CPI Brodard et Taupin
N° d'impression : 3049792

NEW ROMANCE®

TOME 4 *Jaxon*

BODY GUARDS

LAURA S. WILD

Hugo Roman

« Tu m'as montré des couleurs que je suis
incapable de voir avec quelqu'un d'autre. »

Illicit affairs – Taylor Swift

PLAYLIST

Whitney Houston – *I will always love you*
Little Mix – *Between us*
Taylor Swift – *The Great War*
Shawn Mendes – *When you're gone*
Meghan Trainor – *Made you look*
Taylor Swift ft. Lana Del Rey – *Snow on the beach*
Beyoncé – *XO*
Billie Eilish ft Khalid – *Lovely*

INSTITUT ET AGENCE WESTWOOD

Protéger et défendre, quoi qu'il en coûte

JAXON

Bodyguard

Tous types de missions

Discret, méthodique, redoutable

Cape Cod, Massachusetts

214-444-444

PROLOGUE
Jaxon

Manoir des Westwood, neuf ans plus tôt

– Attention, jeune homme !

– Pardon, Michel.

J'esquive de justesse le majordome, qui lève au-dessus de sa tête le vase en porcelaine qu'il transporte pour éviter la catastrophe. Lennon en profite pour me mettre un coup d'épaule qui m'envoie valser contre le mur. Je me retrouve en travers du chemin de Cruz qui, pris de court, me percute et s'étale sur le sol, m'entraînant avec lui. Lennon arrête sa course folle pour se mettre à rire comme un fou devant le monticule de membres emmêlés que nous formons, et nous ne pouvons pas nous empêcher de l'imiter. Derrière nous, Sawyer arrive mains dans les poches et nous dévisage en secouant la tête.

– Vous êtes tellement nazes, lâche-t-il.

Il poursuit ensuite sa route et saute par-dessus le canapé avant de s'y laisser tomber.

– Vous croyez qu'il va rester comme ça longtemps ? je demande à ses frères en me redressant.

– Tu veux dire, déprimé et insupportable ? réplique Cruz.

– Ça fait trois mois que Scarlett l'a quitté sans explications… déclare Lennon, son sérieux retrouvé. À mon avis, on va devoir vivre avec Sawyer le déprimé pendant un petit moment.

– Je vous entends, bande d'enfoirés ! s'écrie le principal intéressé depuis le salon.

– Les garçons, enfin, qu'est-ce que c'est que ce boucan ? intervient une voix féminine, précédée par le claquement familier de talons sur le marbre du sol.

Ellen Westwood, grande et élancée, pénètre dans la pièce de vie du manoir, vêtue d'un tailleur pantalon bleu marine qui lui va à merveille. Cette femme est d'une élégance hors norme : ses cheveux acajou tombent en cascade sur ses épaules, son maquillage discret rehausse son teint déjà parfait et lorsqu'elle s'approche de nous, son parfum floral vient emplir l'air sans pour autant l'embaumer.

J'ai parfois du mal à réaliser que je côtoie une actrice comme elle au quotidien. Bien qu'elle ait décidé de se retirer de la vie publique, Ellen Westwood reste une icône. À mes yeux, cependant, elle représente encore plus que ça. Je suis incapable de me souvenir du nombre de fois où je me suis dit qu'elle était la mère que j'aurais rêvé d'avoir. Sa douceur, sa patience, sa gentillesse et l'éducation respectueuse qu'elle s'applique à donner à ses enfants ne manquent jamais de lui valoir mon admiration.

– On peut savoir ce que vous faites ? nous demande-t-elle en se postant devant nous.

Lennon et Cruz mesurent au moins quinze centimètres de plus qu'elle, mais ça ne les empêche pas de se tasser sur eux-mêmes quand elle prend ce ton maternaliste.

– On était juste pressés d'aller passer du temps à la plage, répond Cruz.

– Et c'est pour ça que vous avez failli renverser ce pauvre Michel ?

– Tout va bien, Madame, plus de peur que de mal, réagit le majordome avant de s'éloigner en direction de la cuisine, sa pièce préférée de la demeure.

– C'est faux ! intervient soudain une petite voix aiguë.

Billie Westwood arrive depuis la terrasse grâce à la baie vitrée et pénètre dans la pièce de vie. Elle est vêtue d'une salopette short, a relevé ses cheveux noirs en queue-de-cheval, quant à son visage, il est… intéressant aujourd'hui.

– Qu'est-ce que t'as foutu ? lui lance Sawyer en arrêtant de zapper à la télévision.

– Quoi ? s'étonne sa sœur. Je me suis maquillée. Maman a dit que j'avais le droit d'essayer quand je voulais.

J'appellerais plutôt ça « se peindre le visage », tant ses joues sont couvertes de rose, tant ses paupières disparaissent sous du fard violet pailleté et tant ses lèvres sont tartinées de gloss. Mais Billie a treize ans, elle entre officiellement dans l'adolescence et dire qu'elle se vexe facilement est un euphémisme, alors je baisse discrètement la tête pour masquer mon amusement.

– Oh, ma chérie, c'est très bien pour un premier essai, affirme Ellen.

– Mais… commence Cruz.

– Les garçons, vous ne trouvez pas que Billie s'en est bien sortie ? le coupe sa mère en se tournant vers nous.

La lueur dans son regard nous défie de prétendre le contraire.

– Oh oui, c'est…

– … coloré et…

– Bien… bien…

– … très mignonne, Billie, je termine entre les balbutiements des triplés.

Lorsqu'elle entend mon compliment, elle se met à sourire, dévoilant son appareil dentaire.

– Merci, Jaxon, me répond-elle.

– De quoi parlais-tu lorsque tu es arrivée, Billie ? reprend Ellen. Qu'est-ce qui est faux ?

– Oh… eh bien, les garçons ne sont pas pressés d'aller passer du temps à la plage, explique l'adolescente. Enfin, si, mais c'est parce que le groupe de filles en bikini qui était là hier est revenu.

– Espèce de traîtresse ! réagit Cruz.

– Billie, c'est vraiment naze de balancer, gronde Sawyer.

– Ton maquillage est loupé, ajoute Lennon.

– Hé, hé, calmez-vous ! s'exclame Ellen. Ne parlez pas à votre sœur de cette manière.

– Mais maman… proteste Cruz.

– Ma chérie, déclare-t-elle en ignorant son fils et en se baissant face à sa fille, je suis contente que tu m'aies dit la vérité. Mais tu sais, parfois, tu as le droit d'être solidaire de tes frères. Enfin, quand ils ne font rien de stupide… ce qui n'arrive pas souvent, je l'admets.

Sur ce, Ellen se redresse et ajoute à l'intention de Lennon, Cruz et moi :

– Soyez gentils, n'allez pas embêter ces filles. Laissez-les profiter de leur journée plage entre copines.

Nous marmonnons notre mécontentement tandis qu'Ellen s'éloigne à travers le manoir, rapidement suivie par Billie. Nous laissons passer quelques secondes puis, dès que nous sommes à nouveau seuls, nous reprenons notre course folle. Laissant Sawyer sur le canapé, nous arrivons tous les trois sur la baie vitrée, nous nous battons pour l'ouvrir et je me retrouve pris en sandwich entre les deux frères Westwood. Ces mecs sont des emmerdeurs : à seulement dix-huit ans, ils ont une carrure de catcheurs… À côté, je fais pâle figure.

– Les garçons ?

La voix d'Oscar Westwood qui résonne soudain dans notre dos a sur nous un effet immédiat. Je me fige, de même que mes deux amis, puis nous nous retournons au ralenti.

Si je considère Ellen comme la mère que j'aurais aimé avoir, Oscar est un véritable modèle pour moi. De son parcours professionnel à la famille qu'il s'est construite en passant par les entreprises qu'il a fondées ou encore le respect que lui portent ceux qui le côtoie, j'admire cet homme pour tout ce qu'il est.

Il nous jauge un instant tous les trois, avant de mettre les mains dans les poches de son pantalon et de me demander :

– Est-ce que je peux te parler un instant, Jaxon ?

Je réussis à m'extirper du piège des deux frères Westwood, puis je tente bêtement de défroisser mes vêtements, ce qui n'a pour effet qu'attirer le regard sur leur piètre qualité. Je ne parviens pas à me débarrasser du sentiment de faire tache dans ce manoir luxueux… Pourtant, ici, jamais personne ne m'a fait me sentir différent ou inférieur. Cet endroit, c'est un peu mon refuge. Cela fait bientôt quatre ans que je suis ami avec les triplés : au départ, je ne venais chez eux que de temps à autre, puis, notre lien se renforçant, ils m'ont invité de plus en plus souvent. Il faut dire que les voir davantage que ma propre mère n'était pas pour me déplaire…

– Bien sûr, Oscar, je réponds.

J'emboîte le pas au patriarche en jetant un coup d'œil discret aux triplés, espérant qu'ils pourront m'aiguiller sur la raison de cet aparté. Cependant, la lueur d'excitation que je perçois dans leurs prunelles ne fait que me perdre davantage…

Oscar et moi remontons un couloir qui mène jusqu'à une double porte en bois, derrière laquelle se trouve son bureau. Si je connais le manoir comme ma poche, je n'étais encore jamais entré dans cette pièce. J'en détaille les murs peints sobrement, les meubles en chêne, les cadres photo sur les murs. Puis je porte mon attention sur l'imposante table derrière lequel monsieur Westwood prend place. Encore surpris qu'il veuille me parler, je m'installe face à lui… et j'attends.

– Je ne crois pas avoir eu la possibilité de te féliciter pour l'obtention de ton diplôme, commence-t-il en croisant les mains devant lui. Tu es heureux d'avoir terminé le lycée ?

– Et comment ! je m'exclame. Les études, ce n'est vraiment pas mon truc.

– C'est la même chose pour les garçons, s'esclaffe Oscar. Tu sais, je suis conscient que cette année a été particulièrement difficile pour toi. Et je suis d'autant plus fier de voir que, malgré cela, tu as persévéré.

Entendre cet homme me congratuler me serre la gorge. C'est vrai, j'ai passé une année compliquée. Il y a quelques mois, ma mère est décédée d'une overdose. La drogue a fini par l'emporter, comme je le redoutais depuis mon enfance. Sa mort m'a touché, évidemment, blessé aussi, mais l'un dans l'autre, elle ne m'a pas surpris. Je ne crois pas avoir vu un seul jour ma mère *clean*, et lorsque je pense à elle, j'ai bien plus de mauvais souvenirs que de bons.

Aujourd'hui, j'ai dix-huit ans et je me retrouve seul. Je suis inquiet, je ne sais pas combien de temps je vais réussir à subvenir à mes besoins ni quoi faire de mon avenir. Je n'ai pas les moyens d'intégrer une université, pas assez bien travaillé durant le lycée pour avoir obtenu une bourse… Je vais devoir me lancer dans la vie active, et pour être honnête, ça a quelque chose de terrifiant, parce que je crains de devoir trouver un job de nécessité et non de passion.

– Comment ça se passe pour toi ? me demande Oscar. Tu arrives à vivre seul ?

– Ça va, je réponds en haussant les épaules.

Je refuse de dire la vérité, parce que je ne veux pas que monsieur Westwood me voie comme quelqu'un de faible et geignard. Mais alors qu'il me détaille avec un mince sourire, j'ai la désagréable impression qu'il lit en moi.

– As-tu des projets d'avenir ? reprend-il. Une carrière dans laquelle tu envisages de te lancer ?

Je me contente de hausser piteusement les épaules. Oscar sourit, puis il se cale contre le dossier de son fauteuil.

– J'ai entendu dire que tu t'étais rendu à l'institut avec les triplés il y a quelques jours, reprend-il. J'ai eu une petite discussion avec August, l'instructeur de conduite. Il m'a raconté que tu avais demandé à essayer l'une des voitures du parc automobile.

Mal à l'aise, je me mets à jouer distraitement avec la fermeture Éclair de ma veste. C'est maintenant clair, si Oscar m'a convoqué, c'est pour me passer un savon parce que j'ai utilisé un véhicule sans lui demander sa permission.

– Je suis désolé, je commence, je n'aurais pas dû, mais August était avec moi et…

– Il t'a trouvé très bon, me coupe monsieur Westwood. En me renseignant un peu plus, j'ai découvert que ce n'est pas la première fois que tu participes à un cours avec les garçons.

Perdu, j'attends qu'il poursuive, parce que je ne sais pas s'il s'apprête à me féliciter ou à m'interdire de remettre les pieds à l'institut.

– Bon, je ne vais pas y aller par quatre chemins, déclare-t-il enfin.

Sans que je l'aie réellement décidé, mon corps se penche vers le bureau.

– Comme tu le sais, tous les ans, une centaine de recrues intègrent mon institut avec pour objectif de devenir bodyguards. Cette année, mes fils ont décidé d'en faire partie.

– Je suis sûr qu'ils vont parfaitement s'en sortir.

– Je l'espère, répond Oscar.

Il laisse flotter quelques secondes de silence, avant de me demander :

– Voudrais-tu également faire partie de cette promotion à la rentrée ?

Ma respiration se coupe.

Moi ? Intégrer cette formation ? Rejoindre l'élite des gardes du corps ?

– Je tiens à te préciser que tu ne dois pas te sentir obligé d'accepter, ajoute Oscar. Il s'agit d'une proposition, rien de plus. Si tu la refuses, sache que je ne t'en voudrai pas le moins du…

– J'accepte, dis-je en me redressant sur ma chaise. C'est… je suis très honoré que vous pensiez que j'ai les capacités pour entrer à l'institut, monsieur Westwood.

– Je le pense, en effet. Tu dois cependant être conscient que la formation sera difficile, éreintante, et qu'elle te demandera un investissement total.

– Absolument. Je ne vous décevrai pas.

Mon cœur s'emballe d'excitation à l'idée de pouvoir continuer à côtoyer chaque jour mes meilleurs amis, cette famille… Cette proposition, c'est la lumière au bout du tunnel après l'année sombre que je viens de passer. Je me vois déjà me défoncer à chaque entraînement, chercher à battre les triplés sur leur propre terrain dès que j'en aurai l'occasion et faire en sorte de devenir le meilleur bodyguard que l'institut Westwood ait jamais…

Soudain, mon esprit freine des quatre fers quand je réalise que ce beau rêve me restera inaccessible.

– Euh… monsieur Westwood, je commence, en résistant à l'envie de m'affaler de désespoir sur ma chaise. Je crains que finalement ce ne soit pas possible pour moi d'entrer à l'institut.

– Pourquoi ça ?

La honte m'oppressant le thorax, j'avoue en regardant Oscar dans les yeux malgré tout :

– Je n'ai pas les moyens de payer l'année de formation.

Lentement, je me lève et lui tends la main en ajoutant :

– Merci pour votre proposition, j'apprécie vraiment que vous ayez pensé à moi et je…

– Assis !

Mon corps obéit d'instinct, et je retombe sur ma chaise. Il émane d'Oscar une autorité naturelle, un aplomb qui fait que, lorsqu'il vous ordonne quelque chose, vous le faites sans vous poser de questions.

– Penses-tu que je sois quelqu'un de cruel, Jaxon ? s'enquiert-il d'une voix posée.

– Pas du tout… je souffle.

– Alors crois-tu que je t'aurais proposé d'intégrer l'institut sans réfléchir à ce que cela impliquerait pour toi financièrement, alors que je suis parfaitement au courant de ta situation ? Je n'ai pas l'intention de te demander le moindre centime.

Mes yeux s'écarquillent.

– Vraiment ?

– J'ai aussi réfléchi à la question de ton logement, enchaîne Oscar. Comme tu le sais, l'institut bénéficie d'un internat pour accueillir des recrues venues de tout le pays. Étant donné que les triplés et toi allez intégrer la formation hors quota, vous n'aurez pas la priorité pour l'obtention d'une chambre dans le dortoir.

– Bien sûr, je réponds, sans vraiment comprendre où il veut en venir.

L'idée de vivre une année de plus dans le vieux taudis que m'a légué ma mère me paraît soudain bien plus supportable en sachant que je passerai mes journées à l'institut…

– Les triplés rentreront évidemment tous les soirs au manoir et, si tu le souhaites, tu le pourras toi aussi.

Je m'empresse de hocher la tête.

– Merci, monsieur Westwood. C'est avec plaisir que je continuerai de vous rendre visite.

– Je crois que je ne me suis pas bien fait comprendre, s'esclaffe Oscar, je vais donc reformuler : Jaxon, si cela te convient, tu peux venir vivre au manoir avec nous, le temps que durera la formation… et après aussi, si tu en as envie, le temps que tu acquières une stabilité financière.

Ma respiration se coupe à nouveau… et cette fois, mes yeux me picotent.

– Écoute, mon grand, cela va bientôt faire quatre ans que je te connais, poursuit Oscar. Tu es l'ami de mes fils et tu as toujours été respectueux avec nous. Ellen et moi ne cherchons pas à te faire la charité : à force de te voir, nous te considérons un peu comme un membre de la famille, et tu le sais, chez les Westwood, la famille c'est sacré. C'est pour cela qu'on aimerait beaucoup que tu t'installes avec nous aussi longtemps que tu le voudras. Ensuite, quand tu te sentiras prêt, tu pourras voler de tes propres ailes.

« Nous te considérons un peu comme un membre de la famille, et tu le sais, chez les Westwood, la famille c'est sacré. »

Je détaille Oscar : son regard est vif, son visage serein. Tandis que ses mots se fraient un chemin jusqu'à mon esprit, je sens une larme rouler sur ma joue. Je m'empresse de l'essuyer et de baisser la tête. Compréhensif, le père de mes meilleurs amis pose une main sur mon épaule.

– Je te laisse le temps d'y réfléchir, me dit-il, avant de s'éloigner en direction de la porte de son bureau pour me laisser un peu d'intimité.

– Merci… merci pour tout, dis-je alors, et il comprend que c'est là ma façon d'accepter ses deux inestimables propositions.

– Parfait, lance-t-il. Rendez-vous dans un mois à l'institut, dans ce cas.

– Monsieur Westwood ! je le hèle lorsqu'il pose sa main sur la poignée de la porte. Est-ce que…

Je soupire, gêné, puis je me lève et passe une main dans mes cheveux alors que j'ajoute :

– Est-ce que vous pourrez garder pour vous le fait que j'ai… enfin, que…

– Que tu es un garçon avec un grand cœur qui a été touché par notre discussion ? complète Oscar.

C'est une façon sympathique de dire que j'ai presque pleuré comme un bébé.

– Ne t'inquiète pas, me rassure-t-il, ça ne sortira pas d'ici. Mais juste pour que tu le saches, dans cette maison, les émotions et les sentiments ne sont jamais moqués. Bienvenue chez les Westwood, mon garçon.

Il quitte le bureau ; inspirant profondément, je me mets en marche à mon tour. Dès que je sors de la pièce, je repère les trois visages similaires qui m'attendent au bout du couloir. Alors que j'avance vers eux, je réalise que Lennon, Sawyer et Cruz arborent un large sourire, et je comprends qu'ils étaient au courant de ce que leur père allait me proposer.

Sans dire un mot, ils m'attirent dans une accolade groupée, et à cet instant, je suis envahi par quelque chose que je n'avais jamais ressenti auparavant : le sentiment de faire partie d'un tout.

D'une famille.

1
Jaxon

Cape Cod, de nos jours

Les clubs et les boîtes de nuit ont tous deux points communs. Trois, en fait : l'alcool qui coule à flot, la musique assourdissante et le fait que ceux qui fréquentent ces endroits espèrent généralement tout y oublier le temps de quelques heures.

Je pressens que c'est exactement ce que recherche la fille qui est en train de danser contre moi au rythme des basses qui secouent tout le club. Ses bras sont passés autour de ma nuque, son dos est plaqué contre mon torse et ses hanches ondulent lascivement contre mon bassin. Les mains posées sur sa taille, j'accompagne son mouvement. Elle redresse alors son visage et colle ses lèvres au creux de mon oreille.

– Je crois que j'ai besoin d'un verre.

Moi aussi. Le club est bondé ce soir, et les corps qui dansent sont si nombreux qu'ils rendent l'atmosphère étouffante.

Bianca – ma partenaire pour la soirée – et moi nous dirigeons vers le bar, où nous commandons deux bières que nous liquidons presque d'une traite. Sur ce, la jolie blonde enchaîne sur une seconde tournée et s'empresse de régler nos consommations.

– Je déteste que les mecs payent pour moi… m'explique-t-elle lorsque je lui jette un regard surpris. Enfin, pour le premier rencard en tout cas.

– Parce que c'est un rencard ? je réplique en posant un coude sur le comptoir.

Nous nous sommes rencontrés il y a quelques heures seulement, au moment où, accompagné de Diego et Hassan, je suis entré dans le club et ai repéré Bianca et sa copine, qui est d'ailleurs en train d'embrasser une jeune femme quelques mètres plus loin.

– Je ne sais pas, me répond Bianca. On pourrait se revoir, non ? Qu'est-ce que tu en dis ?

En souriant, je m'approche tout près d'elle et lui susurre :

– Avant de penser au prochain rendez-vous, assurons-nous déjà de terminer celui-ci en beauté, non ?

Les yeux de Bianca pétillent et elle pose une main sur mon torse.

– C'est une excellente idée, approuve-t-elle.

Je dois dire que j'étais sceptique en venant dans ce club : je doutais d'être capable d'y passer une bonne soirée. Il n'y a encore pas si longtemps, pourtant, mes week-ends se résumaient à sortir, faire la fête et draguer. Mais depuis un an, j'ai tendance à préférer passer mes soirées au manoir, obnubilé par des yeux bleu azur que je n'arrive pas à me sortir de l'esprit. C'est pour cela qu'aujourd'hui j'ai décidé que je devais me changer les idées et arrêter de me focaliser sur une relation qui est d'avance vouée à l'échec. Je ne sais pas si Bianca m'aidera à chasser de ma tête le visage et le sourire que je connais par cœur, mais j'ai envie de lui donner sa chance.

Je m'apprête à lui proposer de m'accompagner jusqu'au manoir lorsque je sens mon téléphone vibrer dans ma poche. Je l'en extrais aussitôt : au regard des bouleversements que ma famille et moi avons connus ces derniers mois, j'ai appris à me tenir sans cesse sur le qui-vive… Sur l'écran s'affiche un message de Billie :

Est-ce que tu rentres ce soir ?

Mon cœur bat plus fort… juste une fois. Un seul battement qui signifie que j'aurai beau tenter par tous les moyens de me l'ôter de la tête, je n'y parviendrai jamais. Ne serait-ce que parce que nous vivons sous le même toit et qu'elle et moi entretenons la plus étrange et fusionnelle des relations… *fraternelles* ?

Je fixe les quelques mots de son message pendant de longues secondes. L'intensité avec laquelle mon corps réagit à sa demande est ridicule. Je réalise que je suis sur le point de quitter le club sans me poser de questions, attiré par la perspective d'une soirée avec Billie. Regarder un film ou une série avec elle, grignoter des cochonneries emmitouflé sous un plaid à ses côtés, la défier aux jeux vidéo… ces derniers temps, ces moments sont les meilleurs que je passe.

– Un problème ? me demande Bianca.

Je ricane et secoue la tête en rangeant mon portable dans ma poche. À quoi bon tenter de résister ? Mon cœur a pris sa décision.

– Malheureusement, je ne vais pas pouvoir rester, j'annonce.

– Oh, vraiment ? soupire Bianca, sincèrement déçue. Comment allons-nous « terminer ce rencard en beauté », alors ?

– Crois-moi, ça aurait été avec plaisir, mais j'ai une urgence.

Une urgence… Je me collerais des baffes.

– Bon… on pourra quand même se revoir ? insiste-t-elle. Je te laisse mon numéro.

Elle le griffonne sur un coin de serviette, et je lui tends une carte de visite en retour. Elle s'en saisit, puis attrape mon visage et dépose un baiser sur mes lèvres. Ensuite, elle recule, me fait un clin d'œil, avant de prendre son verre et s'éloigner en direction de la piste de danse.

– Tu la laisses partir ?

Je me retourne brusquement et bouscule Hassan.

– Je t'ai déjà dit d'arrêter de te faufiler comme ça derrière les gens, je gronde.

Mon collègue s'esclaffe :

– C'est pas ma faute si tu ne m'as pas entendu arriver. Alors ? Elle n'est pas à ton goût ? Parce que tu avais l'air de lui avoir tapé dans l'œil.

– Si, elle me plaît, mais je dois rentrer, je lâche.

– Déjà ?

– Ouais… J'ai oublié que j'avais un truc à régler.

Plutôt crever que d'avouer à voix haute que je vais passer le reste de ma soirée affalé devant la télé.

– Bon… On se voit lundi à l'institut, alors ! lance Hassan.

– Amuse-toi bien, je réponds en lui donnant une tape amicale sur l'épaule.

Je fais un signe de la main à Diego, qui est installé sur une banquette en compagnie de trois jeunes femmes, puis je quitte le club, rejoins ma voiture et démarre.

Je ne compte plus le nombre de fois où j'ai effectué le trajet qui mène sur les hauteurs de Cape Cod et pourtant, chaque fois, je ressens la même excitation à l'approche du manoir Westwood. Cela fait neuf ans que j'habite dans cette sublime demeure mais le jeune Jaxon qui vit encore quelque part en moi a toujours du mal à y croire. Dieu sait que, pendant longtemps, la chance ne m'a pas eu sur sa liste prioritaire… Enfant, je faisais partie de cette population qui n'intéresse personne, que l'on considère comme sans espoir. Avec une mère droguée ainsi qu'un père absent depuis ma naissance, on ne peut pas dire que mes quinze premières années aient été simples. Mon existence a commencé à s'adoucir seulement lorsque j'ai croisé la route de Lennon et de ses frères.

Je me souviens du jour où Oscar m'a proposé de m'installer chez lui, de la joie mêlée d'émotion que j'ai ressentie en apportant mes affaires au manoir… C'est vrai, je n'imaginais pas à l'époque que, presque une décennie plus tard, j'y habiterais encore. Mais le fait est que vivre avec les Westwood est un véritable plaisir pour moi qui ai grandi sans réel foyer. Et puis, il faut dire que la demeure est si grande que chacun de nous peut trouver un peu d'intimité quand il en ressent le besoin. Je n'ai pas envie de quitter le manoir, pas plus qu'aucun des membres de cette famille, parce que j'aime autant qu'eux le quotidien que nous avons créé tous ensemble ; et je n'oublierai jamais que c'est grâce à leur main tendue que je suis si fier de l'homme que je suis devenu.

Aujourd'hui, il ne me manque absolument rien.

Enfin presque…

Après avoir passé l'immense portail qui permet d'accéder au domaine, je remonte une grande allée et passe devant la fontaine juste devant la maison. Je remarque que les voitures de Sawyer et de Cruz ne sont pas là, et j'en déduis qu'ils doivent être de sortie chacun en compagnie de leur moitié. Je me gare alors près du véhicule de Lennon et je grimpe les larges marches menant à la porte d'entrée en trottinant.

Lorsque je pénètre dans le manoir, je perçois immédiatement le bruit de fond de la télé. Sans attendre, je prends la direction du salon et j'y découvre Billie, assise en tailleur sur le tapis, les yeux levés vers l'écran. Ses cheveux d'un noir profond sont relevés en chignon et elle porte un sweat… qui m'appartient. Je n'en suis pas surpris : Billie a commencé à m'emprunter des vêtements il y a quelques années, et elle semble le faire de plus en plus ces derniers mois. Quand l'un de mes t-shirts ou de mes pulls manque dans ma penderie, je sais vers qui me tourner pour le retrouver.

À ses côtés, Voldemort, le bouledogue de Dovie, ronfle bruyamment, les pattes arrière écartées. Depuis qu'il s'est installé au manoir, Lennon en ayant la garde maintenant que sa petite amie travaille à New York, ce chien prend vraiment ses aises…

– Tu es là ! s'exclame Billie en me souriant.

– Tu voulais que je vienne, non ? je lui renvoie en retirant ma veste.

– Je te l'ai *demandé*, je n'ai rien *exigé*, se défend-elle.

Et je répondrai toujours présent.

– Ne me dis pas que tu as commencé une nouvelle série sans moi ? je m'offusque en prenant place sur le canapé.

Comme Billie ne me répond pas, je tourne la tête dans sa direction et croise son regard rivé sur moi.

– Quoi ? je lui lance, perdu.

Son sourire s'est évanoui, remplacé par un léger malaise. Elle se racle la gorge puis me dit doucement, avant de reporter son attention sur la télé :

– Tu as des traces de rouge à lèvres sur la bouche.

Bianca.

Penaud, je m'essuie du dos de la main. L'envie de demander à Billie pourquoi elle est si contrariée me démange, mais en même temps, j'ai peur de ce que pourrait être sa réponse.

Pendant longtemps, la tendresse est le seul sentiment que j'ai éprouvé à son égard. Jusqu'au jour où j'ai réalisé qu'elle n'était plus la jeune fille qui faisait des expériences avec le maquillage de sa mère et qui portait un appareil dentaire... Avant, jamais je n'aurais douté que l'amour que je lui porte était autre chose qu'innocent. Mais tout a changé. Un beau matin, Billie Westwood est devenue une femme... et alors, j'ai remarqué ses formes, sa façon de sourire, l'odeur de son parfum que je suis capable de repérer à plusieurs mètres. J'ai appris à reconnaître son expression contrariée, l'étincelle de joie qui pétille dans ses yeux lorsqu'elle est en présence de sa famille, lorsque j'entre dans une pièce... ou que nous dormons ensemble. Je *sais* que c'est parce qu'à ses yeux je suis son frère au même titre que Lennon, Sawyer et Cruz... mais parfois, je me demande si tout au fond d'elle les sentiments qu'elle éprouve pour moi n'ont pas eux aussi commencé à évoluer. Du moins, j'aimerais que ce soit le cas.

Putain, bien sûr que non, il ne faut pas que ce soit le cas, jamais !

Comme dans le salon le silence s'éternise, je me concentre à mon tour sur l'écran de télévision. C'est seulement à cet instant que je réalise ce que Billie est en train de regarder.

– C'est... un téléfilm de Noël ? je demande, surpris.

Elle se tourne dans ma direction en haussant les épaules.

– On vient d'entamer le mois de novembre, je commence à me mettre dans l'ambiance des fêtes, me répond-elle.

Le fait qu'elle reste assise sur le tapis me dérange fortement. Ce n'est pas ainsi que nous passons nos soirées télé généralement.

– Tu vas te décider à venir ici ou il faut que je t'y oblige ? je lui lance en tapotant l'assise du canapé.

Le petit sourire en coin qui étire ses lèvres me fait secouer la tête. Sans attendre, elle se redresse et bondit à mes côtés, ce qui fait grogner Voldi. Il saute au bas du sofa et s'allonge sur le tapis, avant de reprendre le cours de sa nuit.

Naturellement, j'ouvre mon bras, sous lequel Billie se faufile, puis elle se blottit contre mon flanc tandis que j'étends mes jambes sur la table basse.

– Raconte-moi ta journée, me demande-t-elle.

– J'étais en repos…

– Raconte-moi quand même, insiste-t-elle. C'est notre petit rituel et je l'adore.

– OK… J'ai passé tout l'après-midi au parc automobile de l'institut, avec les mécanos. Paolo et moi avons trouvé une panne sur l'une des Rolls et nous avons décidé de bosser dessus ensemble. Ensuite, j'ai croisé Hassan et Diego et on a décidé de sortir tous les trois dans un club, j'ai bu quelques verres et embrassé une fille. Le pire moment de la journée, ça a été quand on m'a annoncé que la voiture avec laquelle je voulais partir en virée était réquisitionnée par l'agence, et le meilleur, ma rencontre de ce soir.

Je baisse les yeux vers Billie et ajoute :

– À ton tour.

– Aujourd'hui, j'ai bossé mes cours, je me suis baladée sur la plage, j'ai déjeuné avec Scarlett puis j'ai commencé à faire mon shopping de cadeaux de Noël, et après le dîner, je me suis posée devant la télé, énumère-t-elle. Le pire moment de la journée, ça a été mes révisions, et le meilleur a eu lieu il y a quelques minutes, lorsque tu es revenu plus tôt de ta soirée.

Mes doigts vont et viennent lentement sur son épaule tandis que nous restons un instant immobiles, les yeux rivés sur la télévision mise sur pause.

– Allez, parle-moi un peu de ce film que tu regardais, dis-je à Billie pour briser le silence.

– C'est l'histoire de Zoe, qui est totalement accro à Noël et qui a créé son entreprise d'événementiel spécialisée dans les fêtes de fin d'année, m'explique-t-elle. Elle décore les plus beaux hôtels de luxe de Manhattan, et un jour, un grand magazine la contacte pour écrire un article sur elle. Le problème, c'est que le journaliste qui doit l'interviewer est un véritable Scrooge et qu'il se retrouve à l'accompagner dans sa ville natale pour… tu sais quoi ? C'est plus simple si je relance le film depuis le début.

Je m'esclaffe alors que Billie s'exécute. Elle se replace ensuite contre moi, j'embrasse le haut de sa tête comme j'ai pris l'habitude de le faire et je soupire, parce que je me sens bien. Comme je le disais plus tôt, j'aime ma vie telle qu'elle est. Il ne me manque absolument rien… à une exception près : parmi les milliards de femmes qui existent sur cette planète, j'ai décidé de désirer la seule qui m'est interdite. Billie est hors d'atteinte, intouchable. Je ne peux pas m'intéresser à elle, je n'en ai pas le droit : les triplés m'en voudraient à mort s'ils savaient qu'il m'arrive de fantasmer sur leur sœur.

Lorsque j'ai intégré la famille Westwood, j'ai promis de protéger Billie et de l'aimer comme un frère. Il est hors de question que je rompe cette promesse.

Cette famille m'a sauvé la vie, je lui dois une loyauté sans faille.

2
Billie

J'ouvre les yeux lorsque mon dos rencontre une surface moelleuse. Le visage de Jaxon apparaît au-dessus du mien, et pendant un court instant, je retiens mon souffle.

– Tout va bien, me dit-il, apaisant. Tu t'es endormie devant la télé et je viens de te ramener dans ta chambre.

Il attrape la couette duveteuse étendue sur mon lit et m'en recouvre doucement.

– Bonne nuit, Billie, chuchote-t-il avant de déposer un baiser sur mon front.

– Attends, je le retiens en attrapant son t-shirt. Tu… tu ne restes pas dormir ?

C'est pourtant ce qu'il fait depuis des semaines. Par le passé, nous partagions un lit de temps en temps, quand nos soirées discussion s'éternisaient et que nous finissions par littéralement tomber de sommeil. Mais depuis que mon père s'est fait agresser et que Michel, notre majordome, est mort, j'ai *besoin* de passer mes nuits avec Jaxon. Il apaise mes craintes comme personne d'autre ne parvient à le faire, il m'aide à ne pas céder à la panique dès qu'un bruit étrange résonne dans le manoir, et il sait trouver les mots pour me réconforter lorsque mes peurs prennent le dessus.

Jaxon serait le meilleur ami parfait… si seulement ce que je ressentais pour lui n'allait pas au-delà de la simple amitié.

Je n'arrive plus à le regarder dans les yeux sans que mon cœur s'emballe, je suis incapable de passer plus d'une journée sans avoir de ses nouvelles, sans entendre sa voix. Je ne me souviens plus exactement du moment où je suis tombée amoureuse de lui… Je crois que je l'ai aimé dès le jour où Lennon nous l'a présenté. Je l'ai vu évoluer, grandir, se muscler et devenir un homme aujourd'hui irrésistible.

J'aimerais tant que notre relation change, devienne… plus, mais je sais qu'il ne voit en moi qu'une petite sœur, même si nous ne partageons pas le même sang. Jusqu'à maintenant, je m'en suis contentée, simplement pour continuer à l'avoir près de moi. Nous sommes si proches l'un de l'autre, presque… fusionnels. Je ne veux pas risquer de perdre ce que nous partageons en lui avouant mes sentiments.

En plus, j'aime à penser que, bien que de nombreuses femmes le courtisent – comme celle qui a laissé une marque de rouge à lèvres sur sa bouche ce soir –, je suis celle auprès de qui il rentre le soir.

Parfois, je me demande comment je réagirais s'il venait à rencontrer quelqu'un avec qui il souhaiterait s'engager sérieusement…

Réflexion faite, il vaut mieux que je n'y pense pas.

Tandis que nous nous regardons, le sourire de Jax apparaît et la cicatrice sur son menton se transforme en une fossette craquante.

– Je crois que je vais profiter de mon lit, me répond-il.

– Peut-être que je peux en profiter aussi ? je tente.

Il sourit à nouveau avant de déposer un autre baiser sur mon front.

– Pas ce soir, murmure-t-il.

– Oh… d'accord, dis-je en tentant de masquer ma déception. Bonne nuit, Jaxon.

Il me détaille un instant, puis il se redresse et traverse la chambre. Je m'enroule dans ma couverture et me tourne dos à la porte au moment où elle se referme doucement. Ensuite, j'éteins la lumière et je ferme les yeux… mais je sais déjà que trouver le sommeil va me demander un très grand effort.

En tant qu'étudiante en psychologie, je devrais être capable d'appliquer les méthodes que j'ai apprises tout au long de mes études pour réussir à faire face à mes propres traumatismes. Mais s'il y a bien une chose que j'ai découverte de la plus rude des façons, c'est qu'il est toujours plus facile de trouver des solutions pour les autres que pour soi-même.

Alors que je tente de faire le vide dans mon esprit et de me focaliser sur ma respiration pour espérer m'apaiser, j'entends la poignée de ma porte de chambre s'abaisser de nouveau. Je me fige dans mon lit, tandis que des pas discrets se rapprochent de moi… jusqu'à ce que mon cœur s'emballe lorsque le parfum masculin que je préfère au monde me parvienne. Je souris alors que Jaxon soulève ma couette, se faufile derrière moi et passe son bras par-dessus ma taille. C'est toujours ainsi que nous dormons ensemble : l'un contre l'autre.

– Je n'ai jamais su te dire non, me murmure Jax dans la pénombre.

– Hm… moi, je crois que si tu ne peux pas t'empêcher de revenir, c'est parce que tu aimes partager mon lit, je lui réponds, ce qui le fait rire.

Quelques secondes de silence passent, puis il me souffle :

– Je quitterai ta chambre avant que les triplés se réveillent.

– Pourquoi ? je demande, sans parvenir à cacher ma déception.

– Parce que j'ai l'impression que ça agace Sawyer de savoir qu'on dort ensemble.

– Jaxon, je soupire, tu penses encore à cette histoire ? Sawyer nous a surpris un matin en train de nous dire bonjour et il s'est fait des films…

– Tu avais tes bras autour de ma taille… et j'étais torse nu !

– Et alors ? Ce n'est pas la première fois. C'est lui qui devrait être gêné, pas nous. On n'a rien fait de différent de d'habitude.

– Je sais, mais quand même. Après tous les bouleversements que nous venons de vivre, je préfère ne pas prendre le risque d'en créer un autre.

L'idée que demain matin, quand je me réveillerai, Jaxon ne sera plus près de moi m'agace, mais je décide de lâcher prise pour commencer ma nuit avec lui au plus vite.

– Est-ce que c'est parce que tu as peur de refaire des cauchemars que tu veux que je reste près de toi ? chuchote-t-il alors.

Les jours qui ont suivi l'agression qui a eu lieu au manoir, j'ai été assaillie par les insomnies. Les corps ensanglantés de Michel et de mon père ne sortaient pas de mon esprit et je savais que, si je fermais les yeux, je revivrais la scène de leur découverte encore et encore. J'ai tenu bon, luttant contre la fatigue autant que je le pouvais… jusqu'à ce que, épuisée, je finisse par m'endormir pour me réveiller en hurlant quelques heures plus tard. Cette nuit-là ainsi que de nombreuses autres, Jaxon les a passées avec moi et, peu à peu, les mauvais rêves se sont estompés, jusqu'à totalement disparaître.

– Non… je réponds doucement. J'aime t'avoir près de moi, c'est tout.

– Ça veut dire que tu vas mieux ?

– *J'essaye* d'aller mieux. Je prends mon temps, j'y vais doucement, à mon rythme.

– Tu as raison : un pas après l'autre.

– Je n'en suis pas encore à compter mes pas… Pour l'instant, je me concentre sur le fait que mon cœur ne s'emballe plus au moindre bruit suspect.

Le bras de Jaxon se resserre doucement autour de mon ventre.

– Dans ce cas… un battement de cœur à la fois, me glisse-t-il.

– Oui… un battement de cœur à la fois, j'approuve.

Le silence s'installe doucement dans la chambre et mes yeux commencent à papillonner lorsque je sens que Jax dépose un baiser sur mon épaule avant de me murmurer :

– Fais de beaux rêves, ma Billie.

Même s'il ne me voit pas, je souris, parce que je sais que je vais dormir comme un bébé, enveloppée par sa présence.

••••

Alors que jusqu'à maintenant il ne m'avait jamais vraiment dérangé, ces derniers temps, je hais le silence. Quand on a grandi dans une famille nombreuse, le bruit devient familier, presque réconfortant. Mais depuis que notre majordome s'est fait assassiner et que notre père a rejoint notre mère sur un lit d'hôpital, les rires et les éclats de joie se font rares à la maison. J'aimerais tant que tout redevienne comme avant, que nous retrouvions nos moments insouciants, que cet endroit redevienne le foyer qu'il a toujours été…

Il est sept heures lorsque je pénètre dans la salle à manger, dans laquelle m'attend mon petit déjeuner posé sur la table.

Un mug ainsi qu'un thermos de café chaud, des croissants et une corbeille de fruits sont disposés à la place que j'occupe habituellement, et je devine qui les a placés là.

– Ah, tu es enfin debout, lance la voix de Jaxon derrière moi. J'hésitais à venir te réveiller pour que tu ne te mettes pas en retard.

Je me retourne, espérant le voir apporter son propre petit déjeuner afin de se joindre à moi, mais malheureusement, il est en train de passer sa veste et semble pressé.

– Je n'ai pas eu le temps de faire réchauffer du lait pour accompagner ton café, mais je crois qu'à part ça, je n'ai rien oublié, me dit-il.

– C'est parfait, merci. Tu t'en vas déjà ?

– Lennon m'a dégoté un nouveau contrat, je rencontre mon client ce matin et tu sais comme j'aime être préparé pour mes rendez-vous.

– C'est génial, j'affirme, en m'efforçant de cacher ma déception.

Les missions des garçons les envoient souvent à l'autre bout du pays, et je déteste quand l'un d'eux – Jaxon encore plus que les autres – s'éloigne pour plusieurs jours, voire plusieurs semaines.

– Et toi ? me demande-t-il en attrapant son téléphone portable ainsi que ses clés de voiture. Quoi de prévu aujourd'hui ?

– Oh, tu sais, la routine. La fac, les cours, les cours et encore les cours.

– Tiens bon, c'est ton tout dernier semestre, m'encourage-t-il avec un sourire.

Après avoir pris tout ce dont il a besoin, il se dirige vers moi, m'atteignant en quelques enjambées. Chaque fois que Jaxon m'approche de cette façon, je sens mes jambes flageoler. Il a une façon si unique de se déplacer, avec assurance, évidemment, mais aussi très discrètement… Ses pas se font à peine entendre sur le marbre.

Parfois, il m'arrive d'imaginer qu'il continue d'avancer, me dévorant d'un regard brûlant, qu'il attrape mon visage et fonce sur mes lèvres pour m'embrasser, incapable de résister plus longtemps à la passion qui brûle entre nous… Mais comme tous les jours, Jaxon se contente de déposer un baiser sur mon front.

– Bonne journée, Billie, me dit-il.

– À toi aussi, Jax.

Il me fait un clin d'œil craquant à souhait puis s'éclipse rapidement. Le cœur battant, je me laisse tomber sur ma chaise et je soupire, à la fois frustrée d'être incapable de dévoiler ce que je ressens à Jaxon et dépitée à l'idée de prendre mon petit déjeuner seule sur cette grande table familiale. Lennon est déjà à l'institut, Cruz et Eve semblent vouloir s'octroyer une grasse matinée, quant à Sawyer et Scarlett, ils ont passé la nuit dans le nouvel appartement de cette dernière, situé au centre-ville. Elle a commencé récemment un nouveau job dans l'un des bars les plus fréquentés de Cape Cod, et comme son service se termine généralement tard, mon frère et elle en profitent pour s'octroyer des moments rien que tous les deux.

Tandis que je grignote une pomme sans entrain, mon téléphone vibre. Je souris en m'en emparant, parce qu'à cette heure-ci, il n'y a qu'une personne extérieure à ma famille qui puisse vouloir me joindre : Austin.

Je passe te prendre dans trente minutes.

Après avoir répondu à son message, je m'empresse d'engloutir mon petit déjeuner, puis je file me préparer pour ma journée. Une demi-heure plus tard, je passe les grilles du manoir et j'offre une accolade à mon ami qui m'attend là, près de sa voiture.

– Je t'ai déjà dit des dizaines de fois que tu pouvais venir te garer dans la cour, Austin, lui dis-je. L'agent de sécurité te connaît, à force de te voir : il te laissera passer.

– Ça ne me dérange pas de te retrouver ici, me répond-il. En plus, d'après ce que tu m'as dit de tes frères, je ne crois pas qu'ils seraient heureux qu'un mec vienne sonner à ta porte. Je ne veux pas créer de conflit.

Les conflits, c'est ce qu'Austin déteste par-dessus tout. Je n'ai jamais rencontré quelqu'un comme lui : nous nous connaissons depuis un an et demi maintenant et sa patience, sa douceur et sa bienveillance ne semblent avoir aucune limite. J'admets que la première fois que je l'ai vu, lors de notre entrée en seconde année à l'université, c'est son physique qui m'a frappée en premier : Austin est grand, a des cheveux noirs, des yeux tout aussi sombres, et des tatouages ornent ses bras. Au premier abord, on pourrait croire qu'il a un côté *bad boy*... mais en apprenant à le connaître, j'ai découvert un garçon posé, mature et drôle qui est devenu un ami précieux.

Je grimpe dans sa voiture et il démarre sans attendre, direction l'université. Je me tends imperceptiblement. Être en voiture avec Austin est une expérience... spéciale. Sa façon de conduire est brusque, ses gestes sont saccadés, comme s'il se trouvait en permanence sur un circuit de Formule 1.

– Tu vas me dire un jour où tu as appris à conduire comme ça ? je lui demande tout en ouvrant la boîte à gants dans laquelle je sais que je trouverai des barres énergétiques.

– Comme quoi ?

– Comme si tu avais la police à tes trousses !

Austin rit et secoue la tête, mais je fronce les sourcils, parce que j'ai l'impression d'avoir touché un point sensible.

– Au fait, j'ajoute pour changer de sujet, quand est prévu le rendez-vous pour ton prochain tatouage ?

– Dans trois semaines, me répond-il. Tu voudras venir avec moi ?

– Bien sûr !

– Et tu vas te laisser tenter ?

Je suis déjà tatouée moi aussi, même si beaucoup moins d'encre couvre ma peau que celle d'Austin. Comme mes frères et Jaxon, j'ai fait graver sur mon corps un W dans un cercle. Pour eux, c'est le symbole de l'institut et de l'agence Westwood ; pour moi, il représente notre famille. Juste en-dessous est inscrite la devise que nous partageons tous : « Face à l'adversité, ensemble, toujours ». Ils sont placés à droite sous mes côtes, et j'en suis très fière… mais je garde un souvenir douloureux du moment où je suis passée sous le dermographe, alors je ne suis pas pressée de recommencer.

– Non merci, je préfère assister à ta torture, je réplique, amusée.

– Tu es si attentionnée, Billie, me renvoie Austin, ironique.

– C'est pour ça que je suis ta meilleure amie. Au fait, est-ce que tu sais quand Logan sera de retour en cours ? Je lui ai écrit hier, mais je n'ai pas eu de réponse de sa part.

– Je suppose qu'il est encore cloué au lit par le virus qu'il a attrapé. Ou alors…

– Il s'est pris des vacances anticipées avec Tania, je termine.

Austin et moi hochons la tête, certains que Logan a préféré faire l'école buissonnière en compagnie de sa copine plutôt que de venir à la fac.

– Tu vas devoir te contenter de ma seule compagnie, Billie Westwood, ajoute Austin. Est-ce que tu survivras ?

Je détaille son profil, puis je pousse un soupir théâtral.

– Puisque je n'ai pas le choix…

Je ne tarde pas à regretter mon affront quand mon ami, un petit sourire aux lèvres, accélère soudain et que je me retrouve plaquée contre le siège passager.

Vraiment, la personne qui lui a appris à conduire devrait être arrêtée sur-le-champ…

3
Jaxon

– Salut, Alice. J'aimerais aller faire un tour avec un des bébés aujourd'hui. Qui est disponible ?

L'instructrice de conduite de l'institut s'adosse à une berline et me lance :

– Tu m'as apporté une attestation de sortie du parc automobile, Jaxon ?

Je m'esclaffe.

– Je te rappelle que maintenant, je gère cet endroit, alors je n'en ai plus besoin.

– Si tu veux à nouveau aller t'amuser avec la voiture de Cruz juste pour le faire râler, je vais devoir refuser. La dernière fois, il a menacé de « te rouler dessus si tu osais à nouveau poser ton cul sur son cuir », fin de citation.

Je ricane tout en naviguant entre les véhicules. Le parc automobile mesure plus de mille mètres carrés. Sur la gauche sont alignées les voitures dont nous nous servons pour les cours de conduite à l'institut, mais aussi pour prendre en charge les clients de l'agence. Des berlines allemandes majoritairement, ainsi que des SUV, tous ultrasécurisés. Sur la droite sont garées les voitures de collection que Sawyer, Cruz et moi avons héritées d'Oscar, ainsi que celles que nous nous sommes offertes au fil des années. Comme entre nous la confiance règne, il n'est pas rare que nous empruntions les véhicules des autres lorsque nous voulons profiter d'un modèle en particulier – enfin, sauf la « beauté » de Cruz, pour laquelle il a développé une véritable obsession.

Au fond du hangar se trouve l'atelier de réparation. J'adore cet endroit depuis que j'ai pris mes premiers cours à l'institut Westwood. À l'époque, ils nous étaient donnés par August, qui a pris sa retraite il y a un an et demi. Il aimait nous voir repousser nos limites et nous autorisait à faire rugir les moteurs… Puis Alice a rejoint nos rangs pour le remplacer. Elle s'est intégrée rapidement à l'équipe et je dois dire que je suis impressionné par ses dons derrière un volant ainsi que par son amour pour la vitesse.

Pour la faire grincer des dents, je m'approche de la Mercedes de Cruz et je passe un doigt sur son capot. Mais finalement, je jette mon dévolu sur la Bugatti qui appartient à Lennon.

– Je veux aller faire un tour avec celle-là, j'annonce. Je vais m'assurer que Lenny n'en a pas besoin aujourd'hui et si tout est OK pour lui, je passerai la chercher après mon rendez-vous.

– Pas de problème. À plus tard, Jax.

Je fais un clin d'œil à Alice avant de quitter le parc automobile pour rejoindre le bâtiment principal de l'institut. Je passe à côté du stand de tir, sur lequel se trouve déjà un groupe de recrues qui s'entraîne sous le regard scrutateur de Jessie, puis j'atteins l'aile est et glisse mon pass dans la porte blindée qui mène aux bureaux de l'agence. Je me poste devant celui de Lennon avant de toquer.

– Entrez ! m'invite-t-il aussitôt.

Je pénètre à l'intérieur de la pièce et découvre mon client du jour face à mon meilleur ami, installé derrière le bureau tel le leader qu'il est désormais. Le voir ici me trouble toujours un peu parce que, pendant des années, c'est Oscar Westwood qui a occupé ce fauteuil. J'ai parfois encore du mal à réaliser ce qui s'est passé, à accepter d'avancer sans la présence réconfortante du patriarche à nos côtés. En même temps, je suis heureux pour Lennon : il mérite plus que n'importe qui d'être à la tête du business familial.

– Ah, Jaxon, parfait, tu es là, me lance-t-il. Je te présente monsieur Leonardi, le maire de notre belle ville.

– Ravi de faire votre connaissance, dis-je en serrant la main du sexagénaire devant moi.

– De même, me répond l'intéressé. Monsieur Westwood était justement en train de me vanter vos mérites. Il me disait que vous êtes l'un des meilleurs bodyguards de ce pays.

Je souris tout en m'installant sur la chaise voisine de celle de l'homme politique.

– Je suis enchanté à l'idée de travailler pour vous, j'affirme. Dites-moi ce qui vous amène, monsieur Leonardi.

– Il se trouve que j'ai récemment eu des petits problèmes avec mon service de sécurité, m'indique-t-il.

– De quel ordre ? je demande.

Gêné, le maire cherche ses mots, si bien que c'est Lennon qui m'explique :

– Trois des vigiles qu'il emploie sont tombés sur un contrôle de police et ils ont été testés positifs aux stupéfiants. Monsieur Leonardi a réussi à faire jouer ses relations, et ils s'en sont sortis avec une lourde amende ainsi que des travaux d'intérêt général.

– Le problème, reprend le maire, c'est que pendant qu'ils effectuent leur peine, je me trouve sans service de sécurité. Or, comme vous le savez sans doute, je brigue un second mandat à Cape Cod, et dans deux semaines se tiendra un débat public sur la place de la mairie entre mon adversaire et moi-même. J'aurais donc besoin d'une équipe qui puisse encadrer l'événement.

– Et au quotidien, vous n'avez pas besoin de protection rapprochée ? je demande.

– Cape Cod est une petite ville : je ne fais appel à mon service de sécurité que lors de déplacements importants ou d'événements sortant de l'ordinaire, comme ce débat.

– Très bien. Je serai ravi d'être assigné à votre protection durant cette journée, monsieur Leonardi. Je commencerai à composer mon équipe dès que Lennon m'aura communiqué les informations techniques concernant la mission.

– Avez-vous une autre requête avant que nous passions à la signature des contrats, monsieur le maire ? s'enquiert mon meilleur ami.

Mal à l'aise à nouveau, Leonardi pousse un profond soupir.

– C'est-à-dire que… c'est délicat.

– Vous pouvez parler sans crainte, rien ne sortira d'ici, le rassure Lennon.

– Eh bien… il se trouve que ma fille aînée a récemment rompu avec son petit ami, nous avoue le maire. La séparation ne s'est pas bien passée, le jeune homme a du mal à l'accepter et il a dit à ma fille qu'il ferait tout pour lui pourrir la vie. Je crains…

– Qu'il ne vienne faire un esclandre pendant le débat, je devine. Nous serons particulièrement vigilants le concernant. Communiquez-nous des photos afin que nous soyons en mesure de l'identifier. Je vous promets que nous garderons un œil sur lui ainsi que sur votre fille et que l'événement se déroulera sans accroc.

Le maire, rasséréné, se tourne vers Lennon et lâche :

– Je l'aime bien, votre collègue.

– Alors c'est parfait, répond Lenny, amusé. En me fondant sur les informations que vous m'avez données, j'ai établi un contrat pour une équipe de dix bodyguards, que Jaxon supervisera.

Lennon fait glisser les documents devant nous. Nous les signons à tour de rôle, puis le maire nous salue chaleureusement et quitte les bureaux, me laissant seul avec mon meilleur ami.

– Alors comme ça, je suis l'un des meilleurs bodyguards du pays… je relève en souriant. J'aime quand tu admets ma supériorité.

– Tu voulais que je lui dise : « Venez, monsieur Leonardi, je vais vous présenter le plus nul de mes gardes du corps, vous allez l'adorer » ?

– Allez, Lenny, avoue que tu m'admires.

Il lève les yeux au ciel avant de me donner un rapide coup dans l'épaule.

– Tu fais bien le job, grince-t-il, ce qui me fait rire.

– Au fait, j'ai envie d'aller faire un tour avec ta Bugatti, ça ne te pose pas de problème ? je lui demande.

– Fais-toi plaisir, je n'en ai pas besoin aujourd'hui.

– Merci, mon frère.

Tandis que je me dirige vers le parc automobile, excité de m'installer au volant de la voiture de Lennon, je reçois un message sur mon téléphone. Je ressens immédiatement une étincelle de joie en constatant qu'il m'a été envoyé par Billie.

Est-ce que tu pourrais venir me chercher ce soir à l'université ? Je sais que ce n'est pas ce qui était prévu, mais Austin doit rentrer chez lui plus tôt pour gérer un problème familial. Si tu ne peux pas, ce n'est pas grave, je demanderai à l'un de mes frères.

Austin… Chaque fois que Billie prononce ou écrit ce prénom, j'ai envie de me défouler sur quelque chose. Elle parle de plus en plus de ce type, ces derniers temps, et j'ai l'impression qu'entre eux il pourrait se passer quelque chose. Cette idée ne devrait pas me déranger à ce point : après tout, ils ont le même âge, fréquentent la même université, et surtout, Austin n'a pas juré aux hommes Westwood de ne jamais tenter de rapprochement avec Billie, lui… Ce que *moi*, j'ai fait, à mon plus grand regret.

Après avoir vérifié que mon planning me le permettait, je réponds :

Je serai là.

Je range mon téléphone tout en ajoutant en mon for intérieur :

Toujours…

4
Billie

– Menteuse, m'accuse Austin tandis que nous prenons la direction de l'amphithéâtre où notre prochain cours doit avoir lieu. Je n'ai pas besoin de rentrer plus tôt chez moi.

– Mais moi, j'ai besoin de rentrer avec Jaxon, je réponds.

Mon ami redresse la tête, surpris.

– Tu comptes lui avouer ce que tu ressens ?

– Non ! je m'écrie. Ce n'est pas encore le bon moment. Il faut que je passe un maximum de temps avec lui pour l'amener à comprendre par lui-même.

– Je ne sais pas comment il fait pour ne pas réaliser que tu es amoureuse de lui, ni comment tes frères sont passés à côté de ça eux aussi.

– C'est psychologique, j'explique. Ils ne *veulent* pas voir, donc ils ont conditionné leur cerveau à se dire que c'est impossible.

Austin et moi nous installons dans l'amphi et commençons à sortir nos affaires en attendant que notre prof arrive.

– Tu penses que Jaxon a des sentiments pour toi, lui aussi ? me demande mon ami.

– Je l'espère… je soupire. On a toujours été très proches tous les deux, mais j'ai l'impression que les choses ont changé entre nous depuis un an. Je ne suis peut-être pas objective, mais j'ai la sensation que les gestes que nous avions l'un pour l'autre sont différents, même si, de l'extérieur, on pourrait croire que ce sont les mêmes… Je ne sais pas si ce que je dis a beaucoup de sens, mais c'est ce que je ressens.

Je pose mon ordinateur portable sur la table devant moi au moment où je termine mon monologue, et je remarque qu'Austin est figé à mon côté. Intriguée, je suis son regard… et je souris.

– Et toi ? Tu comptes lui dire un jour ? je lui lance.

– De quoi tu parles ? réplique-t-il en se rembrunissant.

Je soupire en secouant la tête.

– Ne joue pas les innocents. Depuis le jour où tu l'as rencontrée, tu flashes sur Ivy Willis.

Il n'est pas le seul, d'ailleurs. Grâce à son physique gracieux, à sa douceur et à sa voix délicate, Ivy fait facilement tourner des têtes… mais personne ne semble attirer son attention. Elle est obnubilée par les études, ce qui est tout à son honneur.

Austin ne me répond pas, mais je perçois une légère rougeur sur ses joues, ce que je trouve attendrissant.

– On sera diplômés dans un peu plus de six mois, j'insiste. Ce serait dommage que vos chemins se séparent sans que tu aies osé l'aborder, tu ne crois pas ?

Mon ami redresse la tête, me dévisage, puis affirme :

– Je lui parlerai quand tu auras tout avoué à Jaxon.

Je plisse les yeux puis me détourne en ronchonnant.

– Finalement, je pense que tu es un ami déplorable, je grogne. J'ai hâte que Logan revienne.

Austin éclate de rire. À cet instant, la professeure arrive et nous nous concentrons, bien décidés à mettre nos problèmes sentimentaux de côté le temps du cours.

– Vous devriez déjà vous être mis par groupes, soupire notre prof. Dépêchons, cette formalité va nous faire perdre de précieuses minutes.

Aussitôt, Austin et moi nous levons pour descendre quelques rangées plus bas et retrouver les deux autres personnes qui composent notre groupe de TD. Ensemble, nous avons choisi d'étudier la psychologie clinique, qui fait débat dans la profession, et dans quelques semaines, nous devrons présenter notre travail au reste de la promo. Tout le monde met la main à la pâte, et c'est plutôt agréable de savoir que nous pouvons compter les uns sur les autres.

Alors que nous faisons le point sur nos dernières avancées, une silhouette s'approche de notre petit groupe. Ivy Willis se poste devant nous, mains croisées, un sourire aux lèvres.

– Salut… dit-elle de sa voix douce. Est-ce que je peux me joindre à vous ?

Nous la dévisageons, surpris. D'un signe de tête, elle pointe une bande de garçons qui se sont tournés vers nous et qui nous dévisagent, moqueurs.

– La prof m'a autorisée à quitter mon ancien groupe, nous explique-t-elle. Ça ne se passait pas très bien… Il reste encore quelques semaines avant la présentation de nos TD, alors j'espère que ça ne vous dérange pas si je prends le train en marche. Vous avez probablement déjà bien avancé dans vos recherches, mais j'apprends vite, et surtout, je n'ai pas peur de travailler dur.

Je hausse les épaules, indiquant je ne suis pas contre l'intégrer à notre groupe. À ma gauche, Austin est complètement figé. Je tente de le faire sortir de sa transe en lui mettant un discret coup de genou, sans succès.

– On a choisi de travailler sur la psychologie clinique, déclare Malcolm en remontant ses lunettes sur son nez.

– C'est parfait ! réagit immédiatement Ivy.

– C'est d'accord, tu peux nous rejoindre.

Austin paraît lui-même surpris par ce qu'il vient de dire. Il sourit à Ivy, incapable de détourner son regard d'elle.

– Merci, dit la jeune femme.

Elle contourne le groupe et s'installe pile à côté de mon pauvre Austin, qui semble être sur le point de se liquéfier devant la fille de ses rêves.

••••

Apercevoir Jaxon parmi la foule d'étudiants qui se disperse à la sortie du campus fait naître une envolée de papillons dans mon ventre. J'ai attendu la fin de la journée avec une impatience folle en sachant qu'il serait là ce soir… Adossé à la Bugatti de Lennon, il a les bras croisés sur son torse et il jette des coups d'œil à ce qui l'entoure. Plus je m'approche de lui, plus je sens mon cœur palpiter, et lorsqu'il me remarque enfin, j'ai besoin de puiser dans ma force intérieure pour ne pas me jeter à son cou.

– Ma Billie, m'accueille-t-il de sa voix chaude.

Il m'ouvre ses bras dans une invitation irrésistible et je me blottis contre lui, profitant de notre proximité pour respirer son parfum et fermer les yeux un instant.

Trop vite, je m'écarte de lui et croise son regard noisette. Le sourire qu'il me sert fait apparaître l'une des choses que je préfère chez lui : sa fossette.

– Tu as passé une bonne journée ? me demande-t-il.

– Disons que je suis contente de l'avoir terminée, je réponds.

– Alors tu es prête à rentrer ?

– Évidemment !

Il m'ouvre la portière de la Bugatti, je m'installe à l'intérieur, puis je le regarde faire le tour de la voiture pour prendre place au volant.

Au début, nous roulons en silence. Toute la journée, j'ai imaginé ce trajet de près d'une heure jusqu'à la maison et, mes sentiments prenant le dessus, j'ai espéré que nous pourrions échanger quelques gestes tendres comme nous en avons l'habitude. Mon besoin de sentir la peau de Jaxon contre la mienne est chaque jour plus grand…

Du coin de l'œil, je le détaille, de sa main gauche qui tient le volant à la droite qui repose sur sa cuisse. J'ai toujours trouvé que Jaxon a les mains les plus sexy que j'aie jamais vues. Elles sont à la fois grandes et longues, et les nombreuses veines qui les parcourent, la chevalière à son index ainsi que la montre à son poignet droit me font beaucoup d'effet.

Austin a raison : comment Jaxon fait-il pour ne pas remarquer que je suis folle de lui alors que je suis capable de me délecter de la vue de ses mains pendant des heures ?

– Tout va bien, Billie ? me demande-t-il en me jetant un coup d'œil.

– Oui, pourquoi ?

– D'habitude, tu es beaucoup plus causante.

Entre Jaxon et moi, la connexion a toujours été naturelle, et les sujets de conversation ne nous ont jamais manqué. Sauf que là, c'est différent. Mon esprit est parasité par les paroles d'Austin. Est-ce que je ne devrais pas avouer mes sentiments à Jaxon dès maintenant ? J'ai l'impression que ce n'est pas encore le bon moment, mais après tout, est-ce qu'il y en a vraiment un quand il s'agit de se déclarer à la personne qu'on aime ?

Comme souvent, je finis par me dégonfler… Maintenant que je suis face à Jax, la peur qu'il ne me rejette est si forte qu'elle me muselle.

Il finira bien par découvrir tout seul ce que j'éprouve pour lui, n'est-ce pas ?

– Comment s'est passé ton rendez-vous de ce matin ? je m'enquiers pour cesser de tergiverser.

– Parfaitement bien, me répond-il. C'est une petite mission, pour une fois : je vais bosser pour le maire de Cape Cod le temps d'une journée.

– Ce qui veut dire que tu ne vas pas t'éloigner de la maison ! je m'exclame, soulagée.

Jaxon s'esclaffe en se tournant brièvement vers moi.

– Tu avais peur que je m'éloigne ? me taquine-t-il. Je sais que tu es perdue sans moi, mais quand même.

– Je *déteste* quand tu t'en vas… Tu me manques beaucoup trop quand tu es loin.

Je rougis brusquement en réalisant ce que je viens d'admettre à voix haute, encore plus lorsque Jaxon me dévisage, moins souriant tout à coup. Mes prunelles accrochent les siennes. Lentement, il approche sa main de mon visage et il caresse tendrement ma joue du bout de son pouce.

– Je reste, cette fois, affirme-t-il.

Mon souffle se bloque dans ma gorge mais je ne bouge pas un cil. Pendant une poignée de secondes, Jaxon semble ne pas pouvoir faire autre chose que laisser errer son pouce sur ma peau, puis soudain, il se concentre de nouveau sur la route, agrippant le volant à deux mains désormais. Sur mon épiderme, je ressens encore la trace brûlante de sa caresse pendant de longues secondes…

Durant le reste du trajet qui nous ramène à Cape Cod, nous évoquons des sujets superficiels, jusqu'à ce que nous arrivions au manoir. En entrant, nous tombons sur Scarlett et Sawyer qui échangent un baiser torride au milieu du salon.

– Hé, oh, doucement, les tourtereaux ! leur lance Jaxon.

Surpris par notre arrivée, mon frère et sa copine se séparent, bien que Sawyer garde Scarlett contre lui, refusant de la laisser s'éloigner.

– Vous êtes déjà là ? demande-t-il.

– On dérange ? lui répond Jaxon, goguenard.

Je m'approche de Scarlett et Sawyer pour les saluer, puis je pose mon sac sur le canapé et retire ma veste. Heureux de voir de nouvelles têtes, Voldemort déboule depuis la cuisine en gobant une dernière croquette, puis il fonce dans nos jambes pour nous saluer. Après de nombreuses caresses, je lui ouvre la porte-fenêtre, par laquelle il se précipite sur la terrasse. Un instant plus tard, Cruz et sa célèbre petite amie Eve DeLuca pénètrent dans le manoir main dans la main.

Être entourée de couples amoureux ne m'aide pas vraiment à gérer la situation avec Jaxon. J'aimerais que nous aussi, nous ayons nos moments heureux…

Alors que Cruz et Eve s'approchent de moi pour m'embrasser, Jax peste :

– J'espère que vous n'êtes pas venus ici pour vous rouler des pelles au milieu du salon, vous aussi. Billie et moi, on vient d'assister à la scène entre ces deux-là et ça nous suffit.

– On pensait être seuls pour encore un moment, grommelle Sawyer.

– Je ne veux même pas savoir ce qu'on aurait surpris si on avait débarqué quelques minutes plus tard… soupire Jaxon. La prochaine fois, faites ça dans votre chambre, pour éviter de choquer les plus jeunes d'entre nous.

Sur ce, il me désigne d'un signe de tête rapide, avant de s'esclaffer… sauf que moi, ça ne me fait pas rire du tout. Le fait qu'il dise tout haut qu'il me considère comme une enfant me blesse terriblement. Je n'en suis plus une, mais il semble déterminé à faire comme si c'était encore le cas… Vexée, j'attrape mon sac et lâche :

– Puisque c'est comme ça, la gamine vous laisse entre adultes.

Alors que je m'éloigne en direction de l'escalier, j'entends Jaxon tenter de me retenir :

– Billie, attends !

– Bien joué… soupire Cruz.

Mais je grimpe les marches sans me retourner. Si j'avais encore le moindre espoir quant à la possibilité d'une histoire entre le meilleur ami de mes frères et moi, il vient d'être réduit à néant.

Parce que si Jaxon est l'homme de mes rêves, pour lui, je serai éternellement la petite sœur du clan Westwood et rien d'autre.

5

Jaxon

Eve et Scarlett s'éloignent vers la cuisine en discutant, tandis que Cruz et Sawyer s'approchent de moi, sourcils froncés. C'est fou comme ils se ressemblent lorsqu'ils arborent un air contrarié.

– Qu'est-ce qui t'a pris ? me lance Sawyer. Tu sais bien que Billie déteste qu'on la considère comme une gamine !

Parce qu'elle n'en est plus une. Je le sais, j'en ai même une conscience absolue.

Billie et moi sommes habitués à partager des instants complices, mais la manière dont elle m'a regardé alors que je la ramenais de la fac… elle était différente. Lorsqu'elle m'a dit que je lui manque beaucoup trop quand je suis loin, j'ai *senti* qu'elle tentait de me faire comprendre que notre lien est plus profond qu'il n'y paraît… et il est hors de question que je la laisse penser que ce genre de rapprochement peut avoir lieu entre nous. Ce serait une catastrophe.

Billie est comme ma petite sœur, et cette pique, c'est tout ce que j'ai trouvé pour le lui rappeler et m'en souvenir par la même occasion.

– Je faisais juste de l'humour, je ne pensais pas qu'elle prendrait la mouche, je prétends en retirant ma veste.

– Sérieusement ? réagit Cruz. Tu ne la connais pas ou quoi ?

Si, par cœur… Je la connais mieux que je ne me connais moi-même.

– Bon, et si on se faisait livrer, ce soir ? je propose. Je meurs de faim.

Sawyer et Cruz échangent un regard.

– Quoi ? je leur lance.

– Tu ne vas pas t'excuser auprès de Billie ? s'enquiert Cruz.

– J'ai fait une petite blague sans importance, je ne vois pas pourquoi j'irais m'excuser pour ça, je soupire.

– Parce que c'est ce que tu fais généralement quand tu contraries notre sœur, avance Sawyer.

– Bon, vous allez me lâcher ? J'ai encore le droit de penser que je n'ai rien à me reprocher, non ?

Sawyer lève les mains en l'air en signe de reddition.

– Pas besoin de t'énerver, dit-il. Je veux juste m'assurer que tout le monde va bien.

– C'est le cas, ne t'inquiète pas, je reprends, plus calme. Au fait, quelqu'un sait pourquoi Lennon n'est pas encore rentré ?

– Il a eu un rendez-vous de dernière minute, mais il m'a dit qu'il serait là pour le dîner, m'informe Cruz.

– Je me range du côté de Jax, je suis pour qu'on se fasse livrer ce soir, intervient alors Scarlett. Et j'ai une folle envie de manger indien, ça vous dit ?

– Je ne crois pas avoir déjà testé, déclare Eve.

Je hausse les sourcils. En tant que mannequin à la renommée mondiale, Eve s'est soumise pendant dix ans à un régime alimentaire strict. Depuis qu'elle a décidé de lever le pied professionnellement parlant, elle accepte de tester de nouvelles choses, bien que la nourriture reste un sujet sensible pour elle.

– Je pense que tu vas aimer, lui assure Cruz en déposant un baiser sur sa tempe. Si tu veux, on peut partager un repas pour deux.

– Je veux bien, répond-elle en le regardant, les yeux brillants d'amour.

Quand je les observe, j'ai encore parfois du mal à me dire que leur histoire a commencé par une agression : Cruz s'est fait poignarder par un dealer qu'Eve avait contacté et, parce que nous avions failli le perdre, nous avons tous mis un long moment avant d'accepter la jeune femme dans notre famille, jusqu'à ce que nous comprenions que notre frère était amoureux pour la toute première fois et qu'elle le rendait heureux. Depuis, les rapports entre Eve et le reste des Westwood s'améliorent de jour en jour. Parfois, il arrive que Sawyer soit encore sur la réserve, mais il fait beaucoup d'efforts et je crois que, même s'il a du mal à l'admettre, lui aussi a fini par apprécier la petite amie de Cruz.

Aujourd'hui, les compagnes de mes frères ont toutes intégré la famille avec succès. Je suis heureux de les voir en couple, de les savoir pleinement engagés et, plus que tout, amoureux…

Je retiens un juron lorsque dans mon esprit surgit soudain le visage de Billie. Le fait est que lorsque j'imagine à quoi pourrait ressembler ma propre moitié, c'est à elle que je pense…

Tandis que les autres discutent à propos du menu indien, je pars en direction de l'escalier.

– Où tu vas ? s'écrie Sawyer.

– Occupe-toi de ce qui te regarde, je lui renvoie.

– Je savais que t'irais t'excuser, réplique-t-il en riant.

Cela lui vaut deux majestueux doigts d'honneur de ma part. Ensuite, je grimpe les marches en ronchonnant. Je suis incapable d'accepter que Billie puisse m'en vouloir…

Je déteste vraiment ça.

Arrivé devant la porte de sa chambre, je toque trois petits coups contre le battant et j'attends qu'elle vienne m'ouvrir… ce qu'elle ne fait pas. Alors je m'obstine et frappe à nouveau.

– Quoi ? lance-t-elle enfin.

Je prends ça pour une invitation et entre. Installée sur son lit, son ordinateur portable ouvert, Billie est concentrée.

– Jaxon, laisse-moi tranquille, s'il te plaît, lâche-t-elle sans m'accorder un regard.

Des documents qu'elle annote sont étalés sur la couverture. Des devoirs de fac, certainement.

– Je regrette ce que j'ai dit, Billie, je commence.

Comme si elle n'était pas concernée par mes propos, elle continue d'étudier les papiers devant elle.

– Tu as entendu ce que je t'ai dit ? je lui demande.

Sa façon de m'ignorer me pique là où ça fait mal. Je déteste qu'elle me refuse son attention… Sans un mot, je m'approche et m'assieds face à elle.

– Fais attention, tu vas froisser ces feuilles, réagit-elle immédiatement.

– Oh, mince alors…

Enfin, elle lève son regard bleu et pénétrant vers moi.

– Tu l'as fait exprès, devine-t-elle. Tu voulais que je te regarde.

– *J'adore* quand tu me regardes.

– Jax…

– Je suis vraiment désolé, Billie. Je reconnais que ma blague était nulle… mais je ne cherchais pas à te blesser, je te le promets.

Ses épaules s'affaissent et elle repose les documents qu'elle a dans les mains.

– Tu sais que je ne supporte pas quand quelqu'un utilise mon âge pour me rabaisser, déclare-t-elle.

– Jamais je ne te rabaisserais, je lui assure.

– Tu l'as fait, pourtant.

– Je te l'ai déjà dit, c'était juste une blague…

– Très bien, alors tu ne verras pas d'inconvénient à ce que je plaisante sur le fait que tu es plus petit que mes frères, la prochaine fois ?

Je plisse les yeux et détaille Billie. Pendant longtemps, j'ai comparé ma taille et ma corpulence à celle des triplés, jusqu'à ce que je comprenne que leurs gènes faisaient d'eux des forces de la nature et qu'arriver à leur niveau me serait difficile. Je n'ai pas à rougir de mon mètre quatre-vingt-dix… mais même si je suis au clair avec moi-même et que j'aime la façon dont j'ai transformé mon corps en machine à protéger, j'aurai toujours huit putains de centimètres de moins que Cruz, Lennon et Sawyer… Ça me pèse, et Billie le sait.

– Un point pour toi, je gronde.

Un petit sourire apparaît sur les lèvres de la benjamine des Westwood. Je lève les yeux au ciel et j'ouvre mes bras au moment où elle s'approche pour se blottir contre moi. Je referme mon étreinte autour de son dos et je dépose un baiser sur le sommet de sa tête.

– Jaxon ?

– Hm ?

Mais elle n'ajoute rien.

– Qu'est-ce qu'il y a, Billie ? j'insiste.

Elle reste encore quelques secondes dans mes bras avant de s'écarter et de me dire, souriant malgré ses joues rouges :

– Ça n'a pas d'importance.

Je la détaille attentivement, n'y croyant pas, mais puisqu'elle ne veut rien me dire, je ne peux pas l'y obliger…

– On va commander indien, je la préviens, pour changer de sujet. Tu devrais venir choisir ton menu.

Elle rattroupe les feuilles éparpillées sur son lit avant de se lever et de m'emboîter le pas.

– Jaxon… m'appelle-t-elle alors que je m'apprêtais à franchir la porte de sa chambre.

Encore ?

Je me tourne vers elle et je hausse un sourcil interrogateur.

– Je suis une femme, déclare-t-elle.

– Je n'ai jamais pensé que tu étais un homme… je rétorque, suspicieux.

– Non, écoute-moi : je suis une femme. J'aurai vingt-deux ans dans deux mois, je n'ai plus qu'un semestre d'études à faire avant de me lancer dans la vie active.

Déglutissant discrètement, je sens mon corps se raidir tandis que je demande :

– Pourquoi tu me dis ça, Billie ?

– Parce qu'il le faut.

Elle fait deux pas en avant et plonge son regard dans le mien. Nous sommes si proches que je peux sentir son souffle lorsqu'elle affirme :

– Je suis une femme, Jaxon. Et il est temps que tu en prennes conscience.

6

Jaxon

Je suis une femme, Jaxon. Et il est temps que tu en prennes conscience.

Je suis une femme, Jaxon. Et il est temps que tu en prennes conscience.

– … peux me passer les samossas ? Jax !

Je redresse la tête quand la voix de Lennon parvient à m'arracher de mes pensées.

– Oh, excuse-moi, dis-je en lui tendant le plat.

– Tout va bien ? s'enquiert mon meilleur ami.

– Évidemment !

Il hausse les épaules avant de se servir, puis il lance au reste de la tablée :

– Vous êtes toujours d'accord pour passer le week-end à New York ?

Nous acquiesçons tous vivement. Quitter Cape Cod pendant quelques jours après tous les drames survenus ces dernières semaines nous fera beaucoup de bien.

– J'ai déjà prévenu Dovie, elle est surexcitée, nous informe-t-il.

– Rassure-moi, elle ne va pas nous organiser la visite d'un musée de l'espace ? soupire Sawyer.

– Non, pas à ma connaissance, réplique Lennon. Mais même si c'était le cas, crois-moi, tu suivrais le mouvement sans rechigner.

– T'es hilarant quand il s'agit de Dovie, s'amuse Sawyer. Cette façon que tu as de montrer les dents…

– Je ne montre pas les dents…

– Si, mon frère.

– Peut-être, mais c'est parce que je veux qu'elle soit heureuse. Et si t'envoyer sur la Lune lui faisait plaisir, je l'aiderais moi-même à foutre ton cul dans une fusée.

Cruz et moi éclatons de rire.

– J'aimerais si possible qu'on ne l'envoie nulle part, intervient Scarlett, pourtant amusée. Maintenant que j'ai remis la main sur Sawyer, je le garde.

– On te le lègue, il fait tache dans notre héritage, lance Cruz. On devrait même te payer pour le supporter, Scarlett.

Cette dernière frappe doucement le bras de mon frère.

– Laisse-les parler, ma puce, ricane Sawyer. Ils sont jaloux parce que de nous trois, c'est moi qui ai la plus grosse bi…

Les exclamations s'élèvent de toutes parts, empêchant Sawyer de terminer sa phrase. Il n'en a pas eu besoin, tout le monde sait parfaitement ce qu'il allait dire.

Une fois que les triplés cessent leur *battle* de punchlines, le dîner se déroule dans une ambiance légère comme nous n'en avons pas connu depuis longtemps.

– Au fait, Billie, commence soudain Eve en repoussant son assiette, dont Cruz s'empare sans se faire prier, ce matin j'ai aperçu le garçon qui est venu te chercher au manoir… Il est très mignon ! C'est ton petit ami ?

Je me tends imperceptiblement et je perds l'appétit sur-le-champ. Je jauge Billie du regard, tandis que les triplés la détaillent également. Elle semble gênée quelques secondes avant de répondre, désinvolte :

– C'est Austin. Nous ne sortons pas ensemble, mais c'est vrai qu'il est mignon.

– Et tu penses qu'il peut se passer quelque chose entre vous ? demande la mannequin.

J'attends la réponse de Billie, le poing crispé autour de ma fourchette. Eve doit sentir la tension ambiante, perceptible à la mine morose des triplés et à mon regard sombre, car elle ajoute :

– Est-ce que j'ai dit quelque chose qu'il ne fallait pas ?

– Ce n'est rien, Eve, lui répond Billie. Les hommes de cette famille ont décidé dès ma naissance qu'ils ne voulaient pas entendre parler de petit ami me concernant. Ils espèrent que je finirai ma vie seule…

– C'est faux, Billie, la coupe Lennon. On ne veut pas que tu restes célibataire éternellement, on se dit simplement que tu as le temps de trouver quelqu'un de bien, qui te correspondra et qui…

– Et qui *vous* plaira ! Mais je m'en fiche ! Ce que je veux, c'est que l'homme qui partagera ma vie me plaise, à *moi* !

– Donc tu vas sortir avec Austin ? déduit Cruz.

Cette conversation commence à m'être insupportable à suivre.

– Est-ce que ça poserait problème ? rétorque Billie, à bout de patience.

– J'aurais mieux fait de me taire… marmonne Eve.

– Bien sûr que non, tu n'as rien dit de mal, la rassure Cruz.

– Vu vos têtes, ce n'est pourtant pas l'impression que ça donne, gronde Billie.

– Vous en faites un drame alors que ce n'est pas nécessaire, intervient Scarlett. Votre sœur a parfaitement le droit d'avoir quelqu'un dans sa vie.

– Bien sûr, réplique Sawyer, mais on veut la protéger et être sûrs qu'elle ne va pas tomber sur un mec qui lui brisera le cœur.

– Ça, vous ne pourrez jamais en être à cent pour cent certains, déclare Billie.

– Dis-nous juste si tu comptes sortir avec Austin, lui lance Lennon. Dans ce cas, on se fera un plaisir de le rencontrer.

Non… Pas ma Billie dans les bras d'un autre…

Elle s'esclaffe et lâche :

– Il n'est pas question que je vous le présente, parce que je sais que vous allez le…

– Tu vas sortir avec lui, oui ou non ? je m'écrie.

Le silence se fait brutalement dans la salle à manger et toutes les têtes se tournent vers moi. Je suis moi-même surpris de la véhémence avec laquelle j'ai posé ma question. Mais je ne détourne pas mon regard de Billie : j'ai besoin qu'elle me réponde. Ce qu'elle fait, avec calme, au bout de quelques instants :

– Non. Austin est mon ami, c'est tout.

Cette affirmation devrait me soulager, pourtant c'est tout le contraire. Parce que je me rends compte que je viens de m'afficher devant tout le monde…

– Jax, je te trouve vraiment tendu, aujourd'hui, avance Sawyer.

– Je ne le suis pas… je grogne.

– T'es sûr ?

– Bon, j'ai besoin d'aller faire un tour, dis-je en faisant racler ma chaise sur le sol.

Traversant la pièce de vie, j'attrape les clés de la Bugatti sur le meuble de l'entrée et je quitte le manoir.

– Jaxon !

– Putain, je grogne, la main sur la poignée de la portière, lorsque je reconnais la voix de Billie qui déchire la nuit.

Sans me retourner, je lui lance :

– Rentre à la maison !

– Non !

Elle se plante à côté de moi, m'obligeant à lui faire face pour la regarder.

– Qu'est-ce que tu as, pourquoi est-ce que tu as réagi de cette façon ? me demande-t-elle.

– Combien de fois est-ce qu'il faudra que je me répète ? Tout va bien.

– Je ne te crois pas. Tu n'étais pas aussi énervé en venant me chercher à la fac.

– Pour l'amour du ciel, Billie… S'il te plaît, laisse-moi monter dans cette voiture.

– Non ! Je veux savoir ce qui se passe. Pourquoi tu as l'air de m'en vouloir, tout à coup ?

J'inspire en me pinçant l'arête du nez, puis je ferme les yeux.

– Jax… murmure-t-elle en posant une main sur mon bras.

Je rouvre les paupières et détaille son visage quelques secondes, avant de doucement me défaire de sa prise.

– C'est vrai, j'ai réagi comme un abruti pour absolument aucune raison, je déclare alors. C'est juste que, comme l'a dit Lennon, on veut que tu rencontres quelqu'un de bien, quelqu'un qui sera parfait pour toi… alors si tu penses que c'est cet Austin, tente ta chance.

Billie me dévisage, les sourcils haussés, la bouche entrouverte. Ses yeux bleus me sondent et je fais tout pour rester le plus stoïque possible. Le problème de la relation fusionnelle que nous entretenons, c'est qu'elle la rend capable de lire en moi avec une facilité déconcertante...

Nom de Dieu, arrête de me regarder de cette façon, Billie.

– D'accord... dit-elle finalement, tout bas. Donc, si je vous présentais un garçon, ça ne te poserait pas de problème ?

Que répondre à ça ? Certainement pas la vérité.

– Je ne demande rien d'autre pour toi que quelqu'un qui t'aime et te respecte. Si un jour tu le trouves, alors je l'accueillerai les bras ouverts.

Billie me dévisage pendant encore quelques secondes, avant de baisser la tête.

– Très bien, murmure-t-elle.

Elle se décale de quelques pas, me laissant l'accès à ma portière. Je l'ouvre et m'installe au volant de la Bugatti. Au moment où je démarre le moteur, elle me demande à travers la vitre baissée :

– Où est-ce que tu vas ?

– Boire un verre, je réponds.

– Et est-ce que... est-ce que je t'attends pour dormir ?

– Pas la peine, je rentrerai tard. Bonne nuit, Billie.

Puis j'enclenche la marche arrière comme si j'avais le diable aux trousses et je passe les grilles du manoir. Je n'ai pas fait plus de cent mètres lorsque je décide de me garer sur le bas-côté pour relâcher le soupir coincé dans mes poumons.

Et merde. Je m'en veux tellement de ne pas avoir réussi à garder mon calme lorsque le pote de fac de Billie a été évoqué... Et je m'en veux encore plus d'avoir été froid avec elle. C'est une triste première...

Après avoir repris mes esprits, je décide que j'ai besoin de me vider la tête. Et très vite, je trouve avec qui j'ai envie de passer le reste de cette soirée. Une personne qui sera toute disposée à m'aider à me changer les idées.

Je prends mon téléphone, compose un numéro et souris lorsque j'entends une voix douce me susurrer :

– Allô ?

– Bianca ? C'est Jaxon... Ça te dirait qu'on termine ce qu'on avait commencé la dernière fois au club ?

7
Billie

Je me sers une seconde tasse de thé puis je retourne m'installer sur le canapé. Je relance l'épisode de ma série que j'avais mis sur pause et je me cale confortablement contre les coussins.

Il est minuit et demi et j'attends que Jaxon rentre.

Je sais qu'il m'a dit de ne pas le faire, mais c'est plus fort que moi… J'ai besoin de savoir que nous sommes sous le même toit, qu'il n'est qu'à quelques mètres de moi… J'ai besoin de le savoir ici et pas dehors avec je ne sais qui, à faire je ne sais quoi.

Tout le reste de la soirée, je n'ai été capable de penser qu'à sa réaction, à son regard brûlant lorsqu'il m'a demandé si je comptais sortir avec Austin. On aurait dit que cela lui faisait physiquement mal de penser que c'était une possibilité. Au fond, j'espère que s'il est parti en colère c'est parce qu'il ne supporte pas de m'imaginer avec un autre homme, parce que lui aussi ressent quelque chose pour moi mais qu'il refuse de se l'avouer… mais ensuite, je repense à ce qu'il m'a dit quelques secondes avant de grimper dans sa voiture.

« Je ne demande rien d'autre pour toi que quelqu'un qui t'aime et te respecte. Si un jour tu le trouves, alors je l'accueillerai les bras ouverts. »

Cette phrase, ce n'est pas celle d'un homme amoureux. S'il l'était, il refuserait jusqu'à l'idée même que je puisse rencontrer quelqu'un…

J'entends des pas juste derrière moi et je tourne la tête pour voir arriver Lennon. Je me suis toujours demandé quel plaisir mes frères pouvaient tirer du fait de se balader torse nu dans la maison. Comme c'est quelque chose que les triplés – et Jaxon, à mon grand dam et mon grand plaisir – font souvent, ils doivent forcément en ressentir une grande satisfaction.

– Qu'est-ce que tu fais encore debout ? me demande mon frère en nouant un petit chignon au-dessus de sa tête tandis qu'il prend place à côté de moi.

– Je ne trouve pas le sommeil, je lui réponds. Et toi ?

Lenny se cale contre le dossier du canapé et étend ses grandes jambes sur la table basse du salon.

– J'ai plein de choses dans la tête, m'avoue-t-il. L'institut, l'agence, papa et maman, Dovie qui me manque terriblement… Par-dessus le marché, Voldemort dort au pied de mon lit et il ronfle comme trois bulldozers…

Je ris en posant une main sur le bras de mon frère, puis je retrouve mon sérieux pour m'enquérir :

– Qu'est-ce qui se passe avec l'agence et l'institut ?

– Rien, c'est juste que… prendre la relève de papa a été plus difficile que je ne le pensais. Je veux dire, j'adore mon travail et j'ai toujours voulu me retrouver à la tête de l'entreprise un jour ou l'autre, mais la manière si brusque dont ça s'est passé fait que… je me demande parfois si j'étais prêt à gérer le business familial si tôt.

– Bien sûr que tu l'es, Lennon.

– Tu dis ça parce que tu es ma sœur, Billie…

– Non, je le dis parce que de vous tous, c'est toi qui avais les épaules les plus solides et qui étais le plus à même de faire vivre l'héritage de papa. Et lui aussi, il le pensait, sinon il ne t'aurait pas désigné comme gestionnaire de l'agence dans son testament. C'est normal que tu aies besoin de temps pour t'acclimater à tout ça, et ça l'est encore plus que tu te remettes en question… C'est justement ce qui fait de toi un bon leader. Tu imagines un peu si Cruz était devenu gérant ? Ou Sawyer ?

Mon frère s'esclaffe.

– Je les adore, je poursuis, mais à ta place, je crois que Sawyer aurait déjà cogné quelqu'un et que Cruz passerait son temps à se féliciter d'être le boss.

Nous rions à nouveau, avant que je ne reprenne :

– Lennon, depuis toujours, tu es le second de papa. Tu vas prendre tes marques et tu vas faire évoluer le business familial comme personne.

– Merci, Billie. Tu es vraiment devenue une… *femme* futée et tu feras une incroyable psychologue.

Mon frère passe un bras autour de mes épaules et dépose un baiser sur ma tempe. Il ne m'échappe pas qu'il a eu une seconde d'hésitation avant d'utiliser le mot « femme », mais je suis heureuse qu'il l'ait fait. Peut-être que s'il reconnaît que j'ai grandi, cela incitera les autres à suivre le mouvement…

– Tu sais, à propos de tout à l'heure… commence-t-il.

– Laisse tomber, Lennon, je lui renvoie en posant ma tasse de thé sur la table basse et en remontant mes genoux contre mon buste.

Mais il insiste :

– Je t'aime, Billie. Et c'est justement pour ça que je cherche à te protéger, que je veux ce qu'il y a de meilleur pour toi… C'est ce qu'on veut tous. Alors tu as raison, il y aura forcément des étapes de ton parcours qui seront douloureuses et qu'on ne pourra pas empêcher, mais sois certaine que si on peut t'éviter certaines souffrances, alors on le fera. Comme les hommes, au hasard, parce que nous sommes programmés pour merder à un moment ou un autre.

Il embrasse à nouveau mon front avant d'ajouter :

– Nous sommes tes frères, et je préfère t'annoncer tout de suite que tu pourrais bien te marier à un saint, on trouverait quand même qu'il n'est pas assez bien pour toi. Cela dit, je te promets qu'on fera des efforts.

– Merci, Lennon.

Je le serre dans mes bras pendant un instant. Je me sens si chanceuse d'avoir des frères si présents et si protecteurs, même s'ils sont parfois étouffants… Les triplés auraient pu se contenter du lien particulier qui les unit, mais non, ils ont toujours fait en sorte de m'inclure dans leur groupe et de me montrer que nous étions une famille, tous ensemble.

Lennon pose sa tête sur le dossier du canapé et se met à fixer le plafond. Je me colle contre lui et m'installe dans la même position.

– Qu'est-ce qu'on regarde ? je lui demande.

– Je suis presque sûr que je suis capable de désigner de quel côté se trouve la Grande Ourse. Un peu à droite du luminaire, tiens.

Je m'esclaffe.

– Dovie déteint sur toi.

Lennon pousse un soupir las.

– Je déteste que son travail soit à New York et que le mien soit ici.

– Et vous aimez tous les deux beaucoup trop vos jobs pour les quitter.

– Je détesterais qu'elle se sacrifie pour moi… Comme je l'ai dit tout à l'heure, je veux qu'elle soit heureuse.

Il ferme un instant les yeux avant d'ajouter :

– On y arrivera. Je sais qu'on y arrivera.

– Évidemment. Lennon, vous êtes faits l'un pour l'autre, Dovie et toi, c'est évident. Au fait… tu as déjà remarqué ce truc qu'elle fait avec ses yeux quand elle te regarde ? On dirait qu'elle te dévisage un peu comme…

– Une psychopathe, termine mon frère, l'air complètement charmé par cette idée.

Nous restons ainsi pendant un moment encore, jusqu'à ce que Lennon se décide à remonter dans sa chambre. Je jette alors un regard à la pendule suspendue au mur du salon et j'étouffe un bâillement.

Une heure du matin…

Mes yeux commencent à papillonner à cause de la fatigue qui se fait sentir. Je devrais aller me coucher, mais je sais que je serai incapable de fermer l'œil tant que Jaxon ne sera pas là.

Soudain, le bruit d'une clé qui tourne dans la serrure me pousse à me redresser. Rien qu'à l'idée de voir l'homme que j'aime, mon cœur s'emballe.

Mais des bruits étouffés me parviennent rapidement. Je me demande d'abord si Jaxon n'aurait pas un peu trop bu et ne serait pas en train de se parler à lui-même, jusqu'à ce que j'entende un gloussement féminin.

Je me fige.

Non…

Le rire reprend et la voix grave de Jaxon s'y mêle. À entendre les bruits qui retentissent désormais, je suis certaine que l'inconnue et lui sont en train de s'embrasser dans le hall d'entrée.

Je ne peux pas les voir… Je ne le veux pas…

Mais mon corps est complètement paralysé.

Et finalement, ils apparaissent sous mes yeux. Je distingue une robe rouge, des cheveux blonds, de hauts talons… cependant, mon regard est obnubilé par les mains de Jaxon autour du visage de la femme, par la façon dont il lui sourit entre deux baisers, par sa bouche qui s'écrase sur la sienne. Ma gorge est si serrée face à ce spectacle que j'ai bien du mal à reprendre mon souffle.

Soudain, Jaxon m'aperçoit, et il se détache de la blonde si vite qu'elle en sursaute.

– Billie ? Qu'est-ce que tu fais là ? me lance-t-il, et je déteste entendre l'essoufflement dans sa voix.

Je suis incapable de lui répondre. Incapable de faire quoi que ce soit d'autre que le regarder. Ses cheveux châtains sont décoiffés à cause de la façon dont sa conquête les a agrippés et je remarque, comme la dernière fois, des traces de rouge à lèvres le long de sa mâchoire. À ses côtés, la blonde me dévisage et son regard passe de Jaxon à moi, incrédule.

Enfin, je ne sais par quel miracle, mes cordes vocales répondent de nouveau présentes.

– Je t'attendais, dis-je dans un murmure.

Je sens avec horreur mes yeux commencer à dangereusement me brûler. Heureusement, je parviens à ordonner à mon cerveau de ne surtout pas verser une larme… pas maintenant, en tout cas.

Jax est aussi figé que moi, à l'exception de sa tête, qu'il secoue légèrement sans que je sache ce que cela signifie.

– Je t'avais dit que je rentrerais tard, commence-t-il.

– Je sais, mais je voulais quand même te voir.

– Euh… Jaxon ? Qui est-ce ?

La voix de la blonde vient s'immiscer dans notre conversation. Jax revient à lui et reporte son attention sur elle… Lorsqu'il lui sourit et que sa fossette apparaît, je manque de m'effondrer.

– C'est Billie... Ma petite sœur, indique-t-il d'une voix claire.

Moi qui croyais que le voir embrasser une autre femme était douloureux, ce sont finalement ses mots qui font le plus mal. C'est comme s'il venait de me mettre un coup de poing dans l'estomac, et cette fois, en plus de peiner à reprendre mon souffle, j'ai envie de vomir.

Sa petite sœur...

– Oh, salut ! me lance la jeune femme, soudain plus enjouée. Désolée, on ne voulait pas te déranger.

Je ne sais pas comment je parviens à briser l'enveloppe de souffrance qui me paralyse pour lui répondre :

– Pas de problème.

Elle se tourne alors vers Jaxon, attendant certainement qu'ils reprennent là où ils s'étaient arrêtés. Les yeux toujours posés sur moi, il bredouille :

– Bon, alors... Bonne nuit, Billie.

J'arrive à peine à lui adresser un hochement de tête en retour. Il saisit la main de la blonde, et côte à côte, ils traversent la pièce de vie pour se diriger vers l'escalier. Je suis incapable de les suivre du regard, j'ai déjà assez mal comme ça.

Mais les gloussements retentissent à nouveau depuis l'étage et j'ai l'impression de recevoir un second coup de poing dans le ventre.

J'éteins la télé et me rends le plus vite possible dans ma chambre, ce qui m'oblige à passer devant celle de Jax – ce que je fais en me bouchant les oreilles pour être certaine de ne rien entendre de plus. Une fois ma porte refermée derrière moi, je me faufile dans mon lit et, seulement à cet instant, je libère mes larmes.

J'ai envie de croire que Jaxon ne savait pas que je serais encore éveillée à l'attendre, sauf que c'est ce que je fais depuis des semaines lorsqu'il rentre tard... alors, même s'il m'avait dit que ce n'était pas la peine ce soir, il ne pouvait pas ignorer que je serais quand même là et que j'assisterais à… *ça*. Pire encore, j'ai le sentiment qu'il voulait que je les voie, la blonde et lui. Il voulait me faire passer un message…

Qu'il se rassure, il a été reçu cinq sur cinq.

C'est maintenant clair : je me suis fait des films, j'ai espéré comme une idiote, fantasmé sur des gestes, des sentiments qui n'existent pas de son côté.

8

Jaxon

J'ai dormi trois heures à peine… et pas parce que la nuit que j'ai passée avec Bianca a été torride. Dans n'importe quelles autres circonstances, j'aurais été plus que satisfait de notre partie de jambes en l'air, mais là, j'en garde un goût amer, parce que je n'ai pas réussi un instant à me sortir Billie de la tête, ce qui est irrespectueux pour Bianca autant que pour moi et même pour Billie.

Le fait est que son visage peiné et ses yeux tristes d'hier soir m'ont hanté et me hantent encore ce matin, alors que je suis en train de prendre mon petit déjeuner. Je lui avais demandé de ne pas m'attendre, je l'avais prévenue que je rentrerais tard et je croyais qu'elle comprendrait ce que cela signifiait. Ce n'est pas la première fois qu'elle me voit avec une femme, ni la première fois que j'en ramène une au manoir, mais hier soir, j'ai eu l'impression d'être un véritable salaud.

« C'est Billie… Ma petite sœur. »

Cette phrase que j'ai prononcée des dizaines de fois au cours des dernières années m'a semblée fausse lorsque je l'ai laissée échapper, presque insultante. Et j'ai vu dans les yeux de Billie la douleur qu'elle a ressentie à l'instant même où ces mots sont sortis de ma bouche. Je déteste l'idée de lui avoir fait du mal, même si ma conscience tente de me convaincre que je ne suis pas en tort…

– T'as la tête dans le cul, Jax, me lance Cruz, installé en bout de table. Comment elle s'appelle ?

Heureusement, Billie n'est pas encore levée. Je détesterais que le souvenir d'hier soir se rappelle à elle dès son réveil.

– Elle s'appelle « occupe-toi de ce qui se passe dans ton propre lit ».

Cruz ricane en secouant la tête, avant de lâcher :

– T'en fais pas pour moi…

Effectivement, je n'ai pas de quoi m'inquiéter. Ni pour lui, ni pour Sawyer ou Lennon, parce que dans cette putain de maison, tout le monde file le parfait amour… et je suis le seul abruti pour qui ce n'est pas le cas.

– Au fait, qu'est-ce qui t'a pris hier soir ? ajoute Cruz.

Je hausse les sourcils.

Est-ce que Billie s'est confiée à son frère ? Est-ce qu'elle lui a parlé de la scène entre Bianca, elle et moi ?

– Quand tu as pété les plombs au dîner en voulant savoir si Billie allait sortir avec son pote de fac, précise Cruz.

– Je n'ai pas pété les plombs ! je me défends aussitôt.

Mon frère me sert un regard blasé.

– J'ai fait la même chose que nous tous depuis des lustres, je reprends. Protéger Billie !

– En agissant comme son mec ?

Je me fige et serre ma tasse de café si fort entre mes mains que je crains qu'elle ne se brise.

– Calme-toi, je plaisante, me rassure Cruz. Je sais que tu n'agis que pour son bien et celui de la famille. Tu es un bon frère pour elle, Jax, mais laisse-la un peu souffler quand même.

« Tu es un bon frère pour elle. »

Je jure que je suis à deux doigts de répliquer que je suis bien plus que ça pour elle, mais heureusement, je parviens à me maîtriser.

À cet instant, Billie apparaît dans la pièce de vie, déjà prête à partir pour la fac. Malgré son maquillage, je remarque ses yeux fatigués et cernés. Sans un regard dans ma direction, elle s'installe à table et se sert une tasse de café.

– Depuis quand ma petite sœur démarre sa journée sans embrasser ses frères ? lui lance Cruz.

Avec un mince sourire, Billie se relève. Alors qu'elle s'approche de lui, Cruz la prend dans ses bras avant de déposer un baiser sur son front. Elle se réinstalle ensuite sur sa chaise en m'ignorant royalement.

– D'accord… réagit Cruz, suspicieux. Vous vous êtes encore engueulés, tous les deux ?

– Pourquoi tu dis ça ? je demande.

– Parce qu'elle ne te calcule pas ! répond-il.

Je m'apprête à user d'humour pour dévier la conversation, mais Billie affirme :

– Ce n'est rien d'important. Tu peux me passer les petits pains, s'il te plaît, Cruz ?

Et voilà… Ce n'est rien… Rien d'important.

– Alors ? Quoi de prévu, aujourd'hui ? l'interroge nonchalamment son frère.

– Eh bien, je n'ai cours que ce matin, indique Billie. Après le déjeuner, j'ai prévu de rendre visite à Carmen. Ensuite, je pense que je vais aller faire un peu de shopping. D'ailleurs, je me demandais : est-ce que tu penses qu'Eve serait d'accord pour qu'on y aille ensemble ?

– Je lui poserai la question quand elle sortira de la douche, mais je pense qu'elle en sera ravie. Est-ce que son bodyguard de petit ami pourra vous accompagner ?

– Lâche-lui la grappe, Cruz, je lance. Elle ne craint rien à Cape Cod.

– Tu sais que je ne peux pas, rétorque mon frère. Eve n'est pas juste ma copine, elle est aussi ma cliente. Et elle est beaucoup trop connue pour que je la laisse se balader sans protection.

– Alors demande à quelqu'un à l'agence de te remplacer quelques heures, le prévient Billie, parce qu'Eve et moi allons certainement parler de toi et je ne veux pas que tu sois présent quand je lui dirai de prendre ses jambes à son cou tant qu'elle le peut encore.

Cruz éclate d'un grand rire qui fait glousser Billie… Rien que de voir son humeur s'alléger, je me sens un peu mieux.

– Très bien, je vous enverrai quelqu'un, abdique Cruz. Communique-moi l'endroit et l'heure à laquelle elle doit te rejoindre, et je m'occupe de tout.

Sur ce, il soupire, se lève et ajoute :

– Bon, c'est pas que je n'apprécie pas votre compagnie, mais Jessie et moi avons rendez-vous chez notre fournisseur d'armes dans une heure. On se retrouve pour la réunion d'évaluation des recrues, Jax ?

– Ça marche !

– Soyez sages, les enfants !

Cruz débarrasse son petit déjeuner et quitte la pièce, nous laissant seuls, Billie et moi. Dès que son frère s'éloigne, celle-ci se ferme complètement, grignotant des fruits et sirotant distraitement son café tout en répondant à des messages qu'elle reçoit sur son téléphone. Le tout en m'ignorant royalement. Je mérite sa froideur, sans aucun doute… mais merde, il n'empêche que ça me fout en rogne de n'obtenir aucune attention de sa part. Ce n'est pas ainsi que ça fonctionne entre nous.

– Tu as bien dormi ?

Ma question est ridicule, mais je préfère prendre le risque que Billie m'envoie bouler plutôt que d'endurer son silence. Mais c'est pire : elle continue à m'ignorer. Tout juste hoche-t-elle la tête, les yeux toujours rivés sur l'écran de son téléphone.

Bon…

– Je n'ai rien de prévu ce soir, alors… on pourrait regarder un film, et ensuite, si tu veux, je pourrais venir dormir avec toi ? je propose.

Bien joué, Jaxon, elle est belle la distance que tu dois à tout prix instaurer entre vous… Abruti !

Billie se fige. Mais alors que j'espère qu'elle va enfin poser son regard sur moi, elle se contente de liquider les dernières gorgées de son café, de ranger son portable dans sa poche et de se lever.

– Non merci, me lance-t-elle avant d'attraper son sac à ses pieds et, dans un courant d'air, de quitter le manoir.

Non merci.

Non… merci…

Putain !

••••

Je pénètre à l'intérieur de la salle de réunion à onze heures tapantes.

Deux fois par an, instructeurs et gestionnaires, nous faisons un point sur les recrues de notre institut, afin de déterminer lesquelles sont suffisamment prometteuses pour rejoindre l'agence. Autour de la grande table ovale sont déjà installés Lennon, Jessie, Alice, Cruz, Sawyer, Tony – qui fait partie des plus âgés de l'équipe et dont l'avis compte beaucoup pour nous – ainsi que Diego.

La seule présence qui manque, c'est celle d'Oscar. C'est la première de ces réunions que nous organisons depuis son agression, et j'ai un pincement au cœur de me dire qu'il n'est plus là pour superviser ce moment si important pour la vie de l'entreprise…

Après avoir salué tout le monde, je prends place sur une chaise à la droite de Lennon, les deux autres Westwood étant positionnés à sa gauche.

– On a failli attendre, me lance Cruz.

– Je suis à l'heure, c'est tout ce qui compte, je réplique.

– Bon, puisque tout le monde est là, on peut officiellement commencer, déclare Lennon en ouvrant un lourd dossier. J'ai passé en revue vos notes et vos premiers comptes rendus mais j'aimerais que vous me disiez d'abord ce que vous pensez de cette promo, de manière générale.

– Je la trouve attentive et déterminée, intervient Sawyer. Je me suis d'ailleurs fait la réflexion que cette année, bien plus de recrues paraissent au niveau pour rejoindre l'agence par rapport aux trois dernières.

– Je suis d'accord, confirme Alice. Les débuts en conduite sont souvent laborieux mais j'ai été agréablement surprise de voir que cette année nos élèves étaient nombreux à avoir de bonnes bases, et ils n'ont cessé d'évoluer au cours de ces six derniers mois.

– En ce qui me concerne, commence Jessie en regardant ses notes, je dois dire que leur apprentissage des armes à feu n'a pas été transcendant dans les premiers temps, mais comme vous, je trouve que beaucoup de recrues se sont révélées.

– Est-ce que vous avez des noms qui ressortent ? demande Lennon.

– Nora, répondons-nous tous d'une même voix.

– J'ai vu que ses notes et ses appréciations étaient excellentes, commente Lenny en hochant la tête.

– Elle est impressionnante, je dois l'avouer, dit Diego. Elle apprend vite et elle reproduit ce qu'on lui enseigne à la perfection.

– Puisque tout le monde est d'accord, on peut l'inscrire sur la liste, indique Lennon. Qui d'autre ?

Pendant la demi-heure qui suit, nous débattons sur les différents profils qui nous intéressent. À la fin de la réunion, dix-huit noms se sont détachés, un nombre effectivement important : d'habitude, nous recrutons plutôt entre cinq et huit bodyguards. La promo de cette année est donc un très bon cru.

Dans une ambiance optimiste, tout le monde quitte la pièce, mais alors que je m'apprête à faire de même, Lennon m'interpelle :

– Tu peux rester une minute, s'il te plaît ?

– Bien sûr, qu'est-ce qui se passe ?

Mon meilleur ami se pose contre la table de réunion et croise les bras avant de me demander :

– Est-ce qu'il y a un problème avec Billie ?

Je me fige tout en m'obligeant à garder un visage neutre.

Merde ! Et si Lennon avait remarqué que mes sentiments pour sa sœur avaient changé ?

– Comment ça ? je réplique.

– Je la trouve bizarre en ce moment… Préoccupée, du moins. Tu passes la plupart de tes nuits avec elle, est-ce qu'elle t'a parlé de quelque chose ? Est-ce qu'elle fait encore des cauchemars ?

– Non, je réponds, un peu rassuré par le tour que prend notre conversation. Ses mauvais rêves se sont nettement estompés et elle semble aller mieux. Qu'est-ce qui t'inquiète ?

– C'est juste que… je ne sais pas… elle parle beaucoup de cet Austin dernièrement et je me demande si elle n'est pas sur le point de nous présenter son premier petit copain.

À cette idée, ma poitrine se serre douloureusement. Mais à nouveau, je me force à garder un visage dépourvu d'émotions devant Lennon.

– Je sais que vous vous confiez beaucoup l'un à l'autre, reprend-il, alors je voulais savoir si par hasard elle t'avait parlé de quoi que ce soit concernant un éventuel mec dans sa vie ?

– Non… mais peut-être que ce n'est pas moi qu'elle mettrait au courant en premier si elle venait à trouver quelqu'un.

Lennon s'esclaffe en se redressant, puis il pose sa grande main sur mon épaule.

– Tu es le premier vers qui elle se tournerait, sans hésiter, déclare-t-il. Tu es un frère génial pour elle, Jax, tu le sais, n'est-ce pas ?

– Ouais… J'essaye, en tout cas, dis-je en détournant discrètement le regard.

Quel merdier !

– Bon, je dois y retourner, décide Lennon. Tiens-moi au courant si de nouvelles infos concernant notre sœur te parvenaient.

– Pas de problème.

Lorsque mon meilleur ami s'éloigne, le poing invisible qui écrase ma cage thoracique m'étouffe pour de bon. Il me faut quelques secondes pour me reprendre et pour quitter à mon tour la salle de réunion, l'esprit à nouveau obnubilé par la seule femme à laquelle je ne devrais pas penser.

9
Billie

– Quand est-ce que tu arrives ? me demande Logan, dont la voix me parvient à travers la console de ma voiture.

– Dans dix minutes, quinze tout au plus, je lui réponds.

– Comment ça se fait que tu n'es pas venue me rendre visite hier soir ? Ne me dis pas que tu m'as oublié !

Pour être tout à fait honnête, si… Depuis bientôt une semaine, Logan se fait porter pâle et ne vient plus à l'université. Je devais passer chez lui hier pour lui apporter les cours qu'il a manqués, mais vu la discussion que Jaxon et moi avons eue en revenant de la fac, il se pourrait que cela me soit sorti de la tête…

Malgré mes sentiments encore troublés, j'ai décidé de rattraper le coup en passant voir Logan ce matin, juste avant de me rendre à l'université. Après lui avoir assuré que mon arrivée est imminente, je raccroche et prends le temps de faire le tri dans mes pensées. Voir Jaxon au petit déjeuner en sachant qu'il a passé la nuit avec une autre m'a mis un coup au moral. En les imaginant dans le même lit, j'ai l'impression qu'un poing écrase mon sternum, m'empêchant de reprendre pleinement mon souffle…

Finalement, je me gare devant un pavillon parfaitement entretenu, puis je sors de ma voiture et pousse le petit portillon gris qui me fait face. Il claque en se refermant derrière moi. Au moment où je m'apprête à sonner à la porte, celle-ci s'ouvre sur madame Rogers, la mère de Logan, comme toujours élégante et apprêtée.

– Billie ! s'exclame-t-elle en m'apercevant.

Elle s'approche de moi pour me serrer rapidement contre elle avant de déposer un baiser sur ma joue et d'ajouter :

– Ça fait un petit moment qu'on ne t'avait pas vue par ici.

– Je sais, les cours me prennent tout mon temps, je réponds.

– Je suppose que tu es venue rendre visite à Logan ? Il est en train de prendre son petit déjeuner. Il commence à se sentir mieux, mais il est encore un peu faible. Bon, je file, je vais être en retard au travail. À plus tard.

Je regarde madame Rogers s'éloigner en direction de son SUV, puis je pénètre à l'intérieur de la maison.

– Par ici, Billie !

Attablé devant un bol de céréales, Logan sourit en m'apercevant.

– Tu as l'air bien en forme pour quelqu'un censé être cloué au lit à cause d'un virus, lui dis-je après m'être installée sur une chaise à côté de lui.

– Comment oses-tu douter de ma sincérité ?

Il se force à tousser, ce qui me fait lever les yeux au ciel.

– Ne vois-tu pas à quel point je suis faible ? s'exclame-t-il.

– Oh, à d'autres, Logan. Je sais que ça fait déjà quelques jours que tu aurais dû revenir à la fac. Ta mère croit vraiment tout ce que tu lui racontes ?

– Elle a une âme bien trop pure, c'est pour ça que je l'aime.

Il finit d'avaler son petit déjeuner tandis que je le détaille sans vergogne. Je crois que si je devais utiliser un seul adjectif pour le décrire, ce serait « séducteur ». Logan adore plaire et il peut être irrésistible quand il le veut. Je suis bien placée pour le savoir, parce que j'ai moi-même craqué pour ses yeux marron, son humour et sa carrure d'athlète l'année dernière. Nous sommes sortis ensemble durant quelques mois, avant que je ne comprenne que Jaxon hantait mon esprit et que c'était lui que je voulais. Mais nous nous sommes quittés en bons termes et sommes restés amis. Depuis, Logan s'est remis en couple avec Tania, une étudiante de notre université, et leur relation dure depuis près d'un an maintenant.

– Bon, je l'admets, il se pourrait que j'aie un peu exagéré cette histoire de virus, lâche-t-il en reposant son bol devant lui.

– Sans blague, je grogne.

– C'est juste qu'en ce moment on a du travail par-dessus la tête et que Tania et moi, on n'a pas vraiment le temps de se voir comme on le voudrait. Du coup, on s'est dit que s'octroyer une petite semaine de détente pourrait nous faire du bien.

Je m'esclaffe.

– Vous avez prétendu tous les deux être malades pour sécher les cours ? Vous avez quel âge ?

– L'âge de vouloir se peloter quand on veut. D'ailleurs…

Logan jette un coup d'œil à sa montre avant de terminer :

– … ses parents ne vont pas tarder à partir travailler, elle sera là dans une petite heure.

Je secoue la tête face à son sourire étincelant.

– J'ai compris, je vais bientôt débarrasser le plancher, dis-je. Mais avant…

Je me penche et attrape mon sac de cours pour en sortir un dossier que je pose sur la table de la cuisine.

– Voilà ce que tu as à rattraper avant ton retour.

– Fantastique… gronde mon ami.

– Eh oui, malheureusement, il va falloir que tu délaisses un peu Tania si tu ne veux pas foirer ton dernier semestre.

Logan se lève et s'approche de moi, une expression malicieuse sur le visage.

– Hm… est-ce que c'est une pointe de jalousie que je perçois ? me taquine-t-il.

Je pouffe en me levant à mon tour avant de remettre mon sac sur mon épaule.

– Tu n'as aucune inquiétude à te faire, je suis très heureuse que Tania et toi vous soyez trouvés, j'affirme.

Alors que je m'apprête à sortir de la cuisine, mon ami me lance soudain :

– Et toi ?

Je pivote et hausse un sourcil.

– Où en es-tu avec Jaxon ? ajoute-t-il.

Mon estomac se serre lorsque j'entends ce prénom. Bien sûr, Logan est au courant de mes sentiments pour Jax. Comment ne pourrait-il pas l'être, étant donné que c'est à cause d'eux que j'ai rompu avec lui ?

– Nulle part, malheureusement, je réponds en plissant les lèvres, avant de quitter la maison des Rogers.

••••

– … qu'il m'a regardée avant de lui répondre « c'est Billie… Ma petite sœur ».

Je termine mon rapport en soupirant. Installés au restaurant universitaire, Austin et moi prenons notre repas de midi tandis que je lui raconte le fiasco d'hier soir.

– Je suis désolé, Billie, m'assure-t-il.

– C'est pas grave, dis-je en haussant les épaules. Au moins, maintenant, je sais que Jaxon ne ressent rien pour moi. Je vais pouvoir débuter le travail de deuil de notre histoire qui n'a jamais eu lieu.

Austin s'esclaffe.

– On croirait entendre nos profs de psycho.

Il attrape ensuite mon dessert que je n'ai pas le cœur à manger, avant d'affirmer :

– Tu sais, je pense que tu tires des conclusions hâtives.

– Comment ça ?

– Tu ne t'es pas dit que Jaxon agissait peut-être ainsi pour se protéger ? Qu'il t'a piquée afin que tu ne puisses pas déceler ses réels sentiments ?

Je dévisage mon meilleur ami.

– C'est vrai, reprend-il face à mon regard sceptique. Imagine une seconde que Jaxon éprouve la même chose que toi. Le truc, c'est qu'il ne sait rien de ce que *toi*, tu ressens et il se dit que, de toute façon, même si tu l'aimais en retour, tes frères seraient un frein à une histoire entre vous. Alors il te repousse, parce qu'il pense que c'est ce qu'il y a de mieux à faire.

Figée, je détaille Austin avant d'éclater de rire.

– Et c'est moi qui sonne comme une prof ? Mon pauvre Austin, ce n'est pas si compliqué, je te le garantis. Jax n'est pas amoureux de moi, c'est ainsi, je dois m'y faire. Mais je trouve ton excès de romantisme très mignon. Est-ce que c'est la présence d'Ivy Willis dans notre groupe de TD qui te donne des ailes ?

Mon ami me bouscule gentiment d'un coup d'épaule avant de repousser son plateau devant lui.

– Fous-moi la paix, marmonne-t-il. Au fait, tu veux venir à la petite fête organisée par les mecs du master demain soir ?

– Oh, je ne sais pas si j'ai envie d'être entourée de gens qui s'amusent, je réponds tandis que nous rangeons nos plateaux avant de quitter le restaurant universitaire et de prendre la direction du parking.

– Justement, ça te changera les idées, argue Austin.

– Hm… je ne sais pas trop. Tu comptes y aller, toi ?

– Ouais.

Cela me surprend un peu. Mon ami n'est pas un fan absolu des fêtes étudiantes. Mais en le dévisageant, je finis par comprendre pourquoi il est si motivé pour se rendre à celle-ci.

– Ivy y sera, je me trompe ?

Le petit sourire d'Austin suffit à me donner ma réponse.

– Je ne crois pas que tu aies besoin de ma compagnie, dans ce cas, je déclare.

– J'aime toujours avoir ma petite Billie avec moi, fait-il en passant un bras autour de mes épaules. Allez… ne m'oblige pas à te supplier.

– Bon, d'accord. Mais cette fois, c'est moi qui passe te chercher.

Mon ami se fige soudain.

– Pourquoi ?

– Euh… parce que c'est toujours toi qui me conduis partout d'habitude et que j'ai envie de changer, pour une fois. Ça te pose un problème ?

– Non…

– Donc c'est entendu ! Je serai chez toi à vingt-deux heures. Tu n'auras qu'à m'envoyer ton adresse par SMS.

Austin hoche la tête, et nous continuons à avancer vers nos voitures. Il me parle d'un psychothérapeute à propos duquel il a fait des recherches sur Internet et dont la spécialité correspond exactement au sujet de notre TD, ce qui m'enthousiasme : plus nous aurons de références sur lesquelles nous appuyer le jour de notre présentation, et plus nos chances d'obtenir une bonne note seront élevées. Voyant que je lui pose toujours plus de questions, mon ami décide de sortir son téléphone de sa poche pour me montrer directement la vidéo d'une conférence du professionnel. Je suis en train de la visualiser lorsqu'un appel l'interrompt.

– Sunshine ? je demande en commentant le nom qui s'affiche sur l'écran. Qui est Sunshine ?

– Oh, c'est, euh... ma belle-sœur, répond Austin.

Je fronce les sourcils.

– Je croyais qu'elle s'appelait Ella ?

Je suis persuadée que c'est le prénom qu'il a utilisé le peu de fois où il m'a parlé d'elle. Il faut dire que concernant son entourage, mon ami n'est pas très causant. J'ai compris à force de le côtoyer qu'il aime s'intéresser aux autres mais qu'il préfère ne pas trop se dévoiler, ce que je respecte.

– C'est le surnom que mon frère lui donne... m'indique-t-il. J'ai pris l'habitude de l'utiliser, c'est tout.

Je ne comprends pas vraiment pourquoi il rougit, mais je ne souhaite pas le mettre encore plus mal à l'aise, alors je ne lui pose pas davantage de questions.

– On se voit demain soir ? me lance-t-il en déverrouillant sa voiture.

– Bien sûr. Passe une bonne après-midi !

10
Billie

– Eh, tout le monde, venez voir, Billie est revenue !

Je souris et m'accroupis pour me placer à hauteur du groupe d'enfants qui se précipite sur moi. Je serre Teddy dans mes bras, ainsi que les trois petites filles qui m'assaillent à sa suite.

– Bien sûr que je suis revenue, dis-je en ébouriffant les cheveux de Teddy.

– La dernière fois, tu as dit que tu reviendrais très vite… mais je crois que ça fait longtemps, en fait, me sermonne-t-il en fronçant les sourcils.

À six ans, il a encore un peu de mal avec la temporalité.

Chaque fois que je mets les pieds dans cet orphelinat, une part de moi se sent chez elle. Je n'étais peut-être qu'un bébé de quelques semaines lorsque Ellen et Oscar m'ont adoptée, mais ma mémoire sait qu'à un moment j'ai vécu ici et qu'on y a pris soin de moi en attendant qu'une famille me trouve.

– Theodore, intervient Carmen, qui vient tout juste de sortir du salon, Billie peut venir nous voir quand elle le souhaite sans qu'un inspecteur d'un mètre vingt lui tombe dessus pour lui demander des comptes.

Je me redresse en souriant et j'enlace la directrice de l'orphelinat, une grande femme aux cheveux gris noués en une longue tresse.

– Comment vas-tu, ma belle ? me demande-t-elle.

– Bien…

Elle plonge son regard bleu dans le mien pour s'assurer que je lui dis la vérité. Ce qui est le cas : les drames dont ma famille a été victime ces dernières semaines me collent encore à la peau, mais au moins, je ne fais plus de cauchemars la nuit… Je reprends le cours de ma vie pas à pas. Ou plutôt…

Un battement de cœur à la fois.

– Alors je suis contente, reprend Carmen. Tu tombes bien, je venais de me préparer du thé. Tu as le temps d'en prendre une tasse avec moi ?

– Toujours. Mais avant, j'ai une petite surprise pour toute la tribu.

J'ouvre mon sac à main pour en sortir un gros paquet de bonbons, ce qui déclenche des cris de joie de la part des petits.

– Hé, une seconde, partagez avec les autres ! s'écrie Carmen avant qu'ils ne s'enfuient avec toutes les sucreries.

En une seconde, d'autres enfants les rejoignent et ils s'en vont dévorer leur butin dans le parc de la demeure. Carmen me fait signe de la suivre jusque dans le salon et nous nous installons sur le canapé tandis qu'elle verse du thé dans deux tasses. Du coin de l'œil, je remarque que le papier peint floral commence à se décoller, ce qui m'attriste. Au fil de mes visites, j'ai vu la maison autrefois parfaitement entretenue se dégrader… De style ranch, cette demeure spacieuse a accueilli de nombreux enfants depuis trente et un ans. Aujourd'hui, ils sont douze à y vivre au quotidien en attendant que des familles viennent leur donner la seconde chance qu'ils méritent. Les subventions de l'État n'étant pas très généreuses et les dons se faisant de plus en plus rares, Carmen a dû faire des choix : utiliser l'argent uniquement pour le bien de ses petits protégés, ou en prélever une partie pour entretenir les lieux.

Comme toujours, les enfants ont été sa priorité.

– Je suis contente de te voir, me glisse-t-elle en croisant les jambes. Je ne l'avouerai pas devant lui, mais Teddy a raison : ça fait longtemps qu'on ne t'avait pas vue.

– J'avais besoin de me retrouver avec moi-même, de passer du temps avec ma famille.

– Je comprends… Les médecins n'ont toujours pas noté d'amélioration en ce qui concerne Oscar ?

Je secoue la tête et avale une gorgée de thé avant de répondre dans un souffle :

– Aucune…

Mon père est toujours alité dans la chambre de la clinique privée où repose également ma mère, inconscient. Je vais lui rendre visite aussi souvent que je le peux, même si le voir ainsi est une véritable torture.

– Franck et Esther ne sont pas là ? je demande.

– Esther est en congé pour la journée, et Franck est allé au cinéma avec les quatre plus grands.

– Tu as un mari formidable, Carmen.

– Je le sais, me répond-elle en souriant.

– Teddy a l'air d'aller mieux.

– C'est vrai. Il a fait beaucoup de progrès tout au long de l'année, il va plus facilement vers les autres et il se laisse approcher aussi.

Pour un enfant victime d'abus physiques pendant les cinq premières années de sa vie, c'est effectivement un grand pas en avant.

– Il ne le sait pas encore, mais un couple m'a contactée pour un premier rendez-vous la semaine prochaine, ajoute Carmen. Ils souhaitent le rencontrer.

– Vraiment ? je m'exclame. Je suis contente pour lui !

– Moi aussi. J'espère juste que ce couple ne reculera pas en apprenant le passé de Teddy. C'est ce qu'ont fait les deux derniers qui sont venus, et ça lui a brisé le cœur lorsqu'ils ont décidé de ne pas donner suite.

Le mien se serre en imaginant la joie dans les yeux de ce petit garçon, espérant de tout cœur être enfin adopté, puis voyant son rêve partir en fumée… une fois de plus. Les sévices que Theodore a subis sont innommables, il en a d'ailleurs gardé quelques cicatrices sur le corps… et malheureusement, voir un enfant de six ans déjà tant marqué par la vie aussi bien physiquement que psychologiquement effraie généralement les potentiels parents.

– Tout va bien se passer, j'en suis sûre, je murmure en posant une main réconfortante sur l'avant-bras de Carmen.

Elle la tapote doucement en tentant de masquer sa tristesse, sans succès. On pourrait croire que, après tout ce temps, la gérante de l'orphelinat s'est endurcie face aux situations des enfants qu'elle accueille et qu'elle a appris à ne pas se laisser déborder par ses émotions, mais comment rester insensible face à ces petits êtres à qui on a volé une part de leur innocence ?

– Les deux bébés ont été adoptés, m'informe-t-elle ensuite en se redressant. Leurs nouvelles familles viennent les chercher dans quelques jours.

– Carmen, c'est génial ! je réagis.

– C'est vrai… Cela dit, c'est toujours facile en ce qui concerne les nouveau-nés.

Elle tourne son regard azur vers moi et ajoute :

– Tu en sais quelque chose. Tu n'as pas passé plus de trois mois ici avant qu'Oscar et Ellen ne t'accueillent chez eux.

Mon histoire personnelle ne m'a jamais été cachée : mes parents ont toujours été aussi transparents que possible sur mes origines. Ma mère biologique s'appelait Marissa, elle avait seize ans, elle était lycéenne et benjamine d'une famille de six enfants. Mise à la porte à l'instant où elle s'est retrouvée enceinte, larguée par son petit ami – mon géniteur –, elle a trouvé refuge à l'orphelinat où elle a résidé jusqu'à son accouchement. Et c'est ainsi qu'un soir de janvier je suis née dans l'une des chambres à l'étage. J'ai appris par Carmen que Marissa a demandé à ne pas me voir. Et, trois semaines après ma naissance, elle a disparu en me laissant derrière elle. Elle n'a laissé ni mot, ni lettre m'étant adressée… à la place, des papiers attestant qu'elle renonçait à ses droits parentaux.

Deux mois plus tard, je devenais officiellement une Westwood.

Lorsque j'ai eu cinq ans, mes parents m'ont expliqué que j'avais été adoptée, tout comme mes trois grands frères ; cependant, ils ont attendu mes dix ans pour me raconter toute l'histoire, afin d'être certains que je sois en âge de comprendre correctement mon parcours. Je me souviens avoir été particulièrement en colère d'apprendre que la femme qui m'avait mise au monde m'avait tourné le dos si facilement. Avec le temps, j'ai fini par l'accepter, et même par lui en être reconnaissante. La chance qui m'a été donnée d'être élevée par Oscar et Ellen a atténué la blessure de l'abandon. Pour rien au monde je ne changerais une seconde de mon destin, parce qu'il a mis sur mon chemin les deux parents les plus incroyables qui existent.

– Poppy ne parle toujours pas, m'apprend Carmen à voix basse, m'arrachant à mes pensées.

Le cas de cette petite fille de quatre ans arrivée il y a sept mois à l'orphelinat l'inquiète beaucoup, et pour être honnête, moi aussi.

– Carmen, je dois t'avouer quelque chose, dis-je en posant ma tasse sur la table basse. Ma venue ici n'est pas tout à fait désintéressée.

– Je t'écoute. Qu'y a-t-il ?

– Tu sais que je serai officiellement diplômée à la fin du semestre ?

– Bien sûr…

– Et que je me suis spécialisée dans la psychologie infantile.

– Viens-en au fait, Billie.

– Voilà : je me demandais si tu accepterais que je vienne ici selon un planning que nous aurions défini, pour parler avec les enfants, essayer de travailler avec eux sur leurs traumatismes et les aider à avancer. Évidemment, j'ajoute avant que Carmen ait pu objecter quoi que ce soit, j'interviendrais à titre gracieux.

– Billie…

– Je sais que l'État mandate déjà une psychologue pour l'orphelinat, mais je sais aussi qu'elle ne se déplace que deux fois par an… et que ce n'est pas du tout adapté à la situation de ces enfants.

Je me penche vers Carmen et prends sa main avant de conclure :

– C'est parce que tu m'as recueillie que j'ai pu devenir celle que je suis aujourd'hui. Cet endroit, c'est un peu ma maison aussi, alors j'aimerais vraiment pouvoir faire ça pour toi, pour l'orphelinat, et surtout pour les enfants.

Carmen prend une longue inspiration avant de serrer doucement mes doigts.

– J'en serais très heureuse, murmure-t-elle.

Soulagée, je souris, reconnaissante. Enfin, je vais pouvoir me rendre utile en exerçant le métier pour lequel je me sens faite.

Enfin, je vais pouvoir redonner un peu d'espoir à ceux qui l'ont perdu.

11
Billie

– Ça me fait plaisir que tu m'aies proposé cette virée shopping, Billie.

– À moi encore plus, je réponds. J'avais besoin de ton sens de la mode pour m'aider à choisir de nouvelles tenues avant notre week-end à New York.

Eve et moi parcourons côte à côte les rues de Cape Cod. Ici, pas de marques de luxe, ce sont plutôt de petites boutiques qui sont installées au centre-ville. Ce qui nous va très bien : dans ce cadre plutôt calme, la mannequin court peu de risques d'être soudain assaillie par une horde de fans. Jusque-là, personne ne l'a importunée.

Après avoir commencé par les chaussures, nous nous apprêtons désormais à choisir des sous-vêtements.

– Tu n'as pas besoin de mes conseils, tu t'en sors très bien sans moi, Billie, m'assure Eve.

– C'est gentil.

Entre Dovie et moi, le courant est passé immédiatement. Notre amour pour son chien Voldemort et *Harry Potter* nous a rapprochées, entre autres, et je crois que je suis bien partie pour m'en faire une meilleure amie. Scarlett, elle, a côtoyé notre famille pendant plusieurs années avant de disparaître. J'étais sceptique au départ lorsqu'elle est revenue dans la vie de Sawyer, terrifiée à l'idée qu'elle lui brise à nouveau le cœur. Mais le fait est qu'elle est bel et bien décidée à rester et entre nous renaît doucement la relation amicale que nous entretenions lorsque j'étais ado. Finalement, de toutes les petites copines de mes frères, Eve est celle avec qui j'ai pour l'instant le moins de lien, et je compte bien changer ça.

Tandis que nous marchons, je jette un rapide coup d'œil derrière nous puis je lui glisse, à voix basse :

– Comment est-ce que tu as réussi à te faire à l'idée d'être sans cesse suivie ?

Tony, le bodyguard envoyé par Cruz pour encadrer notre sortie shopping, maintient une distance avec Eve et moi, mais il n'est jamais très loin, sans cesse sur le qui-vive, prêt à intervenir au moindre mouvement suspect.

– Dis-toi que d'habitude, ils sont deux, soupire ma belle-sœur. Aujourd'hui, April est en repos…

Nous traversons la rue, puis Eve reprend :

– Ça fait dix ans que ma carrière de top model a débuté, et donc dix ans que je suis au contact de gardes du corps. Pour être honnête, je ne crois pas que je puisse parler d'habitude. C'est juste… mon quotidien. Et très franchement, je préfère être suivie par un service de sécurité que par des paparazzis, ces espèces de vautours.

– Tu peux être tranquille, ils ne viendront pas t'embêter à Cape Cod, je lui assure. Et si l'un d'eux décidait de s'y aventurer quand même, il serait accueilli d'une telle manière qu'il n'y mettrait plus jamais les pieds.

– Je sais : Cruz a tendance à en faire un peu trop lorsqu'il s'agit de ma protection, fait-elle avec une tendresse infinie dans la voix.

Je m'arrête pour lui faire face alors que nous nous apprêtions à entrer dans la boutique de lingerie.

– Il ne s'agit pas juste de Cruz, j'affirme. Tu fais partie de la famille, désormais. Si quelqu'un s'en prend à l'un de nous, nous faisons tous bloc pour lui faire face.

Eve détourne la tête, et ses yeux se mettent soudain à briller dangereusement.

– Tout va bien ? je lui demande. Désolée si j'ai dit quelque chose qui…

– Ne t'en fais pas, me rassure-t-elle. C'est juste que… ce que tu as dit, ça me touche beaucoup. Je ne m'attendais pas à être un jour totalement acceptée dans votre famille. Je sais que l'erreur que j'ai commise lors de ma rencontre avec Cruz vous a donné une piètre opinion de moi, alors…

– Ne t'inquiète pas. C'est pardonné.

Après avoir échangé un sourire, Eve et moi pénétrons dans la boutique. Derrière le comptoir, un jeune homme nous salue, et je remarque immédiatement son double coup d'œil lorsqu'il repère la mannequin. La présence de Tony semble le dissuader de nous approcher pour lui demander un selfie ou un autographe, mais ce n'est clairement pas l'envie qui lui manque.

– Alors ? Comment ça se passe entre mon frère et toi ? je reprends sur un ton plus léger.

Eve sourit tout en passant en revue les bodys en dentelle. C'est comme si elle s'attendait à cette question.

– À merveille, déclare-t-elle. Cruz est…

Elle me jette un petit coup d'œil avant d'admettre :

– … incroyable.

J'ai parfois du mal à me dire que j'ai face à moi Eve DeLuca, la top model la plus célèbre du moment. Alors c'est vrai, sa beauté est incomparable, mais elle est bien différente de l'image d'elle dépeinte dans les magazines. Eve est gentille, douce et patiente… En fait, elle est presque normale. Elle rougit un peu, sourit beaucoup lorsqu'elle parle de Cruz, comme n'importe quelle jeune femme amoureuse, et elle semble vraiment apprécier de passer du temps dans notre famille.

– Tu peux me le dire s'il joue les emmerdeurs parfois, je réplique. Je suis presque sûre que c'est le cas, je le connais bien.

Eve rit en se tournant vers moi.

– J'admets qu'il est un peu grognon le matin, lâche-t-elle, alors que moi, j'aime me lever tôt pour aller m'entraîner.

– Un peu grognon ? Tu es gentille… Cruz *déteste* quand le réveil sonne trop tôt.

– Il n'empêche qu'il m'accompagne toujours pour ma séance de sport. Il est si patient avec moi, si compréhensif quant à la vie que je mène. Et puis… je sais que je ne devrais pas te dire ça parce que tu es sa sœur, mais bon sang, il est tellement beau et sexy, tellement…

– OK, OK, j'ai saisi l'idée.

Eve rit à nouveau devant mon air gêné.

– Excuse-moi, mais c'est ta faute, tu m'as lancée sur mon sujet favori.

– Je comprends. Et je suis contente que Cruz t'ait trouvée. En fait, je suis ravie que tous mes frères soient heureux et amoureux.

Je me déplace d'un rayon à l'autre. Tony fait mine de s'intéresser lui aussi à ce qu'il voit dans la boutique et cela me fait rire de le voir planté dans le rayon des culottes.

– Et toi ? me demande alors Eve en me rejoignant.

– Moi ? je lui renvoie, surprise.

– Tu es heureuse ?

– J'en prends le chemin, en tout cas.

– Et… tu es amoureuse ?

Je sers un petit sourire à Eve avant de recommencer à inspecter les sous-vêtements. Elle se rapproche alors de moi et me glisse à voix basse :

– Ton secret est bien gardé avec moi.

Alors que je m'apprête à lui demander de quoi elle parle, elle ajoute :

– Si je peux te donner un conseil, Jaxon et toi devriez vous avouer ce que vous ressentez l'un pour l'autre.

Ma bouche s'entrouvre et mon cœur commence à s'emballer.

Comment…

– Il n'y a que tes frères pour ne pas voir ce qui se passe sous leur nez, répond Eve à ma question muette.

– Qu'est-ce que…

– Qu'est-ce qui m'a fait comprendre ? Les regards que vous échangez, vos gestes tendres, l'électricité qui crépite entre vous lorsque vous vous trouvez dans la même pièce… et puis, il y a aussi la façon dont Jaxon t'a demandé si tu comptais sortir avec Austin. Il n'y a qu'un homme amoureux pour réagir comme ça… Quant à toi, tu lui as couru après si vite quand il a quitté le manoir que ça ne pouvait pas être plus clair.

– Eve…

– Ne t'inquiète pas, me rassure-t-elle. Je te l'ai dit, je compte garder mes observations pour moi. Mais je pense quand même que tu devrais tout avouer à Jaxon. Si tu ne le fais pas, tes sentiments vont te ronger de l'intérieur.

– C'est déjà le cas depuis un moment… je soupire.

– Alors il est plus que temps que ça sorte.

– Et s'il me dit qu'il ne ressent rien pour moi ?

– C'est impossible, Billie, je t'assure que…

– Mais imagine ! Eve… Le voir avec une autre hier soir m'a déjà fait un mal de chien. Je l'ai évité toute la journée parce que j'essaye de me convaincre de garder mes distances. Si je lui avoue tout maintenant et qu'il me dit que ce n'est pas réciproque, j'aurai le cœur brisé.

– Peut-être… Cela dit, tu penses vraiment que tu es plus heureuse avec la situation actuelle ?

Elle pose doucement une main sur mon bras puis ajoute :

– C'est à toi de décider… Mais tu feras le bon choix, Billie, j'en suis certaine.

••••

Il est près de dix-huit heures lorsque Eve et moi retournons au manoir. La conversation que nous avons eue n'a pas quitté mon esprit une seconde, si bien que j'ai passé le reste de notre session shopping plus vraiment concentrée. En moi, le pour et le contre s'affrontent. L'idée de révéler mes sentiments à Jaxon me terrifie, mais je me rends bien compte que notre relation telle qu'elle est actuellement ne me convient plus. Je le veux pour moi, avec moi. Je nous veux ensemble.

C'est d'ailleurs lui que je remarque en premier en pénétrant dans la demeure familiale. Il est installé au salon avec le reste de la tribu, et tous nous saluent chaleureusement lorsqu'ils nous voient… un peu trop d'ailleurs, en ce qui concerne Cruz. Il attrape Eve et la soulève dans ses bras avant de l'embrasser sous les rires de cette dernière. Je me détache de leur vision de bonheur pour m'approcher de Scarlett et Sawyer et les embrasser, ainsi que Lennon qui est rentré tôt ce soir, pour mon plus grand plaisir. Au loin, je sens les yeux de Jaxon posés sur moi, mais je m'assure que nos regards ne se croisent pas. D'habitude, je me serais dirigée vers lui, il m'aurait ouvert ses bras et je me serais blottie dans son étreinte, me délectant de son corps contre le mien. Puis il m'aurait attirée sur le canapé et m'aurait demandé de lui raconter ma journée point par point avant de me raconter la sienne… Mais étant donné le trouble de mes sentiments, je préfère l'ignorer.

– Alors, cette virée shopping ? me demande Lennon. J'ai appris que Tony vous avait accompagnées ?

– C'était génial ! je réponds en posant les paquets contenant mes achats par terre. Pour ce qui est de Tony, il a été très pro, il est resté discret et il n'a pas montré une seule fois de signe d'impatience.

– Oui, il a fait son job, quoi, réagit Cruz.

Je lève les yeux au ciel avant de me tourner vers Sawyer et Scarlett.

– Pourquoi est-ce que vous vous êtes faits beaux comme ça ? je les interroge. Vous sortez ?

– Figure-toi que ton frère m'invite au restaurant, m'apprend Scarlett, son sourire si large qu'il lui mange presque tout le visage.

– C'est qu'il est romantique, le petit Sawyer, roucoule Cruz.

– Fous-moi la paix, râle l'intéressé.

Sans grande conviction, cependant : il est bien trop occupé à dévorer Scarlett des yeux pour réellement s'offusquer. Il faut dire que la robe qu'elle a choisie met divinement en valeur le décolleté plongeant que sa poitrine généreuse remplit parfaitement.

– Vous pourriez penser aux âmes solitaires qui se languissent de leur moitié, leur lance Lennon en s'éloignant vers la cuisine.

Sa réplique me fait naturellement tourner la tête en direction de Jax… et nos regards s'accrochent. Gênée, je reporte immédiatement mon attention sur mon téléphone, qui m'apprend l'arrivée d'un message de la part de Carmen : elle me remercie encore pour ma proposition d'intervenir au sein de l'orphelinat. Cela me rappelle d'ailleurs l'idée que j'ai eue en quittant le ranch tout à l'heure.

– Lennon, est-ce que je pourrais te parler une minute ? je l'interpelle.

Immédiatement, les regards de Cruz, Sawyer et Jaxon se braquent sur moi.

– Bien sûr, répond mon frère en revenant près de moi.

– Est-ce qu'on peut aller dans le bureau… de papa ?

– Billie, qu'est-ce qui se passe ? s'enquiert Sawyer, sur la défensive tout d'un coup.

– Ma puce, si tu as le moindre problème, tu peux nous en parler, renchérit Cruz.

Jaxon, lui, fait naturellement quelques pas dans ma direction avant de s'arrêter brusquement.

– Je n'ai aucun problème, dis-je, abasourdie par leur réaction. Tout va bien, j'aimerais juste discuter de quelque chose avec Lennon.

– Et pourquoi pas avec nous aussi ? demande Cruz en croisant les bras.

Foutus frères surprotecteurs…

– Parce que c'est à Lennon que je… Vous savez quoi ? Je n'ai pas à vous répondre. J'ai le droit de m'entretenir avec l'un de vous trois sans que les deux autres flippent totalement. Je suis adulte, je vous rappelle.

– Allez, viens, fanfaronne Lennon en passant un bras autour de mes épaules. Ils sont jaloux parce qu'ils savent que j'ai toujours été ton préféré.

Nous nous éloignons dans le couloir jusqu'à rejoindre le bureau de notre père. Pénétrer dans cette pièce est douloureux : je reste quelques secondes figée sur le pas de la porte, à détailler la décoration qui est restée intacte et à me laisser envahir par l'odeur d'Oscar Westwood qui subsiste encore entre ces murs.

– Assieds-toi, Billie.

Je prends place où me l'indique Lennon et je l'observe un instant, carrant instinctivement mes épaules et me redressant.

– Avant toute chose, je tiens à te prévenir que nous allons avoir une conversation professionnelle et que j'aimerais que tu prennes ma demande au sérieux, je lui annonce.

– Très bien, me répond Lennon avec un petit sourire. Que puis-je faire pour vous, mademoiselle Westwood ?

– Alors voilà… j'aimerais avoir une avance sur mon héritage.

Lennon hausse les sourcils. Manifestement, il ne s'attendait pas à ça.

– Je peux te demander pourquoi ?

– Tout à l'heure, je suis allée rendre visite à Carmen, j'explique. L'orphelinat se dégrade de plus en plus et chaque dollar qu'elle reçoit part dans la nourriture, les produits d'hygiène, les jouets pour les enfants… Elle n'a pas assez pour l'entretien du ranch. Alors je me suis dit que j'allais lui faire un don. J'ai d'abord pensé me servir de l'argent que papa virait tous les mois sur mon compte bancaire, mais je crains que ce ne soit pas suffisant. C'est pour ça que j'ai besoin de prendre dans ma part de l'héritage.

– Ils me semble que les parents avaient déjà fait des dons à l'orphelinat, fait remarquer mon frère.

– Pas récemment, je rétorque.

– C'est vrai… Cela dit, je comprends que tu sois attachée à cet endroit, Billie, mais je ne pense pas que tu devrais distribuer ton argent ainsi.

– Pourquoi donc ?

– D'abord parce que les notaires n'ont pas encore débloqué l'héritage qui doit nous revenir.

– C'est pour cela que je demande une avance.

– Et aussi parce que l'argent s'évapore plus vite qu'on ne le pense. Papa nous a laissé plusieurs millions de dollars chacun, c'est une somme importante, c'est vrai, mais tu vas devoir apprendre à la gérer en gardant la tête froide.

– Je connais la valeur de l'argent, Lennon, et tu sais aussi bien que moi que nous sommes loin d'être une famille en difficulté financière… contrairement à tous ces enfants qui souffrent. Je ne suis pas en train de dire que je vais faire don de tout mon héritage à Carmen, juste d'une somme qui lui permettra de faire des rénovations à l'orphelinat. Enfin, si on ne peut pas aider les gens qui en ont le plus besoin, à quoi nous sert tout cet argent ?

Lennon se redresse et croise les bras. À cet instant, j'entrevois le genre de leader qu'il est. Mon frère est bon, juste et respectueux… mais en même temps, il impressionne autant qu'il intimide, et j'imagine sans peine qu'il en impose auprès des recrues de l'institut et des bodyguards de l'agence.

– Combien voudrais-tu donner à l'orphelinat ? me demande-t-il après quelques secondes.

– Deux cent mille dollars.

Je m'attends à ce qu'il m'oppose un refus catégorique, mais à la place, il me dit :

– Bon… Voilà ce que je peux te proposer. Je ne vais pas te faire une avance sur ton héritage. L'agence Westwood va te faire un prêt et, comme tout prêt, tu devras le rembourser.

– Bien sûr, dès que j'aurai reçu ma part de…

– Non, m'arrête-t-il.

Lennon se lève, fait le tour du bureau et vient s'asseoir près de moi.

– J'ignore si tu le sais, mais le jour où Cruz, Sawyer et moi avons obtenu notre permis de conduire, les parents nous ont acheté une voiture à chacun… dont nous avons dû rembourser le prix d'achat, me raconte-t-il. Même s'il aurait pu nous les offrir, papa voulait que nous comprenions l'importance de l'argent et que tout ne nous était pas dû. Dès que nous avons commencé à travailler avec lui à l'agence, il a prélevé mensuellement une somme sur notre salaire, jusqu'à ce que les trois voitures aient été payées au centime près. J'aurais aimé que ce soient nos parents qui te transmettent cette leçon… mais je vais le faire à leur place. Billie, l'agence Westwood t'accorde un prêt de deux cent mille dollars que tu devras rembourser rubis sur l'ongle dès que tu commenceras à travailler en tant que psychologue, c'est non négociable.

Je regarde mon frère et je lui souris, malgré mes yeux qui commencent à me picoter. Le fait que Lennon soit obligé d'endosser à la fois le rôle du dirigeant des entreprises Westwood et du chef de famille me serre le cœur… mais il s'en sort à merveille.

– J'accepte, dis-je.

– Bien… Je peux te prendre dans mes bras ou on se serre la main comme deux professionnels ?

Je m'esclaffe, me lève et me laisse aller dans l'étreinte réconfortante que m'offre mon frère.

– Je suis fier de toi, murmure-t-il.

– Moi aussi… boss.

12
Jaxon

Que Billie m'ignore m'est insupportable. Ce n'est pas comme ça que c'est censé se passer entre nous. J'aime la façon dont notre relation s'est formée au fil des ans, j'aime rentrer au manoir et l'entendre me parler de sa journée, lui raconter la mienne. J'aime passer du temps en sa compagnie, la laisser se blottir contre moi comme si c'était ce dont elle avait le plus besoin après des heures passées loin l'un de l'autre.

Mais elle semble décidée à me priver de ça, parce qu'elle est blessée de ce qui s'est passé hier soir avec Bianca. Je le comprends – enfin, je crois. Ce n'est pas la première fois que je présente Billie comme ma petite sœur. Toutefois, même si elle a au fil du temps commencé à montrer des signes d'agacement en m'entendant le dire, c'est bien la première fois qu'elle me le fait payer.

Scarlett et Sawyer sont sortis dîner en amoureux, ce qui a donné des idées à Cruz et Eve. Lennon, Billie et moi avons donc pris notre repas tous les trois dans une ambiance étrange, parce que Billie était visiblement contrariée et pensive.

Après ça, elle a décidé d'aller se balader sur la plage, et pour la rejoindre, j'ai dû attendre que Lennon grimpe à l'étage afin de téléphoner à Dovie, Voldemort sur les talons. Mais enfin, ça y est, je peux aller la retrouver. Il faut que nous ayons une petite discussion elle et moi. Je ne pourrai pas supporter sa froideur plus longtemps…

J'ouvre l'une des baies vitrées de la pièce de vie, traverse la grande terrasse et atteins le petit escalier en pierre qui permet de descendre jusqu'à la plage. Je repère immédiatement Billie, assise au bout du ponton, les yeux rivés sur la mer dont les vagues, déchaînées par le vent, s'écrasent avec force contre le rivage. Plus je m'approche d'elle, plus mon corps s'impatiente. Les bruits autour de nous l'empêchent de m'entendre arriver alors, pour ne pas l'effrayer, je me racle la gorge. Elle se retourne, m'aperçoit… puis reporte son attention sur le paysage.

Pas un sourire, pas une invitation.

Agacé par son attitude, je m'installe juste derrière elle. Mon torse se plaque contre son dos, mes jambes entourent les siennes, pendant dans le vide, et le picotement au bout de mes doigts me pousse à passer mes bras autour de sa taille. Billie se fige – se tend, même – avant de se laisser aller contre moi. Savoir que, comme moi, elle est incapable de résister à notre proximité me rassure.

– J'ai planifié ma mission avec le maire, aujourd'hui, je commence doucement. J'ai repéré le lieu où se déroulera le débat, j'ai constitué mon équipe, assisté à une réunion, puis j'ai passé un peu de temps à l'atelier de réparation du parc automobile, avant de rentrer au manoir. Le meilleur moment de ma journée, ça a été quand, avec Paolo, on a réussi à trouver l'origine de la panne sur la Rolls, et le pire, ça a été de te voir partir ce matin sans me dire au revoir.

Billie reste silencieuse. Son ventre se soulève doucement sous mes mains à chacune de ses inspirations.

– J'ai passé la matinée à la fac, me dit-elle enfin. Ensuite, après le déjeuner, je suis allée rendre visite à Carmen à l'orphelinat. Puis je suis allée faire du shopping avec Eve et nous sommes rentrées au manoir. Le meilleur moment de ma journée, ça a été de voir Teddy et tous les autres enfants crier de joie lorsque je leur ai apporté des bonbons, et le pire, c'est quand tu as débarqué avec ta petite amie chez nous.

Je ferme les yeux tout en posant mon menton au sommet de la tête de Billie.

– Bianca n'est pas ma petite amie… je la corrige. Et ça ne peut pas être ton pire moment de la journée, puisqu'il s'est passé hier soir.

Je tente d'alléger un peu l'ambiance entre nous, mais lorsque Billie me répond, je comprends que ça n'a pas fonctionné :

– Il était une heure du matin, donc, techniquement, on était déjà aujourd'hui.

– Billie… Pourquoi est-ce que tu m'en veux à ce point ? je lui demande. Tu m'as évité toute la journée et je sais que tu es en colère contre moi, mais j'ai besoin de comprendre ce qui te fait réagir ainsi.

– Je ne suis pas en colère, Jaxon, enfin, je ne le suis plus. Je me suis juste… résignée.

– À quoi ?

Billie inspire profondément. Même si notre conversation n'a rien de joyeux, le fait qu'elle reste appuyée contre moi me ravit.

– Disons juste que j'ai réalisé quelque chose et que… j'essaye de l'accepter, souffle-t-elle.

Je tente de comprendre la signification de ses paroles… en vain.

– Pourquoi est-ce que tu es si énigmatique ? je m'agace. Depuis quand on ne peut plus se dire franchement les choses ?

– Je ferais mieux de rentrer, me renvoie-t-elle en soupirant.

– Non, Billie, je veux que tu me parles, bon sang.

Mais elle quitte mes bras pour se redresser. Je passe une main dans mes cheveux en pestant tandis qu'elle s'éloigne. Je pourrais la laisser partir, mais putain, c'est plus fort que moi.

– Billie ! je m'écrie en m'élançant à sa poursuite.

– Laisse-moi, Jaxon.

– Hors de question !

Je me plante devant elle, l'empêchant de poursuivre sa route. La colère et la frustration se mélangent en moi.

– Qu'est-ce qui se passe ? j'insiste. D'accord, tu en as marre qu'on te rappelle si souvent que tu es la plus jeune de la famille, mais ce n'est pas à cause de ça que tu me fuis, quand même ? Ça fait neuf ans qu'on se connaît et jamais tu ne t'es comportée comme ça avec moi, alors j'ai droit à une explication.

– Tu ne peux pas me forcer à te dire quoi que ce soit, Jaxon.

– Mais pourquoi est-ce que tu refuses tout à coup de me parler ? Et pourquoi tu me repousses de cette manière ?

Je tente de passer un bras autour de sa taille pour la rapprocher de moi, mais elle se recule en criant :

– Parce que je ne veux plus de ça entre nous !

Sa réaction me fait l'effet d'une gifle. Notre relation n'a rien d'ordinaire et je l'ai toujours su, de même que j'ai toujours eu conscience du fait que notre proximité poserait sûrement problème un jour. Mais j'imaginais que ce serait parce que nous aurions tous les deux rencontré quelqu'un pour partager notre vie, pas parce que Billie déciderait spontanément de s'éloigner de moi.

Et si elle avait compris que j'ai des sentiments pour elle ? Et si ça lui avait fait peur et qu'elle préférait prendre ses distances avec moi ?

– Tu ne veux plus ? je reprends, la gorge serrée.

– Non, répond-elle en détournant les yeux. Je ne *peux* plus faire ça.

– Pourquoi ? Billie, bordel, pourquoi ?

– Parce que j'ai besoin que tu m'en donnes plus !

Je fronce les sourcils, complètement perdu.

– Je t'ai proposé de dormir avec toi ce soir mais tu as refusé, je lui rappelle. J'ai essayé de te parler durant tout le dîner, mais tu m'as ignoré.

– Tu ne comprends pas, Jaxon, gémit-elle en passant une main sur son front.

– Non, je ne comprends pas, alors explique-toi ! j'éructe, à bout de patience.

– Je suis amoureuse de toi.

Pendant un instant, je ne suis pas certain d'avoir vraiment compris ce qu'elle vient de me dire, le bruit des vagues étant venu assourdir ses paroles. Mais lorsque je plonge dans ses yeux bleus, je comprends que je n'ai pas eu d'hallucination et qu'elle a bien prononcé les mots que je crois avoir entendus.

– Non… je souffle. Tu ne peux pas.

– Et pourtant… Enfin, ne me dis pas que tu ne l'avais pas remarqué ?

– C'est impossible, Billie. Toi et moi, c'est…

Je secoue la tête, incapable d'accepter ce qu'elle vient de m'avouer. Le pire, c'est que mon cœur s'emballe déjà comme un fou quand je comprends que mes sentiments pour Billie sont réciproques. Mais en réalité, c'est une catastrophe. Parce que maintenant que je sais que nous voulons la même chose tous les deux, lui résister sera une torture de tous les instants.

– C'est… Billie, pourquoi tu me fais ça ? je lâche, en reculant d'un pas.

– Je ne te fais rien, Jax, me répond-elle. Tu voulais savoir, maintenant tu sais. Je t'aime depuis si longtemps que je ne me rappelle même plus quand…

– Arrête ! je m'écrie. Ne dis pas un mot de plus.

– C'est trop tard, rétorque-t-elle, le souffle court, les yeux embués de larmes. Il fallait que ça sorte, ça me rongeait.

Elle se rapproche brusquement de moi et pose ses mains sur mes joues.

– Tu n'imagines pas ce que ça m'a fait de te voir revenir avec Bianca hier soir, ajoute-t-elle. Te voir l'embrasser, la toucher, vous entendre tous les deux alors que vous vous dirigiez vers ta chambre…

– Billie… je murmure, la gorge sèche.

– J'ai passé la nuit à imaginer ce que vous faisiez, à rêver que j'étais à sa place et que c'était moi qui avais le droit de te caresser.

– Stop… STOP !

Je retire rageusement ses mains de mon visage. La colère bouillonne en moi et je ne sais même pas si c'est vers elle ou vers moi qu'elle est dirigée.

– Tu es comme ma sœur ! je martèle.

– Sauf que je ne le suis pas. Tu es ma famille, mais tu n'es pas de mon sang. Cette histoire de quatrième frère m'a été imposée par Cruz, Sawyer et Lennon, mais je n'ai jamais voulu de toi dans ce rôle.

– Tu es comme ma sœur… je répète, incapable de dire quoi que ce soit d'autre.

– Merde, à la fin ! explose-t-elle. Tu te mens à toi-même, Jaxon. Tu sais qu'entre nous c'est différent, tu sais que tu as besoin de moi, que tu aimes être près de moi…

– Arrête, Billie…

– Et ce soir, alors que j'ai essayé de garder mes distances toute la journée, tu n'as pas pu t'empêcher de venir me rejoindre, de réclamer ma proximité.

– Billie, tais-toi, ça va mal se terminer…

– Non. Je ne veux plus me taire. Je suis amoureuse de toi, Jaxon, et je sais que tu ressens toi aussi quelque chose pour moi. Sinon, pourquoi est-ce que tu me tiendrais si souvent la main ? Pourquoi est-ce que tu viendrais me raconter ta journée dès que tu passes la porte du manoir ? Pourquoi est-ce que tu me serrerais dans tes bras à la moindre occasion ? Et bon sang, pourquoi est-ce que tu aurais passé presque toutes tes nuits dans mon lit ces dernières semaines ?

– Parce que j'avais de la peine pour toi ! je m'écrie.

Alors que les vagues et le vent n'ont cessé d'étouffer nos paroles jusqu'à maintenant, les miennes résonnent soudain clairement dans la nuit. Billie se fige, alors que je poursuis, toujours aussi remonté :

– Tu faisais des cauchemars. Tu étais fragile et tu avais besoin de quelqu'un.

– Fragile… répète-t-elle dans un murmure.

– Oui ! J'ai agi comme un frère envers sa sœur, rien de plus. Je t'ai réconfortée parce que c'est ce que je dois faire.

– Donc… tu avais pitié de moi ?

Elle souffre… et moi aussi. Je suis en train de lui mentir, de la blesser et je déteste ça, mais je n'ai pas le choix. Je dois parvenir à maintenir la distance entre nous, quoi qu'il en coûte.

– Oui ! j'affirme sans ciller.

Les yeux de Billie sont rivés aux miens. Je m'oblige à rester fort, à ne pas craquer devant la tristesse qui inonde ses iris.

– Tu ne ressens rien pour moi ? tente-t-elle. Rien du tout ?

– Tu es comme ma sœur…

Je suis incapable de répondre « non » à sa dernière question. Je lui mens déjà depuis plusieurs minutes, mais affirmer que je n'ai pas de sentiments pour elle est au-dessus de mes forces.

– D'accord, murmure-t-elle.

Elle inspire profondément, resserre les pans de son gilet autour d'elle, puis essuie une larme qui roule sur sa joue.

Ma Billie…

– Je suis déso…

Elle ne m'écoute plus. Elle quitte la plage, retournant vers le manoir, et je la laisse partir parce que c'est tout ce que je peux faire.

13
Billie

Trois heures du matin… L'heure clignote en rouge sur l'écran de mon réveil. Je ne sais pas depuis combien de temps je fixe la pénombre de ma chambre : après les larmes et la peine, j'ai essayé de trouver le sommeil, en vain.

Jaxon ne m'aime pas.

À cette pensée, mes pleurs menacent de rejaillir et je remonte la couette sous mon menton, me forçant à fermer les yeux pour les retenir. L'affrontement que Jaxon et moi avons eu me hante, chaque mot qu'il a prononcé ne cesse de passer en boucle dans mon esprit. Qu'il me jette mes sentiments au visage était ce que je redoutais le plus et c'est en grande partie pour cela que je les avais gardés secrets pendant si longtemps. Durant toutes ces années, j'ai vécu avec l'espoir ; aujourd'hui, il n'y a même plus de place pour lui. Parce que je *sais.*

Jaxon ne m'aime pas.

Entendre de la personne dont on est folle amoureuse qu'elle ne ressent rien pour nous est dévastateur. Comment est-ce que je vais réussir à continuer désormais ? À le voir, le croiser tous les jours ?

– Billie.

Mes paupières s'ouvrent brusquement. Ai-je rêvé ? Mais quelques coups résonnent alors contre la porte de ma chambre.

– Billie.

Je me redresse dans mon lit, déboussolée. Cette fois, aucun doute, c'est bien la voix de Jaxon que je viens d'entendre.

Je ne sais pas pourquoi il vient me voir au beau milieu de la nuit, mais peu importe. Après notre conversation, je suis incapable de lui faire face. Si je me retrouve dans une pièce seule avec lui, je vais craquer et le supplier de m'aimer.

Il ne faut surtout pas que ça arrive.

Paniquée à l'idée qu'il tente d'entrer dans ma chambre, je bondis hors de mon lit et me précipite sur la poignée de la porte. Là, je tourne le verrou… et Jaxon l'entend.

– Billie, s'il te plaît, laisse-moi entrer, plaide-t-il.

– Va-t'en.

– Je t'en prie… Je n'arrive pas à fermer l'œil, j'ai besoin qu'on parle de ce qui s'est passé tout à l'heure sur la plage.

La gorge nouée, je pose mon front contre le battant.

– Il n'y a rien à dire, j'affirme. S'il te plaît, laisse-moi tranquille.

Il ne répond rien, et pendant quelques secondes, j'espère qu'il a quitté le couloir. Mais il finit par me demander :

– Dis-moi ce que je dois faire pour que rien ne change entre nous, Billie.

Je retiens un sanglot tout en me laissant glisser le long de la porte.

– C'est impossible, je murmure.

– Mais merde, je ne veux pas que tu t'éloignes… Je ne veux pas te perdre.

– Je ne peux pas rester proche de toi, Jaxon. Ça me fait trop mal.

Je ne parviens plus à cacher les sanglots dans ma voix. Il le perçoit et me souffle :

– Ne pleure pas…

Je m'essuie les joues, puis je pousse un profond soupir.

– Laisse-moi, s'il te plaît, j'ai besoin d'être seule.

– Billie…

– Jaxon, je t'en prie. Laisse-moi.

Après encore quelques secondes, j'entends des pas s'éloigner. En ce qui me concerne, je reste encore un long moment assise sur le sol, le dos contre ma porte. À l'instant où je vais me coucher, la tête aussi lourde qu'un boulet de canon, mon réveil indique quatre heures du matin. J'ai envie de prétexter un rhume pour ne pas avoir à me rendre à la fac demain, mais je me souviens alors que j'ai promis à Austin de l'accompagner à sa fête. Bizarrement, alors que l'idée d'être entourée d'étudiants surexcités devrait me rebuter, j'y vois une manière bienvenue de m'éloigner du manoir et de Jaxon. Je ne sais pas encore si je réussirai à donner le change, mais une chose est sûre, je dois éviter autant que possible de me trouver sous le même toit que Jax. Pour le moment en tout cas. Alors, même si ce n'est que pour quelques heures, tous les moyens seront bons pour m'échapper d'ici.

••••

– Tu sors ?

Je relève la tête après avoir rangé mon smartphone dans mon sac à main. Lennon est installé au salon et à ses côtés se trouve… Jaxon. Je ne sais par quel miracle nous avons réussi à ne pas nous croiser de la journée, alors le voir là me trouble. Cependant, je garde un air détaché et je souris à mon frère.

– Je suis invitée à une petite fête avec Austin, lui dis-je. D'ailleurs, je dois passer le prendre.

– Tu penses rentrer tard ? s'enquiert Lennon innocemment.

Je m'esclaffe.

– Oui. Tu dormiras d'ailleurs déjà sûrement à ce moment-là, donc…

Je m'avance près de mon frère et je dépose un baiser sur sa joue avant de lâcher :

– Bonne nuit.

– Attends… Jaxon va t'accompagner.

– Non ! je réagis aussitôt, crispée.

De son côté, Jaxon a la mâchoire contractée. Percevant ma tension, Lenny se lève avant de prendre doucement mon visage entre ses mains.

– Ce n'est pas du tout pour te fliquer, se défend-il. C'est juste que j'ai l'impression qu'il y a des étincelles entre vous deux depuis quelques jours, et j'aimerais que les choses s'arrangent.

– Il n'y a rien, Lennon, je t'assure que…

– Je sais que vous me cachez quelque chose, tranche mon frère.

Mes yeux s'écarquillent, et sur ma droite, je remarque que Jaxon se redresse subitement.

– C'est normal, reprend Lennon. Dans une famille, il y a régulièrement des disputes et des désaccords, mais le plus important, c'est de réussir à les régler. Et je suis certain que sortir tous les deux vous fera du bien.

Bon sang, mais c'est pas vrai. Je n'ai qu'une idée en tête, m'éloigner de Jaxon… et voilà que mon frère me jette droit dans ses bras.

– C'est une fête étudiante, je plaide. Jax n'a pas envie de se retrouver avec des gamins.

Oh… Apparemment, ma rancune a envie de se manifester.

Jaxon ne réagit pas mais Lennon, lui, fronce les sourcils.

– Voilà pourquoi je veux que vous vous réconciliiez tous les deux, déclare-t-il. Notre famille doit rester soudée quoi qu'il arrive.

Je pousse un profond soupir, puis je remonte la bandoulière de mon sac sur mon épaule. J'ai souvent pris en considération les besoins et les inquiétudes des triplés, mais cette fois, j'en suis incapable. Accepter de passer la soirée en compagnie de Jaxon, comme le propose Lennon, serait une véritable torture pour mon cœur. Je dois me protéger.

– Non, j'insiste en regardant mon frère dans les yeux. Je l'ai déjà dit et je continuerai à le répéter jusqu'à ce que le message s'imprime dans vos esprits : je n'ai plus l'âge qu'on me dise ce que je peux ou ne peux pas faire, pas plus que l'on m'impose quoi que ce soit. Alors je vais me rendre à cette fête en compagnie d'Austin, je vais m'amuser et nous nous reverrons demain matin.

Sur ce, je quitte le manoir à grandes enjambées.

14
Billie

J'ai réussi à me débarrasser de ma contrariété lorsque je tourne sur la route que m'indique le GPS : il faut dire que me concentrer sur ma conduite m'a aidée à me recentrer. Je suis tentée de passer un coup de téléphone à Austin pour m'assurer que l'adresse qu'il m'a donnée est la bonne : j'ai quitté Cape Cod depuis quinze minutes déjà et j'ai l'impression de me trouver au beau milieu… de rien. Cependant, en parcourant encore quelques mètres, je me retrouve devant une grille immense à côté de laquelle se trouve un écran. Après quelques secondes d'hésitation, j'appuie sur le pavé tactile et une sonnerie s'enclenche.

– Je t'ouvre, Billie.

Pas de doute, c'est bien la voix d'Austin qui vient de se faire entendre à travers l'interphone. Le portail s'ouvre lentement et j'emprunte une longue allée d'oliviers qui débouche sur une magnifique demeure tout en pierre. L'habitation est bordée de pelouse et de parterres de fleurs, ainsi que d'immenses chênes, et lorsque je me gare devant l'entrée, je reste un instant subjuguée par la beauté de l'endroit. Étant donné que j'ai vécu dans un manoir toute ma vie, on pourrait croire que les demeures luxueuses me laissent de marbre… mais il n'en est rien. D'autant que je n'imaginais absolument pas Austin vivre dans un tel lieu. Non pas qu'il paraisse particulièrement pauvre : c'est juste que, même si nous sommes très bons amis, il est toujours resté discret sur sa vie personnelle et je n'avais donc jamais imaginé à quoi pourrait ressembler son foyer.

La demeure possède de nombreuses fenêtres ainsi qu'une très haute porte noire en fer forgé qui me rappelle celle dont nous disposons nous-mêmes. Sur ma droite se trouve une gigantesque tour d'inspiration médiévale, et je me demande bien quelles pièces elle peut abriter.

Lorsque Austin apparaît sur le perron, j'abrège ma contemplation des lieux. Il me sourit, contourne la voiture et ouvre ma portière sous mon regard surpris.

– Tu voudrais bien me rendre un service ? me demande-t-il.

– Évidemment.

– Tu accepterais que je te présente à ma famille ?

Je cligne des yeux, ce qui le fait rire.

– Tes frères sont légèrement surprotecteurs avec toi, je me trompe ? reprend-il.

– C'est exact.

– Eh bien, ma famille l'est aussi beaucoup. On a emménagé ici il y a un an et demi, et même si je leur ai déjà parlé de toi et de Logan très souvent, ils n'ont encore jamais rencontré l'un de vous, alors ils sont très heureux à l'idée de voir enfin ma meilleure amie. Ils veulent s'assurer que tu es…

Austin cherche ses mots, mais je les trouve pour lui :

– Quelqu'un de bien ? Ça me rappelle un discours que j'entends depuis des années.

– Alors ? Je te promets que ça ne prendra que quelques minutes.

Je pose un doigt sur mon menton en faisant mine de réfléchir.

– J'accepte à une condition, finis-je par dire.

– Je t'écoute.

– La prochaine fois que tu viendras me chercher au manoir, tu feras un tour à l'intérieur toi aussi.

– Vendu…

Austin me tend sa main. Je coupe le contact de ma voiture, attrape mon sac puis accepte son aide pour descendre du véhicule.

– Rassure-moi, ils ne pensent pas qu'on sort ensemble ? je glisse à mon ami lorsqu'il ouvre la porte de sa demeure.

– Pas de panique, j'ai tué leur espoir de me savoir en couple dans l'œuf, s'esclaffe-t-il.

Lorsque je soupire de soulagement, Austin rit de plus belle.

– Je rêve ou tu as honte qu'on te croie avec moi ? proteste-t-il. Je suis un très bon parti, tu sais… Peut-être même meilleur que ton Jaxon !

Mon sourire se fige et mon regard se voile.

– C'est possible, je souffle.

Austin fronce les sourcils. Il s'apprête à me demander ce qui ne va pas lorsqu'une jeune femme blonde aux yeux incroyablement bleus descend d'un double escalier en acajou. Son sourire est immense. Elle porte une petite robe à fines bretelles et j'aperçois sur ses bras plusieurs tatouages qui lui vont à merveille.

– Tu dois être Billie, dit-elle en me tendant la main. Je suis Ella. Ravie de te rencontrer.

– Moi de même, je réponds.

– Où sont les autres ? demande Austin.

– Au salon. Mais ne t'en fais pas, Billie, on n'a pas prévu de te passer sur le grill.

Je suis mon meilleur ami et sa belle-sœur à travers un couloir qui débouche sur une vaste pièce aussi chaleureuse que lumineuse. À l'intérieur se trouvent trois personnes : une jeune femme aux cheveux blond polaire, un colosse au regard glacial et à la lèvre barrée d'une cicatrice, et enfin, installé dans un fauteuil, un grand type dont les cheveux et les yeux noirs sont identiques à ceux d'Austin et dont les bras sont recouverts de tatouages.

– Les gars, je vous présente Billie, commence mon meilleur ami. Billie, je te présente Alice, Blake et mon frère Ryan.

La poignée de main de Blake me secoue le corps tout entier, mais il me sourit et sa lèvre déformée par sa cicatrice lui donne un charme brut. Il se rassied ensuite aux côtés d'Alice, qui me salue à son tour, et passe un bras autour de ses épaules. J'ai un étrange sentiment de déjà-vu lorsque je détaille la jeune femme de plus près, sans parvenir à déterminer où j'aurais pu la croiser…

Enfin, Ryan, qui est une version mature d'Austin, me donne une brève accolade.

– Bienvenue chez nous, Billie, me dit-il. Tu veux boire quelque chose ?

– Oh, non merci.

Il incite Ella à prendre place sur le fauteuil qu'il occupait et s'installe sur l'accoudoir. Blake en profite pour me demander :

– Alors, Billie… Quelles sont tes intentions envers Austin ?

Mes yeux s'écarquillent et ma bouche s'entrouvre.

Quoi ?

– Blake… gronde Austin, sans parvenir à dissimuler totalement son sourire.

Et soudain, ils rient tous et je me détends.

– Excuse-le, me dit Alice, il ne peut pas s'en empêcher.

– Je comprends. Il se trouve que j'ai trois frères et qu'ils agissent de la même manière dès qu'un spécimen masculin s'approche de moi. Mon pauvre Austin, tu n'es pas prêt pour ce qui t'attend…

– Je crois que je survivrai, me répond l'intéressé.

– Tu es une Westwood, c'est bien ça ? enchaîne Ryan.

– Exact. Vous connaissez ma famille ?

– Je crois qu'à Cape Cod, tout le monde sait qui vous êtes.

Son sourire est charmant ; de manière générale, Ryan est vraiment beau. En le détaillant, je remarque un mot qui ressort parmi ses tatouages : « Sunshine ». Waouh… Il s'est encré le surnom qu'il donne à sa petite amie ? Il faut être sacrément amoureux et sûr de ses sentiments pour faire ça… Mais en les regardant, Ella et lui, je perçois sans le moindre doute possible que ces deux-là se portent un amour profond. Bien qu'assise, la jeune femme est naturellement tournée vers Ryan et elle tient l'une de ses mains entre les siennes. Quant à lui, il caresse du pouce la paume d'Ella tout en posant sur elle un regard dévorant.

– Nous avons été navrés d'apprendre ce qui est arrivé à ton père, me dit-elle.

– Merci, je murmure.

– Bon, ça y est ? intervient Austin. Vous avez eu ce que vous vouliez ? On peut aller s'amuser ?

– Tu es pressé ? lui lance Blake. T'as un rencard ou quoi ?

Je grimace discrètement en voyant Austin rougir – parce qu'il pense à Ivy, sans doute. Le pauvre… Il va passer par la case interrogatoire lorsqu'il rentrera.

Décidément, je trouve que cette famille ressemble beaucoup à la mienne par certains aspects.

– On ne veut pas vous retenir ici, me rassure Ella, on voulait simplement faire la connaissance de la fameuse Billie dont Austin nous parle depuis si longtemps.

– Et je suis vraiment contente de mettre un visage sur *Sunshine*, je réponds en souriant.

Alors que je m'attends à la voir sourire, j'ai au contraire l'impression d'avoir commis un impair. Un moment de flottement passe, puis tout le monde retrouve un air enjoué.

– On y va ? me lance alors mon meilleur ami. On va être en retard.

– Merci pour l'invitation, dis-je aux quatre autres. J'ai été ravie de vous rencontrer.

– Nous aussi, affirme Alice.

– Tu peux revenir quand tu veux, ajoute Ella.

Elle s'avance ensuite vers moi et, comme Ryan un peu plus tôt, me prend rapidement dans ses bras. Ensuite, tandis que je salue Blake et Alice, je la vois s'approcher d'Austin et le serrer contre elle. Enfin, nous quittons la demeure et nous nous installons dans ma voiture.

– C'était… intéressant, dis-je en démarrant le moteur.

– Excuse-les s'ils t'ont mise mal à l'aise, soupire Austin.

– Non, pas du tout. Comme je l'ai dit, j'ai l'habitude des personnes surprotectrices… C'est juste que j'ai l'impression que je n'aurais pas dû évoquer le surnom d'Ella.

– Ne t'inquiète pas, Billie. Tu t'en es très bien sortie.

– D'ailleurs, en parlant de la petite amie de ton frère… Vous avez une relation particulière tous les deux, non ? Je veux dire, elle t'adore, ça se voit.

– Et c'est réciproque. Ella est incroyable. Elle m'a tant apporté que je n'aurai jamais assez de toute une vie pour la remercier.

Eh bien…

– Je n'ai pas compris qui sont Alice et Blake pour toi, je reprends.

– Blake est le meilleur ami de mon frère, Alice est la meilleure amie d'Ella et… ils sont ma famille.

La tendresse qui émane d'Austin lorsqu'il parle de ses proches est touchante. Puisqu'il semble décidé à répondre à mes questions, je continue à lui en poser :

– Est-ce qu'Alice et Blake vivent avec vous ?

– Non, ils ont leur propre maison, mais elle se trouve à moins d'un kilomètre de la nôtre... Et puis ils passent tellement de temps ici que c'est tout comme. Nous aimons être ensemble tous les cinq. Nous sommes une famille un peu particulière... Je suis sûre que tu dois trouver ça étrange.

Je ne peux retenir mon éclat de rire.

– Tu plaisantes ? Je te rappelle que je vis dans un manoir avec mes trois frères, leurs petites amies, un chien qui s'appelle Voldemort et l'homme dont je suis amoureuse mais qui ne ressent rien pour moi... et c'est toi qui serais bizarre ?

– Dit comme ça... Enfin bref. En parlant d'eux, j'ai hâte que tu me présentes tes frères.

Je ricane avant de lâcher :

– Tu te rends compte qu'on est obligés de respecter un protocole juste pour présenter l'un de nos amis à notre famille ?

– Nos futures moitiés ont intérêt à avoir les nerfs solides... Au fait, tu m'expliques ce qui s'est passé avec Jaxon ? Parce que vu ta réaction quand je l'ai évoqué tout à l'heure, je suis prêt à parier que tu me caches quelque chose.

Je pousse un profond soupir au moment où nous pénétrons dans le centre-ville de Cape Cod.

– Oui, il s'est passé quelque chose... j'avoue. Mais je n'ai pas envie d'en parler ce soir.

– De quoi as-tu envie, alors ?

Je sers un sourire en coin à mon meilleur ami, avant de lâcher :

– Tu te rappelles la fête que Logan avait organisée en juin dernier ?

– Celle où tu as fini bourrée ?

– Joyeuse et enivrée, plutôt.

Je marque une pause avant d'ajouter :

– Eh bien là, c'est pareil. Ce soir, je veux avoir l'esprit et le cœur engourdis.

15

Jaxon

Il est presque trois heures du matin, et Billie n'est toujours pas rentrée. Cela fait déjà plusieurs dizaines de minutes que je piétine dans le salon, inquiet et surtout dévoré par l'envie de trouver l'adresse du lieu où se déroule sa fête pour aller la chercher.

– Putain ! je grogne en passant et repassant une main dans mes cheveux.

La maison est silencieuse, tout le monde est profondément endormi… sauf moi. Si seulement Billie avait accepté que je l'accompagne, comme l'avait proposé Lennon… Je comprends qu'elle n'en ait pas eu envie après la façon dont je lui ai renvoyé ses sentiments à la figure, mais maintenant, je suis comme un lion en cage. Et je suis incapable de penser à autre chose qu'à elle, éméchée, peut-être même ivre, et tentée de m'oublier dans les bras du premier type venu.

C'est donc comme ça qu'elle s'est sentie chaque fois que je sortais et me dégotais une fille ? La pauvre…

Dans ma poche, mon portable se met à vibrer. Je m'empresse de décrocher. Vu l'heure tardive, cela ne peut être qu'un coup de fil important.

– Jaxon ? C'est Steve, j'entends à l'autre bout du fil.

Je fronce les sourcils. Pourquoi le nouvel agent de sécurité du manoir m'appelle-t-il ?

– J'ai tenté de joindre Lennon mais il doit dormir… poursuit-il.

– Qu'est-ce qui se passe ?

– Je crois qu'il faut que tu viennes rapidement au portail.

Sans qu'il ait besoin d'en dire plus, je *sais* que cela concerne Billie. Aussitôt, je me précipite hors de la maison et je dévale l'allée qui mène jusqu'à la grille. Là, je remarque sa voiture, dont les phares sont tournés en direction du manoir. Je remarque aussi, adossé à la portière côté conducteur, un jeune homme et, non loin… Billie, dont l'état d'ébriété ne fait absolument aucun doute.

– *You are my sunshine, my only sunshine, you make me happy, when skies are grey…*

– Qu'est-ce que…

– Elle chante depuis cinq minutes et refuse que son ami entre à l'intérieur du domaine, m'explique Steve, qui vient de sortir de sa cabine de surveillance pour me rejoindre.

– Bonsoir, lance alors l'*ami* qui s'approche de moi. Je suis Austin.

Il me tend sa main… que je refuse de prendre. Parce que sa présence et l'état de Billie représentent le cauchemar que je m'imaginais quelques minutes plus tôt.

Et si elle l'avait embrassé ? Si elle l'avait laissé la toucher ? Pire, et s'ils…

– Je n'y suis pour rien si Billie est ivre à ce point, se défend immédiatement Austin. J'ai tenté de freiner sa consommation, mais elle n'a pas voulu m'écouter.

– Tu l'as reconduite alors que tu as bu toi aussi ? je l'accuse sur-le-champ.

Il fronce les sourcils et carre les épaules.

– J'ai l'air d'être un connard ? me renvoie-t-il.

– Un connard ? réagit Billie. Qui est-ce qui…

À cet instant, elle se retourne, me voit et lâche :

– Oh non, pas lui !

Sympa.

– Eh si, il est temps que tu rentres chez toi, lui lance Austin en s'approchant d'elle.

Mais je le devance et je passe un bras autour de la taille de Billie.

– Oh la la, ne me touche pas. Arrière, fils du démon ! s'écrie-t-elle en tentant de m'échapper.

– Baisse d'un ton, Billie, tu vas réveiller tout le quartier.

– Bon, elle a l'air d'être entre de bonnes mains, donc je vous laisse… intervient Austin.

– C'est ça… je bougonne.

Il s'esclaffe, ce qui me surprend.

– Ce n'est pas contre moi que tu devrais être en colère, déclare-t-il. Parce que ce n'est pas *ma* faute si, je la cite, elle a décidé de « s'engourdir l'esprit et le cœur ».

Sur ce, Austin sort un téléphone portable de sa poche et passe un coup de fil tout en s'éloignant. Pour ma part, je déglutis difficilement, sous le choc de ce qu'il vient de me dire.

« S'engourdir l'esprit et le cœur »…

Si Billie se retrouve dans cet état, c'est entièrement à cause de moi.

– T'as déjà remarqué comme les cailloux font du bruit quand on marche dessus ? bafouille-t-elle, les yeux rivés sur ses pieds. C'est fascinant, tu ne trouves pas ?

– Fascinant… je répète, blasé.

Nous accédons au perron, et tout en resserrant ma prise autour de sa taille, je lui demande :

– Essaye de ne pas faire trop de bruit pendant que je t'emmène au lit, d'accord ?

– Au lit ? s'écrie-t-elle, les yeux exorbités. Ah non ! Tu ne rentres pas dans ma chambre, plus jamais. Jamais, jamais, jamais, jamais, jam…

– C'est bon, j'ai compris, Billie.

– Jamais !

Oh, bon sang !

Après avoir plaqué une main sur sa bouche, je nous fais pénétrer à l'intérieur du manoir et je referme doucement la porte derrière nous. C'est alors que je sens quelque chose d'humide contre ma paume.

– Qu'est-ce que… Billie, merde !

Elle est en train de me lécher ?

Son petit rire me fait craquer mais je m'oblige à rester sérieux.

– Laisse-moi t'enlever ton manteau, je murmure. Je vais te porter pour monter l'escalier et rejoindre ta chambre, d'accord ?

– Pourquoi tu ne m'aimes pas ?

Je me fige, pris de court. La tristesse perce les brumes de l'alcool dans les yeux de Billie et je me sens démuni. J'ai envie de l'attirer contre mon torse et de la serrer fort, de l'embrasser pour la réconforter, de tout lui dire, tout lui avouer…

– Qu'est-ce qui se passe ?

La voix de Lennon nous fait sursauter tous les deux.

– Billie ? appelle-t-il depuis le haut de l'escalier.

À ses pieds se tient Voldemort, qui semble nous juger du regard.

– Ooooh, Lenny, s'écrie Billie en se précipitant dans sa direction.

Elle trébuche sur les marches, ce qui m'oblige à lui prendre la main pour qu'elle ne fasse pas de mauvaise chute.

– Coucou Voldi, gazouille-t-elle en arrivant près du bouledogue. Oh, t'es beau, oui, t'es un beau toutou. Tu es… le chien dont on ne doit pas prononcer le nom.

Sur ces derniers mots, elle prend l'intonation de Dark Vador. Pourquoi ? C'est une véritable énigme.

– Ça alors, réagit Lennon. Je n'avais encore jamais vu ma petite sœur bourrée.

– Je vais aller la mettre au lit, dis-je en tentant de m'éloigner avec notre éméchée de la soirée.

– Ah non ! recommence l'intéressée en bondissant loin de moi comme si j'étais le diable en personne. Tu ne rentres pas dans ma chambre, plus jamais. Jamais, jamais, jamais, jamais, jam…

– Mais qu'est-ce que…

Je jure intérieurement en voyant Cruz s'approcher de nous, Sawyer quelques pas derrière lui.

Merde, merde, merde.

C'est une véritable catastrophe. Dans son état, qui sait ce que Billie peut dire ? Mon pouls commence à dangereusement s'emballer.

– Salut les gars ! clame-t-elle.

Elle plante soudain un doigt contre le torse de chacun des triplés, l'un après l'autre, tout en récitant :

– Toi t'es mon frère, toi t'es mon frère, toi aussi t'es mon frère, et toi…

Elle se tourne vers moi à cet instant, et je reste paralysé alors qu'elle termine dans un éclat de rire :

– Toi t'es pas mon frère. Toi, tu es… un briseur de culs. Non, cœurs ! Tu es un briseur de cœurs.

– OK… murmure Cruz, dubitatif.

– Bon, les gars, allez vous recoucher, je m'en occupe, je décide avant que la situation ne tourne à la tragédie.

– Tu es sûr ? s'enquiert Lennon. Je peux peut-être…

C'est alors que Billie se remet à chanter à tue-tête :

– *You are my sunshine, my only sunshine, you make me happy, when skies are grey…*

– Bon, ben, on va vous laisser, hein, lâche Sawyer, sourcils froncés.

À mon grand soulagement, les triplés s'éloignent en direction de leurs chambres, suivis par Voldi qui trottine derrière eux. Enfin, lorsque nous nous retrouvons seuls, je me tourne vers Billie, dont les yeux commencent à papillonner.

– Allez viens, tu as besoin de te reposer, je lui glisse.

Sans émettre de résistance, elle noue ses bras autour de ma nuque tandis que je passe l'un des miens sous ses genoux pour la soulever. Lentement, elle pose sa tête sur mon épaule et je la conduis jusqu'à sa chambre, le cœur battant. Une fois arrivé, je referme sa porte d'un discret coup du talon et je m'empresse de l'allonger sur le matelas. Je lui retire ses chaussures ainsi que son jean, mais je décide de lui laisser son pull, pour qu'elle ne panique pas de se voir nue si elle se réveille dans la nuit. Après quoi elle se tourne sur le côté et agrippe un oreiller, qu'elle serre fort contre son visage.

– Ma pauvre Billie… je chuchote en la regardant. Je suis désolé de t'infliger ça.

– Laisse-moi dormir, bafouille-t-elle dans l'oreiller.

– Je préfère rester près de toi au cas où tu te sentirais mal.

– Non ! réagit-elle avec véhémence. Non, non et non !

– D'accord, calme-toi, je réplique immédiatement.

Malgré ses protestations, je reste un moment assis à côté d'elle à lui caresser les cheveux et à la regarder. Je crois que je pourrais passer le reste de la nuit à enrouler ses mèches soyeuses autour de mes doigts et je me demande même si j'aurai le courage de quitter sa chambre avant l'aube…

– Je voudrais ne pas t'aimer.

Je fige mon geste.

Billie a prononcé ces mots sans bafouiller, sans hésiter. Et même si elle avait les yeux fermés, je sais qu'elle les pensait.

Je lui ai brisé le cœur, et à cause de cela, elle ne veut plus m'aimer.

La gorge serrée, je me lève et traverse sa chambre, incapable de rester plus longtemps près d'elle. J'ai si mal… parce que malgré toutes les protestations de ma conscience, laisser Billie se débarrasser de ses sentiments pour moi m'est insupportable. Ça peut paraître égoïste, mais je suis fou d'elle, et même si la situation est des plus complexes, j'ai besoin de savoir que c'est réciproque.

Je n'ai pas le choix : il va falloir que je trouve un moyen de préserver l'amour qu'elle me porte.

16
Billie

– Comme nous allons arriver à l'heure du dîner, je nous ai réservé une table dans l'un des restos les plus chics de New York, nous informe Eve en sirotant son smoothie, dont la couleur verte laisse deviner les ingrédients qui le composent. Je ne sais pas si Dovie a prévu d'organiser quelque chose ce week-end, mais en tout cas, sachez que j'ai mes entrées dans la plupart des endroits branchés de la ville, donc si vous avez envie d'aller quelque part, vous n'avez qu'à me demander.

Nous avons embarqué il y a cinquante minutes dans le jet qu'Eve utilise généralement pour ses déplacements. La Grosse Pomme [1] n'étant pas très loin de Cape Cod, nous ne devrions pas tarder à atterrir.

Tout le monde semble heureux et excité à la perspective du week-end que nous allons passer ensemble. Il y a quelques jours encore, c'était aussi mon cas. Alors je continue de sourire devant ma famille, de prétendre que tout va pour

1. Surnom donné à la ville de New York.

le mieux, mais à l'intérieur, je me sens incroyablement vide… et un peu pitoyable après mon retour remarqué de la fête d'avant-hier.

Jaxon et moi ne nous sommes plus adressé la parole depuis qu'il m'a transportée dans mon lit. Je l'ai à peine croisé : il me fuit comme la peste et je l'évite, parce que j'ai trop peur de voir dans ses yeux le reflet de mon humiliation.

Voilà… nous en sommes là.

J'ai toujours entendu mon père nous dire que les sentiments changent tout, qu'ils avaient la force de construire ou de détruire les gens, et je comprends maintenant à quel point il avait raison.

– … qu'est-ce que tu en dis, Billie ?

Je tourne la tête vers Scarlett. Sawyer et elle sont collés l'un à l'autre, tout comme Eve et Cruz. Lennon et Jaxon sont assis côte à côte. Quant à moi, j'ai choisi la compagnie de Voldemort, qui se devait d'être de la partie. Il est tranquillement assis sur son siège et, pour une fois, il ne gronde ni ne grogne. Je crois qu'il est impressionné par son premier vol en jet privé. Le bouledogue manque cruellement à Dovie, et je suis certaine que ces deux-là seront heureux de se revoir.

– Pardon ? dis-je.

– Je proposais qu'on se fasse une soirée entre filles, toutes les quatre, répète Scarlett.

– Moi, ça me va, mais…

Je jette un regard à mes frères.

– Vous allez nous laisser sortir seules ? je demande.

– Pour qui tu nous prends ? s'indigne Cruz.

– On peut négocier ? suggère Sawyer.

– Sûrement pas ! tranche Lennon.

Nous nous tournons tous vers lui, et il se sent obligé de se justifier :

– Je n'ai pas vu ma petite amie depuis plusieurs semaines, alors je ne vais certainement pas me passer d'elle pendant une soirée entière. Donc, si vous voulez sortir, je devrai être de la partie.

– S'il vient, moi aussi, décrète Cruz.

– Si l'abruti est admis, il est hors de question que je reste à l'écart, renchérit Sawyer.

– L'abruti t'emmerde, lui renvoie Cruz en lui mettant un coup de poing dans l'épaule.

– Ne comptez pas sur moi pour garder le chien ! s'exclame Jaxon.

– Tu aurais dû me poser la question en leur absence, je glisse à Scarlett, qui fait la moue.

– Dans ce cas, prévient-elle, on est d'accord pour que vous veniez, mais c'est nous qui choisirons l'endroit où nous sortirons et ce ne sera pas négociable.

Mes frères et Jaxon haussent les épaules, rassurés de ne pas être laissés sur le carreau, mais Eve et moi semblons être les seules à remarquer l'œil pétillant de malice de Scarlett. Je ne sais pas ce qu'elle a en tête, mais si ça peut m'aider à me vider l'esprit, je suis partante.

Après quelques minutes, le pilote nous annonce que l'atterrissage est imminent. Je prends soin d'attacher Voldi sous les regards amusés de Cruz et Sawyer, puis nous arrivons enfin à New York. Par le hublot, j'aperçois Dovie qui nous attend sur le tarmac, sa chevelure flamboyante rayonnant à la lumière du soleil. Lenny est si pressé de la rejoindre qu'il ne patiente même pas jusqu'à ce que le jet soit totalement à l'arrêt pour se lever. Dès que l'escalier télescopique est mis en place, il s'élance à l'extérieur en direction de sa petite amie, qui court déjà pour se jeter dans ses bras. Il l'attrape au vol tandis que je m'engage à mon tour sur la passerelle et lui donne un baiser si passionné que j'en rougis. Derrière moi, le reste du groupe émet des sifflements approbateurs tandis que, dans mes bras, Voldi aboie comme un fou maintenant qu'il a repéré sa maîtresse… qui finit par être libérée par mon colosse de frère. Elle s'approche alors de son chien en lui parlant d'une voix haut perchée :

– Mon Voldi chéri, j'espère que ton papa s'occupe bien de toi pendant que maman travaille.

Je me pince les lèvres pour ne pas rire. Lennon est donc devenu en l'espace de quelques mois l'heureux parent d'un bouledogue qui est si excité de revoir « sa mère » qu'il ronfle, bondit et se roule même par terre.

Après les retrouvailles et les embrassades avec Dovie, nous nous répartissons en deux voitures pour nous rendre jusqu'à l'appartement d'Eve, qui est assez grand pour accueillir toute notre tribu durant le week-end. Et lorsque nous y arrivons, l'endroit me coupe le souffle tant il est spacieux, lumineux et aménagé avec goût.

– La décoratrice a vraiment fait du bon travail, nous dit Eve, ravie. Oh, d'ailleurs, si ça vous intéresse, l'immeuble possède une salle de sport et une piscine. N'hésitez pas à vous en servir quand vous voulez, Barry, le concierge, ne vous posera pas de problème.

– Ce bon vieux Barry, ricane Cruz.

– Très bien, tout le monde, reprend Eve, vous pouvez aller choisir vos chambres. À part celle au fond à droite qui est la nôtre, à Cruz et moi, les autres sont disponibles. Jaxon, Billie, je n'en ai que quatre, alors je me suis dit que vous pourriez en partager une tous les deux. Comme vous avez l'habitude de dormir ensemble, ça ne devrait pas…

– Je prendrai le canapé.

– Ne t'inquiète pas, le canapé sera parfait.

L'empressement avec lequel Jax et moi avons répondu tous les deux en même temps en est presque triste.

– Pourquoi vous voulez dormir dans le salon ? nous demande Cruz, suspicieux.

– Parce que c'est plus simple, prétend Jaxon.

Mon frère nous dévisage tour à tour.

– Je vous trouve bizarres depuis plusieurs jours, commente-t-il. Il y a un problème ?

– Pas du tout !

Je vois dans le regard d'Eve qu'elle a compris que quelque chose s'est produit depuis la discussion que nous avons eue lors de notre virée shopping. Elle s'apprête à parler mais, à mon grand dam, Jaxon la devance :

– Tu sais quoi ? Ce n'est pas grave. Billie et moi allons partager la même chambre ce week-end.

Non !

– Parfait ! réagit Cruz. Bon, allez vous installer, on se retrouve tous ici quand vous serez prêts. Notre table est réservée pour vingt heures trente.

Le cœur battant, je traîne ma valise dans le couloir, précédée par Jaxon dont les épaules sont raides. Sans un mot, nous pénétrons dans la chambre qui sera la nôtre pour les jours à venir, spacieuse et sobrement décorée dans des tons clairs. Instinctivement, Jax se dirige vers le côté gauche du lit, me laissant le droit. Le fait qu'il sache que c'est celui que je préfère, qu'il y pense malgré ce qui s'est passé entre nous, me serre l'estomac. Je suis dévastée à l'idée que, désormais, je ne pourrai plus jamais être proche de lui comme par le passé, que je ne sentirai plus la sécurité de ses bras autour de moi au moment de m'endormir, que je ne respirerai plus son parfum entêtant comme lorsque j'avais encore le droit de me blottir contre son torse, de poser ma tête contre son cou. Sentant ma gorge se serrer, je m'empresse d'ouvrir ma valise et d'en sortir mes vêtements pour qu'il ne remarque pas mon moment de faiblesse.

Je manque de le heurter lorsque nous pénétrons tous les deux dans le dressing et je recule immédiatement, l'évitant autant que possible, ce qui le fait soupirer.

– Alors on ne va plus jamais s'adresser la parole ? lâche-t-il.

Je lève la tête, surprise d'entendre sa voix.

– Je ne sais pas, je lui réponds en haussant les épaules.

– C'est ridicule, putain, peste-t-il en se passant une main sur le visage.

Il s'éloigne de quelques pas, regarde un instant les buildings par la fenêtre avant de se tourner vers moi.

– Je n'ai pas envie que ça se passe comme ça entre nous… soupire-t-il.

– Moi non plus, mais je ne crois pas qu'on ait le choix.

– Pourquoi ? Écoute, Billie…

Il prend mes mains dans les siennes, ce qui fait immédiatement accélérer mon pouls.

– Oublions ce qui s'est passé, suggère-t-il. Nous avons dit des choses tous les deux… mais je crois que nous n'étions pas très cohérents. Les disputes sont fréquentes au sein d'une famille, et je n'ai pas envie que celle-ci nous éloigne. Donc, ce que je te propose, c'est qu'on fasse comme si la conversation sur la plage n'avait pas existé et qu'on reprenne notre relation comme avant.

Je le dévisage sans y croire. Qu'il ne ressente pas le moindre sentiment pour moi, d'accord : après tout, je ne peux pas l'obliger à m'aimer… mais qu'il veuille effacer ce que j'éprouve ? Faire comme si de rien n'était ?

Comment ose-t-il ?

Lentement, je retire mes mains des siennes et déclare :

– Je n'en ai pas envie, Jaxon. Je maintiens chaque mot qui est sorti de ma bouche ce soir-là. Tu aimerais qu'entre nous tout redevienne comme avant ? C'est impossible, parce que nous attendons des choses différentes l'un de l'autre…

– Billie, gronde-t-il en se passant une main dans les cheveux, visiblement torturé.

– Non, écoute-moi, je reprends. Tu as le droit de ne pas m'aimer, mais pas de me demander de renier mes sentiments juste parce qu'ils te dérangent. Rassure-toi, je ne mettrai plus jamais le sujet sur le tapis, une humiliation m'a suffi, mais ne pas en parler ne rendra pas ce que je ressens pour toi moins réel.

Face à face, nous restons plongés dans le regard l'un de l'autre.

– Je ne veux pas qu'on s'éloigne… murmure-t-il. Je ne veux pas te perdre.

– Moi non plus, je lui réponds en retenant mes larmes. Mais ne pas t'avoir comme je le voudrais me fait du mal, Jax. Alors j'ai besoin que tu me laisses du temps.

– Du temps ? Pour quoi faire ?

– Pour me guérir de toi. Et vivre dans la même maison que toi, te voir tous les jours, ne va pas m'aider, donc je dois m'éloigner autant que possible… ce qui signifie t'éviter.

Il a l'air de souffrir terriblement, et je m'en veux de lui infliger ça. En même temps, je dois me faire passer avant tout, prendre soin de moi.

– Donc… juste comme ça, on fout en l'air neuf ans de…

Je souris tristement en le voyant incapable de mettre des mots sur ce que nous sommes.

– De quoi, Jaxon ? je chuchote. D'amitié ? De relation fraternelle ? D'amour ? Qu'est-ce qu'on a été durant tout ce temps, toi et moi ?

Comme il garde le silence, je soupire avant d'ajouter :

– Quoi qu'il en soit, oui, pour l'instant, on va mettre *tout ça* sur pause.

– Super, lâche-t-il avant de quitter la chambre d'un pas rageur.

Après son départ, il me faut quelques minutes pour reprendre mes esprits et me forcer à me concentrer sur ce qui est prévu ce soir : le dîner avec toute ma famille.

17
Jaxon

– Eve, cet endroit est vraiment magnifique ! s'exclame Billie en dégustant une bouchée de son plat.

Assis face à elle, je ne peux m'empêcher de lui jeter des coups d'œil fréquents. Les mots qu'elle m'a dits sur le ponton continuent de résonner dans mon esprit, bien que plusieurs jours aient passé.

« Je suis amoureuse de toi. »

« Je t'aime depuis si longtemps… »

Encore aujourd'hui, je ne sais pas ce qui m'a le plus ébranlé : sa déclaration ? Ma prise de conscience que mes sentiments pour elle sont réciproques ? La façon dont elle a agrippé mon visage pour me dire ce qu'elle attendait de moi ?

« Tu n'imagines pas ce que ça m'a fait de te voir revenir avec Bianca hier soir. Te voir l'embrasser, la toucher, vous entendre tous les deux alors que vous vous dirigiez vers ta chambre… J'ai passé la nuit à imaginer ce que vous faisiez, à rêver que j'étais à sa place et que c'était moi qui avais le droit de te caresser. »

Jamais je n'aurais imaginé que Billie pourrait prononcer de telles paroles… Ma belle et tendre Billie, qui se dévoile passionnée et déterminée… Femme !

L'espace d'un instant, j'ai failli céder. Cesser de lui résister, bafouer la promesse que j'ai faite aux triplés.

Et puis je me suis ressaisi… Depuis, Billie s'éloigne de moi sans que je puisse faire quoi que ce soit pour l'en empêcher, puisque c'est moi qui ai mis de la distance entre nous.

– Je savais que ce restaurant vous plairait, commente Eve en souriant. Mon nouvel agent m'a emmenée ici pour la signature de mon contrat et je me suis dit que vous apprécieriez de le découvrir vous aussi.

Nous nous trouvons sur le rooftop d'un building de cinquante-huit étages. Autant dire que la vue que nous avons sur New York est à couper le souffle.

– Tu as très bien choisi, assure Cruz à sa petite amie, un bras autour de ses épaules.

Un sourire aux lèvres, elle se blottit contre lui.

– Au fait, j'ai une bonne nouvelle à vous annoncer, intervient Dovie. Enfin, je pense qu'elle te plaira surtout à toi, Lennon.

– Je t'écoute, déclare-t-il en jouant avec une mèche de cheveux de sa copine.

– J'ai fait pas mal d'heures sup' ces dernières semaines et donc… je vais pouvoir prendre quelques jours de congé et rentrer avec vous à Cape Cod.

Les joues colorées d'excitation, Dovie dévisage Lennon les yeux brillants. La réaction de mon meilleur ami ne se fait pas attendre : d'une main, il agrippe le menton de la rouquine et l'embrasse à perdre haleine, ce qui déclenche des grognements autour de la table.

– Toujours en train de se manger le visage, ces deux-là, marmonne Sawyer.

Lorsque Lennon la libère, les joues de Dovie sont encore plus rouges. Après s'être recoiffée, elle ajoute :

– Avant que notre week-end se termine, j'ai prévu une activité sympa.

– La visite d'un musée de l'espace ? soupire Sawyer.

– Boucle-la, lui renvoie Lennon.

– Vous voulez visiter un musée sur le thème de l'espace ? s'exclame l'astrophysicienne, enchantée.

Les réactions mitigées lui font lever les yeux au ciel.

– Vous ne méritez pas la magnifique immensité qui se trouve au-dessus de nos têtes, proteste-t-elle. Quoi qu'il en soit, je ne vous dirai pas ce que j'ai préparé, vous le découvrirez le moment venu.

– Même à moi, tu ne révéleras rien ? lui demande Lennon.

– Hm hm.

– Vraiment ? insiste-t-il.

– OK, je t'avouerai tout, souffle Dovie.

La façon dont ils se dévorent des yeux me fait grogner à mon tour.

– Vous êtes en public, je leur rappelle.

Me retrouver face à ces trois couples est… frustrant. Et je suis persuadé que Billie ressent la même chose que moi. D'ailleurs, nos regards se croisent un instant.

Pendant le reste du repas, nous profitons du plaisir de nous retrouver tous ensemble. La vitesse avec laquelle notre famille s'est agrandie aurait pu être déroutante, mais je suis ravi de constater que, plus les jours passent, plus Scarlett, Eve et Dovie s'intègrent au clan.

Après le dîner, Sawyer émet l'idée d'aller prendre un verre dans un bar, ce que tout le monde accepte rapidement. Nous empruntons un ascenseur pour redescendre dans le hall du building… et là, nous nous rendons compte qu'une cohue monstre s'est massée devant les portes de l'immeuble.

Des dizaines de personnes se tiennent là, dans une ambiance survoltée, et je repère même des hommes avec des appareils photo à la main. Eve pâlit soudain.

– Oh non… souffle-t-elle.

– Quelqu'un a indiqué que tu es là ? devine Cruz.

– Merde ! crache Sawyer.

C'est le cas de le dire. Face aux portes vitrées s'entassent de plus en plus de fans en délire, carnets et smartphones à la main. Deux agents de sécurité les empêchent d'entrer, mais soudain, quelqu'un repère Eve… et en quelques secondes, tous les regards se tournent vers nous dans un concert de cris et d'acclamations. Cruz s'empresse de se poster devant sa petite amie, à la fois dans un instinct de protection mais aussi pour empêcher les gens de la prendre en photo à son insu. Nous sommes quatre bodyguards présents pour gérer la situation, mais à cet instant, je regrette qu'il ait profité de notre venue pour donner quelques jours de congé à Tony et April, ses back-ups. Quelque chose me dit qu'ils n'auraient pas été de trop pour disperser la foule…

– Mais ils sont fous… déplore Scarlett.

– Non, ils sont fans, rectifie Dovie.

– Pourquoi est-ce qu'ils semblent si excités ?

– Parce que leur célébrité préférée est là et qu'ils espèrent tous avoir la chance de prendre un selfie avec elle, explique Sawyer à sa petite amie.

– Qu'est-ce qu'on fait ? demande Billie.

– On va devoir traverser, dis-je.

Et pour cause, nos voitures sont garées de l'autre côté de la rue.

– Et si on passait par le parking souterrain ? hasarde Sawyer.

– Impossible, répond Eve en montrant son téléphone.

Des photos d'autres fans apparaissent sur les réseaux sociaux, les montrant qui attendent du côté de l'autre sortie.

– Putain ! râle Lennon.

– D'une manière ou d'une autre, il faut qu'on s'en aille, je commence. Deux d'entre nous doivent aller chercher les voitures pour qu'elles soient prêtes à démarrer dès qu'on quittera l'immeuble.

– Cruz, Sawyer, allez-y, décide Lennon. Jax et moi, on s'occupe de sortir les filles d'ici.

Cruz grogne un peu de ne pas rester près d'Eve pour la guider à travers la foule, mais il finit par foncer hors du building avec Sawyer. Aussitôt, plusieurs personnes tentent de se précipiter par la porte ouverte, et spontanément, Lennon et moi nous rapprochons des filles. Bien sûr, seule Eve intéresse tous ces fans, mais nous savons l'un comme l'autre que les mouvements de foule peuvent créer des dégâts inimaginables.

– Eve… lui dis-je avec un sourire rassurant, en lui faisant signe d'approcher.

La jeune femme, lasse, me laisse attraper son bras pendant que je prends la main de Billie dans la mienne.

Lennon, accompagné de Dovie et Scarlett, s'élance le premier lorsqu'il repère nos voitures, nous ouvrant la marche pour créer un passage à travers la foule. Resserrant ma prise sur la main de Billie et le bras d'Eve, je lui emboîte le pas… et c'est là que je réalise que la foule est bien plus dense que nous ne le pensions : il y a des gens jusque sur la route. À cause d'eux, Cruz et Sawyer ont été obligés de s'arrêter au beau milieu de la circulation, créant le début d'un bouchon.

– EVE ! EVE, JE T'AIME !

Les cris me percent les tympans, les flashs m'aveuglent, les questions fusent de tous les côtés.

– EVE ! EVE, S'IL TE PLAÎT, UN SELFIE !

Tête baissée, la mannequin se faufile entre les corps comme elle le peut, le visage figé. À ma droite, je sens la main de Billie se resserrer autour de la mienne. La foule avance en même temps que nous et je crains qu'elle ne se fasse engloutir malgré elle.

Je vois Lennon mettre Scarlett et Dovie à l'abri ; immédiatement, la voiture conduite par Sawyer démarre. De son côté, Cruz bondit de son propre véhicule et s'empresse d'en ouvrir la porte arrière, avant de tendre la main vers Eve. Je parviens à la lui transférer avant de sentir soudain les doigts de Billie m'échapper.

– Jaxon !

Je pivote immédiatement, l'adrénaline explosant en moi. Sous mes yeux, Billie est en train de se faire engloutir par des dizaines de fans mêlés à des paparazzis qui n'ont qu'une idée en tête, capturer un cliché d'Eve. Ballottée, elle tente de rester stable sur ses pieds, mais la pression de la foule qui avance est trop forte. La main tendue dans ma direction, la peur dévorant ses yeux, elle m'appelle à nouveau et je m'empresse d'agir. À grands coups d'épaule, je fends la marée humaine pour la rejoindre, puis je me baisse pour l'attraper et la soulever dans mes bras.

– RECULEZ ! je hurle, Billie blottie contre moi.

Certains me traitent de connard, mais je n'en ai rien à faire. Je retourne à la voiture en bousculant à nouveau quiconque se trouve sur mon passage, jusqu'à ce que je parvienne à installer Billie à côté d'Eve. Ensuite, je bondis à l'avant, côté passager, et Cruz démarre en trombe avant que j'aie pu refermer ma portière.

Dans l'habitacle, tout le monde garde le silence alors que nous nous éloignons.

– Mais qu'est-ce qui vient de se passer ? réagit finalement Billie.

Elle se tourne ensuite vers Eve et ajoute :

– C'est ça que tu endures depuis des années ?

La mannequin reste silencieuse, les yeux rivés sur les immeubles qui défilent à travers sa vitre.

– Ce n'est pas ta faute, chérie, lui assure Cruz.

Voyant qu'elle ne répond pas, il répète :

– Eve ! Ce n'est pas ta faute !

– Ça va, Billie ? je demande. Aucune blessure ?

– Non, rien du tout. Merci, Jaxon.

À cet instant, le téléphone de Cruz s'anime sur la console de la voiture.

– Tout le monde va bien ? lance Lennon sans préambule dès que nous décrochons.

– Au top, je réponds.

– Parfait. Je propose qu'on rentre. Il est probable que des paparazzis vont nous suivre : aller dans un bar maintenant, ce serait se jeter de nouveau dans la gueule du loup.

– Je suis d'accord, dis-je en hochant la tête.

– Moi aussi, renchérit Billie, secouée.

– Alors on se retrouve chez Eve, conclut Lennon. Faites attention à vous.

••••

Dès notre retour chez la mannequin, cette dernière s'excuse pour ce qui s'est passé à la sortie du restaurant, bien que personne ne l'en tienne pour responsable. Elle se retire ensuite dans sa chambre, accompagnée de Cruz. Lennon, Voldemort et Dovie décident de sortir faire une petite balade, histoire de dégourdir les pattes du bouledogue ; quant à Scarlett et Sawyer, ils se blottissent sur le canapé devant un film.

En ce qui me concerne, je ne tarde pas à retrouver Billie dans la chambre que nous partageons, inquiet qu'elle puisse être bouleversée par le bain de foule qu'elle vient d'expérimenter. Je la découvre dans le dressing, une serviette de bain à la main.

– Qu'est-ce que tu fais ? je lui demande.

– J'ai envie d'aller me détendre un peu dans la piscine, comme Eve a dit qu'on y avait accès…

– Je peux t'accompagner ?

C'est vrai, notre relation n'est pas au beau fixe, mais ce soir, je n'ai pas envie que nous restions éloignés…

Ma question surprend Billie, même si un petit sourire apparaît sur son visage. Cependant, au moment où elle s'apprête à répondre, mon téléphone s'anime dans mes mains, et nous jetons en même temps un regard en direction de l'écran. Voir le nom de Bianca s'afficher me donne envie de jurer à voix haute… En recroisant le regard de Billie, j'ouvre la bouche pour me justifier, mais elle me prend de vitesse :

– Vas-y, réponds. J'ai envie d'être seule, de toute façon.

Elle quitte le dressing, puis la chambre, et je décroche machinalement.

– Bianca… je lâche.

– Salut, Jaxon.

Le ton séducteur que la jeune femme emploie me fait grimacer. Je sais déjà que la conversation que nous allons avoir ne va pas être agréable.

– Je me demandais si tu étais disponible ce soir, pour qu'on se voie, me dit-elle.

– Désolé, mais je suis à New York pour le week-end, je l'informe.

– Oh, d'accord. Dans ce cas, on pourrait se donner rendez-vous la semaine prochaine ? Tu pourrais te libérer un soir ?

Et merde. J'étais certain que Bianca recherchait quelque chose d'éphémère, comme moi, mais j'ai l'impression que je me suis lourdement trompé.

– Malheureusement, je vais être pris par le travail… j'annonce.

Silence.

– Tu ne veux plus qu'on se voie, c'est ça ? déduit Bianca.

– Écoute, je…

– Laisse tomber, Jaxon, j'ai saisi. On a passé un bon moment ensemble, mais ça n'ira pas plus loin.

– Je suis désolé. J'espère que tu comprends…

Un soupir résonne dans le combiné, avant que Bianca ne déclare d'un ton résigné :

– Je m'en doutais. Quand je t'ai rencontré, j'ai tout de suite compris que tu n'étais pas à la recherche de quelque chose de sérieux. J'espérais juste que peut-être… Peu importe. Tu n'as pas à t'excuser.

– Merci.

Et parce que je suis admiratif de la façon dont elle prend les choses, je lâche spontanément :

– On pourrait quand même aller boire un verre entre amis, si tu veux ?

Mais je réalise au moment où elle me rit au nez que ma proposition est ridicule. Déjà parce que Bianca et moi ne sommes pas assez proches pour parler d'amitié entre nous, mais aussi parce qu'après avoir couché ensemble la gêne risque d'être palpable si nous nous revoyons.

– Je vais y réfléchir, dit-elle malgré tout.

Lorsqu'elle raccroche, je prends quelques instants pour faire le vide dans mon esprit. Je n'ai jamais voulu quoi que ce soit de sérieux avec Bianca, je savais depuis le départ que je ne lui accorderais que quelques heures de ma vie et je réalise que toutes ces inconnues aux visages flous ne me comblent plus désormais. Ça ne me suffit plus, je ne veux plus de la superficialité de ces rencontres d'un soir, je veux quelque chose de fort, de vrai, quelque chose qui durera une éternité et qui marquera mon âme comme rien d'autre auparavant. En fait… Je *veux* Billie. J'ai *besoin* d'elle. Mais je ne sais pas comment faire pour l'avoir, parce que je n'en ai pas le droit.

Malgré tout, poussé par l'envie d'être près d'elle, je bondis sur mes pieds et m'empresse d'aller la rejoindre à la piscine.

18
Billie

Sur le dos, les yeux rivés au plafond, je laisse mon corps flotter dans l'eau. Il est près de vingt-trois heures et la piscine est vide, ce qui me ravit. Passer un peu de temps seule après la fin de soirée que nous venons de vivre n'est pas un luxe.

– Bonsoir.

Surprise par la voix masculine qui résonne soudain, je sursaute, manquant de boire la tasse, puis je me remets à la verticale. Un homme en short de bain se tient au bord du bassin, une serviette posée sur son avant-bras. Il me dévisage, visiblement inquiet.

– Vous allez bien ? me demande-t-il. Je ne voulais pas vous effrayer.

J'essuie les gouttes d'eau sur mon visage et plaque mes cheveux vers l'arrière.

– Pas de problème. Je ne vous avais pas entendu arriver, c'est tout.

– Ça ne vous dérange pas si je viens nager moi aussi ?

– Non, allez-y.

L'inconnu me remercie d'un sourire avant de rentrer dans l'eau en effectuant un plongeon parfait. Il se met ensuite à faire des longueurs tandis que je me contente de m'asseoir sur l'une des marches sur le bord du bassin. La bulle de calme et de solitude dans laquelle je me sentais bien vient d'être brisée… D'ailleurs, j'hésite même à remonter à l'appartement, mais finalement, je me dis que cette piscine est assez grande pour deux et que je peux faire abstraction de la présence d'une autre personne. Cependant, après encore quelques minutes, lorsque l'homme s'approche de moi en souriant, je me tends.

– Je ne crois pas vous avoir déjà vue ici, fait-il en s'arrêtant à une distance respectueuse, ce que j'apprécie. Vous êtes nouvelle dans l'immeuble ?

– Je suis venue rendre visite à une amie.

– Donc vous n'êtes pas de New York ?

– Non.

Mes réponses concises le font sourire. Il s'installe à son tour sur les marches, plus si loin de moi.

– Je crois que j'ai interrompu un précieux moment de solitude, je me trompe ? reprend-il.

Je hausse les sourcils tandis qu'il ajoute :

– À votre avis, pourquoi est-ce que je viens faire des longueurs au milieu de la nuit ? Moi aussi, j'aime le calme.

– Sauf qu'aucun de nous ne peut profiter du silence si vous n'arrêtez pas de parler.

Ma réponse nous surprend tous les deux, mais étonnamment, l'homme finit par rire. Je remarque alors de petites pattes d'oie qui commencent à se former au coin de ses yeux. Je lui donne trente-deux, peut-être trente-cinq ans. Il est plutôt grand et svelte, et ses cheveux ainsi que sa barbe blonde lui donnent un charme particulier.

– Vous avez raison, excusez-moi, déclare-t-il.

Sa réaction me fait réaliser que la mienne était peut-être excessive. Après tout, il est ici chez lui, et de ce que j'ai compris, venir nager le soir est l'une de ses habitudes. C'est moi qui les bouleverse, pas le contraire.

– Ne vous excusez pas, je réplique. En fait, c'est moi qui devrais le faire, je n'avais pas à vous répondre de cette manière.

L'homme hausse les épaules avant de s'adosser au muret de la piscine.

– Dure journée ? demande-t-il.

– Soirée intense, plutôt.

Il tend sa main dans ma direction, se présentant avec un sourire :

– Dean Clarke. J'habite au douzième étage.

– Billie Westwood, je vis dans une maison loin d'ici, je lui indique en acceptant sa poignée de main.

– Eh bien, Billie Westwood qui vit dans une maison loin d'ici, puisque vous n'êtes que de passage, je vais me jeter à l'eau et vous avouer que je vous trouve très attirante.

Oh.

En une seconde, nous venons de passer de présentations banales à une tentative de drague, ce qui me prend au dépourvu.

– Je vous choque, devine-t-il.

– Un peu… Disons que vous êtes direct et que je ne m'attendais pas à ça.

– Quand je vois une jolie femme, je ressens le besoin de le lui dire.

– Quel âge avez-vous ? je demande.

Dean plisse les lèvres avant de me répondre :

– Trente-quatre ans.

C'est bien ce que je pensais. Douze ans d'écart entre lui et moi, c'est énorme. Cependant, bien que je ne sois pas intéressée par cet homme, c'est agréable de voir que je l'attire. Mon esprit est obnubilé par Jaxon depuis si longtemps que j'en oublie que je peux plaire à quelqu'un… Même si cela me déstabilise, il va bien falloir que j'accepte de m'ouvrir aux autres, que j'oublie les sentiments que j'ai pour Jax et que j'essaye de trouver l'homme qui partagera ma vie, puisqu'il est désormais clair que ce ne sera pas lui.

– Et vous ? reprend Dean.

– J'ai vingt-deux ans.

Il me regarde un instant, puis il se rapproche un peu pour me souffler :

– Ravi de vous rencontrer, Billie.

Il prend doucement ma main et sous mon regard surpris, la porte à ses lèvres pour y déposer un baiser.

– Je dérange ?

La voix de Jaxon claque dans l'air. Mains dans les poches de son jean, il s'approche du bassin en nous toisant sévèrement.

– Qu'est-ce que tu fais là ? je lui lance.

– Je venais voir si tu avais besoin de compagnie après ce qui s'est passé ce soir, mais tu n'as pas l'air aussi bouleversée que je le pensais.

Je ne comprends pas son ton cassant. Malgré tout, je retire ma main de celle de Dean, qui, à mes côtés, doit se demander ce qui se passe.

Pendant quelques secondes, aucun de nous trois ne parle. L'ambiance légère s'est soudain chargée avec l'arrivée de Jaxon.

– Tu penses rester encore longtemps ? s'enquiert ce dernier.

– Je ne sais pas.

– Moi, je crois que tu devrais remonter.

Je fronce les sourcils. Je ne saisis peut-être pas ce qui lui prend, mais ce qui est certain, c'est qu'il n'a aucun droit de se comporter de la sorte.

– Excusez-moi, mais qui êtes-vous ? intervient alors Dean.

– Je suis…

– C'est Jaxon, mon frère ! je le coupe avant qu'il puisse terminer sa phrase.

Ma réponse jette un froid glacial entre nous. Je n'avais pas prévu de retourner les mots de Jaxon contre lui, mais ils m'ont échappé sans que je puisse les retenir. Et franchement, vu la vigueur avec laquelle il s'obstine à répéter à qui veut l'entendre que je suis *sa petite sœur*, je ne comprends pas pourquoi il semble soudain si en colère que je parle de lui ainsi.

– Qu'est-ce que tu as, ce soir ? me lance-t-il.

– Je pourrais te retourner la question, mais franchement, je n'ai pas envie de me disputer avec toi ici.

– Alors remontons à l'appartement tous les deux.

L'expression de Jaxon se fait encore plus maussade, et pour ne pas placer Dean au centre d'un conflit qui ne le concerne pas, je décide de quitter la piscine. Mais que Jax ne voie pas cela comme une victoire. Dès que nous serons hors de portée d'oreilles indiscrètes, il aura droit à la bagarre qu'il semble être venu chercher.

– J'ai été ravie de vous rencontrer, Dean, dis-je en souriant au trentenaire.

– Moi de même, répond-il respectueusement. Si vous restez quelques jours chez votre amie, peut-être que nous nous recroiserons.

– Oui, peut-être.

Sur ce, je passe devant Jaxon sans lui accorder un regard, puis je m'empare de ma serviette de bain que je noue autour de ma taille avant de m'éloigner du bassin d'un pas rageur.

– Billie ! me hèle Jaxon.

Je pousse la porte qui mène au couloir et le remonte avant de pénétrer dans l'ascenseur. Jaxon s'y engouffre à ma suite et la cabine commence à monter.

– Je n'en reviens pas de la façon dont tu viens de me parler, je gronde.

– Et moi, je n'en reviens pas de ce à quoi je viens d'assister, me renvoie-t-il.

– Qu'est-ce que ça peut bien te faire que je discute avec un homme ?

Bras croisés sur ma poitrine, je le fusille du regard.

– J'ai le droit de faire ce que je veux, Jaxon, j'ajoute.

Il me fixe, plisse les lèvres puis, d'un geste rapide, presse un bouton qui bloque l'ascenseur.

– Qu'est-ce que…

– Tu as dit que tu m'aimais ! martèle-t-il.

Oh non… Je ne sais pas pourquoi il remet mes sentiments sur la table, mais immédiatement, mon cœur s'emballe.

– Quoi ? je souffle.

– Tu m'as dit que tu étais amoureuse de moi, et là, je te trouve en train de te laisser draguer par le premier venu. Tu as une conception bien étrange de l'amour, Billie.

Estomaquée, je reste figée sur place. Ma bouche s'entrouvre, parce que je n'arrive pas à croire qu'il ait osé me dire une chose pareille.

– Incroyable, je murmure.

Je bouscule violemment Jaxon, qui recule d'un pas, semblant soudain regretter ses paroles… mais c'est trop tard.

– Espèce d'enfoiré. Comment oses-tu te servir de ce que je t'ai dit de cette façon ?

– Billie…

– Tu m'as repoussée ! j'explose. Tu m'as dit que tu ne ressentais rien pour moi, que tu me trouvais fragile, que tu avais pitié de moi. Tu m'as *interdit* d'en reparler, et là, tu oses utiliser ce que j'ai dit pour m'attaquer !

– Comment est-ce que je suis censé réagir ? s'écrie-t-il. Je suis descendu parce que j'avais peur que tu ne sois bouleversée à cause du bain de foule que tu as subi à la sortie du restaurant, et je te retrouve à moitié nue dans une piscine avec un inconnu.

– À moitié nue ? Mais tu débloques complètement !

Jaxon se passe rageusement une main dans les cheveux. Me rapprochant encore, je plante un doigt contre son torse et reprends :

– Qu'est-ce que tu attends de moi exactement ? Tu étais au téléphone avec Bianca quand je suis partie. Alors quoi ? Tu as le droit de te taper tout ce qui bouge, mais moi, je dois passer le reste de ma vie toute seule ? Eh bien, ça n'arrivera pas.

– Tu es censée m'aimer, Billie, s'insurge-t-il. Pas lui, ni aucun autre, juste moi.

– Mais toi, tu ne m'aimes pas ! je réplique, au bord des larmes.

D'un coup, il fonce sur moi. Ses mains se referment autour de ma taille, mon dos rencontre la paroi froide de l'ascenseur et son corps chaud se plaque contre le mien.

– Jaxon… je souffle, troublée par sa réaction.

Les traits tirés, les yeux fermés, il semble torturé. Son front se pose contre le mien, et doucement, il me murmure :

– Pardon… Pardon pour ce que je dis, pour ce que je fais… Toute cette situation me fout en l'air, Billie.

Il cale son visage contre mon cou avant d'inspirer profondément. Naturellement, mes paumes remontent sur son dos et je le serre contre moi.

– J'ai besoin que tu m'aimes, me glisse-t-il.

Ses lèvres effleurent ma peau à chacun des mots qu'il prononce, faisant naître une chair de poule partout sur mon épiderme.

– Je ne peux pas t'aimer à sens unique, Jaxon, je lui réponds d'une voix rauque. Ce n'est pas juste pour moi.

Il redresse alors sa tête, et nos regards se croisent. La lueur de souffrance que je perçois dans ses pupilles me paralyse.

Et si…

Non !

Mais peut-être que…

Mon Dieu, et si Austin avait raison ? Et si Jaxon ressentait lui aussi quelque chose pour moi, mais qu'il s'efforçait de le nier ? Tout le crie, de sa réaction lorsqu'il m'a vue avec Dean à la façon dont il m'a dit qu'il a besoin que je l'aime en passant par la colère, la frustration et le désespoir qu'il dégage depuis que j'ai commencé à instaurer une distance entre nous, alors qu'il est d'habitude si posé, si enjoué, si calme…

Lentement, je déglutis avant de caresser délicatement sa joue.

– Jax…

– Je sais ce que tu veux mais je ne peux pas te le donner… lâche-t-il.

Ses mains quittent ma taille et trop vite, il s'éloigne, me laissant pantelante contre la paroi froide de la cabine d'ascenseur.

– Dors avec moi, Billie, me demande-t-il alors. Je sais que tu ne veux plus qu'on soit proches de cette façon tous les deux, mais je t'en prie, dors avec moi et laisse-moi te garder dans mes bras cette nuit. *Ça*, je peux te le donner, alors laisse-moi faire.

J'aimerais avoir la force de refuser, mais c'est impossible. L'amour que je porte à Jaxon me pousse à accepter, parce que c'est ce que je désire, même si je sais parfaitement que souffrirai de ce moment de faiblesse lorsque, demain, la réalité s'imposera de nouveau à moi. Pour l'instant, j'ai besoin de cette proximité autant que lui. J'ai besoin de sentir cet homme contre moi et d'imaginer un instant qu'il est irrévocablement mien.

– D'accord.

Il soupire, soulagé, puis il débloque l'ascenseur et nous montons jusqu'à l'appartement d'Eve. Le calme y règne, brisé uniquement par le bruit de la télé qui résonne en fond sonore. Scarlett et Sawyer sont assoupis l'un contre l'autre sur le canapé, tandis que le reste de notre famille n'est nulle part en vue.

Jax prend ma main et nous nous dirigeons vers notre chambre, dont il referme la porte derrière nous. Lorsque nous nous retrouvons face au grand lit double, j'ai le sentiment que l'atmosphère de la pièce se charge d'électricité. Il y a une semaine encore, nous allonger l'un contre l'autre était on ne peut plus naturel. Aujourd'hui, je suis fébrile à l'idée de passer la nuit avec Jaxon.

– Je vais aller prendre une douche, dis-je alors qu'il commence à s'installer sur le matelas.

– Je t'attend, me répond-il.

Aussitôt, je m'enferme dans la salle de bain attenante à la chambre. L'eau chaude m'aide à calmer les battements frénétiques de mon cœur et à reprendre mes esprits. Je ne cesse de me rejouer la scène qui s'est déroulée il y a quelques minutes.

La façon dont Jax m'a plaquée contre la paroi de l'ascenseur.

Son souffle contre mon cou.

« Tu es censée m'aimer, Billie. Pas lui, ni aucun autre, juste moi. »

Mon pouls s'emballe de nouveau. Je soupire et coupe l'eau de la douche puis j'attrape une grande serviette et commence à éponger ma peau mouillée. Je repère alors, posé sur le porte-serviettes, un sweat appartenant à Jaxon. Lui emprunter ses vêtements est quelque chose que j'ai toujours adoré faire : lorsque mes sentiments pour lui étaient encore secrets et que la frustration de l'aimer en silence menaçait de me rendre folle, cela m'apaisait de me sentir enveloppée par son odeur.

Instinctivement, je m'empare du sweat et le passe. Même si cette nuit, ce sont les bras de Jaxon qui vont me tenir chaud, j'ai tout de même envie de porter quelque chose qui lui appartient.

Assis au bord du lit en t-shirt et bas de survêtement, il redresse la tête lorsqu'il m'entend sortir de la salle de bain. Ses yeux voyagent sur ma tenue et je détourne rapidement le regard lorsqu'il déglutit.

Sans un mot, je me dirige vers la table de nuit et m'empare de ma brosse à cheveux. À l'instant où je m'apprête à retourner dans la salle de bain pour démêler mes mèches humides, Jaxon me lance :

– Laisse-moi faire…

Je me fige.

– Faire quoi ? je réplique en lui jetant un coup d'œil.

– Te brosser les cheveux.

Il me rejoint, s'empare de ma brosse et prend doucement ma main pour m'entraîner près du lit, sur lequel il se rassoit avant de m'inciter à m'installer entre ses jambes. La gorge nouée, le cœur battant, je prends place contre lui. Avec des gestes tendres, il glisse ses doigts sur ma nuque pour rattrouper ma tignasse dans mon dos, puis il commence à la démêler en prenant soin d'être le plus doux possible.

Pendant quelques minutes, seul le bruit des picots qui passent dans mes cheveux résonne dans la pièce. Je sens le souffle régulier de Jaxon caresser ma nuque et je ferme les yeux. Au bout d'un moment, il repose la brosse sur le lit et glisse ses doigts entre mes mèches.

– J'aime quand tu m'empruntes mes vêtements, murmure-t-il soudain.

Mes paupières se rouvrent.

– Jaxon…

– Il y en a même certains qui te vont bien mieux qu'à moi.

Je me lève d'un bond pour m'éloigner, prendre de la distance.

– Billie…

– Pourquoi tu fais ça ? je m'insurge. Tu sais ce que je ressens pour toi, tu sais que tes mots auront un impact sur moi. Qu'est-ce que tu cherches à faire ?

– J'essaye de te retenir, m'avoue Jaxon. J'ai l'impression que tu vas m'accorder une nuit avant de définitivement t'éloigner de moi, alors j'essaye nous donner un peu plus de temps, de garder ce qu'on avait et ce qu'on était.

Je détaille son beau visage que je rêve de couvrir de baisers, et ma volonté s'évapore complètement. Je reviens près du lit, grimpe dessus, puis me couche sur le côté. Jax ne tarde pas à s'étendre à son tour. Il éteint la petite lampe de chevet avant de remonter la couverture sur nous et de se coller contre moi. Son corps s'emboîte parfaitement contre le mien, c'est fou…

Cet homme m'est destiné, je le sais, je le sens, encore plus lorsque nous partageons de tels moments d'intimité.

– Tu m'as manqué, murmure-t-il contre mon oreille en passant un bras sur mon ventre.

Et toi, je pense, *tu me manqueras demain, lorsque tu auras retrouvé la maîtrise de toi-même et que tu me repousseras à nouveau…*

19

Jaxon

Je ne sais pas si c'est dû à la montée d'adrénaline que nous avons subie hier soir, mais ce matin, les triplés et moi nous sommes retrouvés en même temps dans la salle de sport de l'immeuble et nous nous entraînons depuis une heure déjà, tandis que les filles dorment encore… Même Eve, ce qui, selon Cruz, n'est pas surprenant, puisqu'elle a ruminé ce qui s'est passé au restaurant jusque tard hier soir. Sawyer et lui sont en train de soulever des haltères, pendant que Lennon enchaîne les pompes et que je m'épuise sur un tapis.

Les yeux rivés sur mes pieds qui martèlent le matériel de course, je laisse mon esprit divaguer vers les souvenirs de la nuit que j'ai passée avec Billie. Avoir pu la tenir dans mes bras a été un véritable bonheur. Dans des moments comme ceux-là, j'ai un aperçu de ce que pourrait être notre vie à tous les deux si j'acceptais de me jeter à l'eau avec elle… et bon sang, j'adore ça.

Mais chaque fois que je me laisse aller à l'espoir d'un avenir pour nous deux, la promesse que j'ai faite il y a quelques années à mes frères, ma famille, me revient immédiatement en mémoire.

Les triplés et moi sommes installés sur le sable, profitant de la chaleur écrasante du mois de juillet et de la fraîcheur de la mer, dont les vagues viennent lécher nos pieds. De temps à autre, nous jetons un regard aux filles dans leur maillot de bain qui bronzent tranquillement non loin de nous. Une banale journée de congé, en somme.

– Au fait, Sawyer, lance soudain Lennon, papa m'a dit qu'il t'a dégoté une nouvelle mission ?

– Ouais, et elle s'annonce plus risquée que toutes celles que j'ai faites jusqu'à maintenant, déclare l'intéressé en remontant ses lunettes de soleil sur son nez. Je vais devoir protéger une mère et ses deux enfants d'un cartel. L'aîné de la famille a trempé dans des affaires pas claires et il s'est fait choper par les flics. Résultat, en garde à vue, il a balancé les noms de membres du réseau, et maintenant, ils veulent lui faire la peau, à lui et à sa famille.

– Tu pars quand ? demande Cruz.

– Dans une semaine, le temps que les fédéraux finissent de créer une nouvelle identité à mes clients ainsi que…

Je me désintéresse de la conversation. Mon regard, qui jusque-là était rivé sur l'horizon, vient d'être attiré par un corps d'une perfection rare qui s'approche de nous. Mes yeux partent des jolis pieds pédicurés avant de remonter sur des jambes fuselées, un ventre plat et une poitrine généreuse… pour finir par croiser des iris bleus que je ne connais que trop bien.

Billie.

Bon sang, depuis quand est-elle si sexy en bikini ? Depuis quand son corps d'adolescente est-il devenu celui d'une femme ?

– Salut les garçons, nous lance-t-elle en posant sa serviette à côté de la mienne.

Elle relève ses cheveux noir ébène au-dessus de sa tête et les attache en un chignon lâche, tout en enchaînant :

– L'eau est bonne ?

– Un peu fraîche, répond Cruz.

– Tu vas la trouver parfaitement à ton goût, renchérit Lennon en lui faisant un clin d'œil.

Satisfaite, Billie ouvre son sac de plage et en sort un tube de crème solaire. À ma gauche, j'entends les triplés reprendre leur conversation, mais je suis trop obnubilé par le mouvement des mains de leur sœur pour les écouter.

– Tu peux m'en mettre dans le dos, Jax, s'il te plaît ? me demande-t-elle.

– Oh… oui… bien sûr.

Je me redresse d'un bond et me place derrière Billie, saisissant le tube qu'elle me tend. Je verse un peu de produit sur mes doigts et je commence à l'étaler méticuleusement sur sa peau douce. L'odeur de la crème, de l'air marin et de Billie forme un cocktail détonant, presque hypnotique.

Il se passe plusieurs secondes pendant lesquelles je laisse errer ma main sur le dos de la benjamine Westwood, jusqu'à ce que je réalise que le produit a depuis longtemps pénétré son épiderme et que je suis plus en train de la caresser que de la protéger du soleil.

– C'est bon, Billie, dis-je, la voix soudain rauque.

– Merci.

Son sourire a quelque chose d'innocent mais il est surtout éclatant. Elle s'éloigne en trottinant et plonge dans la mer sans hésiter. Billie n'a jamais été frileuse…

Je reprends place sur ma serviette ; toutefois, au moment où je me tourne vers les triplés pour rattraper les wagons de notre conversation, je les découvre en train de me dévisager d'un drôle d'air.

– Quoi ? je leur lance.

Sans crier gare, Lennon se redresse et, sourcils froncés, pointe un doigt menaçant dans ma direction :

– Pas touche à Billie, lâche-t-il.

– Pardon ?

– Tu m'as très bien entendu !

– Je ne lui ferai jamais de mal, je m'insurge.

C'est vrai : je l'aime beaucoup, leur petite sœur, et les quatre années de cohabitation au manoir qui viennent de s'écouler nous ont permis de créer une vraie amitié tous les deux.

– On ne te parle pas de ça, intervient Cruz. Ce qu'on veut te dire, c'est qu'elle t'est interdite… qu'on ne veut pas te voir lui tourner autour.

J'écarquille les yeux avant d'éclater de rire.

– Vous êtes sérieux ? Non mais, les mecs, vraiment, jamais *il ne me viendrait à l'esprit de la draguer. Enfin… c'est la petite Billie, quoi.*

– La petite Billie que t'étais en train de reluquer, gronde Sawyer. Elle aura dix-huit ans dans quelques mois et on a tous remarqué le changement qui s'est opéré chez elle. Elle est en train de devenir une… femme.

On dirait que le mot lui écorche la bouche.

– Et toi, t'as vingt-deux ans et tu sautes sur tout ce qui bouge, poursuit-il, alors on préfère te mettre en garde. Billie, tu l'oublies, elle ne sera jamais un nom de plus sur ta liste de conquêtes !

– Tu sais, reprend Lennon, tu n'en as peut-être pas le nom, mais depuis que tu vis avec nous, tu es devenu un Westwood. Il faut qu'on soit certains qu'on peut te faire confiance. Bientôt, Billie va vivre ses premières déceptions, ses premiers chagrins d'amour…

– Je buterai le premier qui lui brisera le cœur, crache Sawyer.

– Pareil, rebondit Cruz.

– Tu dois nous promettre que tu seras là pour elle quoi qu'il arrive, continue Lennon, que tu feras tout pour la protéger, mais que tu n'outrepasseras jamais ton rôle de grand frère.

Merde alors, c'est un véritable serment qu'ils me demandent de faire. Je les regarde dans les yeux. Lennon est mon meilleur ami, et Cruz et Sawyer sont comme mes frères. Très honnêtement, ce n'est pas parce que j'ai trouvé leur sœur particulièrement jolie aujourd'hui que je mérite un tel discours. Mais je sais à quel point Billie est importante pour eux – comme pour moi d'ailleurs –, alors je décide d'apaiser leurs craintes qui sont, de toute façon, totalement infondées. Je me redresse, tends la main et déclare :

– Je vous le promets, les gars : Billie est ma sœur et peu importe ce qui arrive, il ne se passera jamais rien entre nous.

Lennon m'observe un instant, avant d'annoncer :

– On te fait confiance, Jaxon. Mais si jamais tu trahis cette promesse, tu te prendras mon poing dans la gueule.

Je m'esclaffe, avant de réaliser qu'à nouveau il est on ne peut plus sérieux. Je me contente donc de hocher la tête, parce que je sais qu'ils n'ont aucun souci à se faire, étant donné que je ne serai jamais attiré par Billie Westwood.

– Tu comptes courir jusqu'où comme ça ? me lance soudain Sawyer, m'arrachant à mes souvenirs.

Je m'oblige à retrouver la concentration qui m'habitait tout à l'heure en me focalisant une fois de plus sur mes pieds qui martèlent le tapis de course.

– Jaxon ! insiste-t-il. Tu devrais t'arrêter, mon pote, tu n'as pas fait une seule pause depuis que nous sommes arrivés.

– Je n'en ai pas besoin, je siffle, entre deux lourdes respirations.

– C'est ta petite amie qui te met dans tous tes états ? me taquine Cruz.

Sa remarque a pour effet de me stopper net.

– Jax a une copine ? s'étonne Lennon.

– De qui tu parles, Cruz ? je lance en attrapant une bouteille d'eau.

– De la fille qui a passé la nuit dans ta chambre il y a quelques jours, répond-il en haussant les sourcils. Je ne sais pas qui elle est, mais une chose est sûre, depuis ce soir-là tu as changé, alors je crois qu'elle est différente des autres…

Cruz a raison, sauf sur un point : ce n'est pas à cause de la femme qui était dans mon lit que je suis dans tous mes états, mais plutôt à cause de celle qui n'y était pas.

– Pourquoi est-ce que je ne découvre ça que maintenant ? demande Lenny en se redressant.

– Parce que le business t'accapare, lui répond Sawyer. Mais t'inquiète, on t'aidera toujours à rattraper ton retard en ce qui concerne la vie sentimentale de Jaxon.

– Et si vous vous occupiez plutôt de vos affaires au lieu de fourrer votre nez dans les miennes ?

Je m'approche des triplés et je m'assieds sur l'un des bancs de muscu disponibles. Il est encore tôt, alors nous avons la chance de bénéficier d'une salle de sport vide pour l'instant.

– Et alors ? Comment elle s'appelle ? veut savoir mon meilleur ami.

– Ce n'est pas important, Lenny, je t'assure. Ces deux-là se font des films, comme d'habitude.

– Ah, vraiment ? ricane Cruz. Dans ce cas, pourquoi est-ce que t'es sur les nerfs depuis plusieurs jours ?

Feignant l'indifférence, je hausse les épaules.

– Parce que ma partie de jambes en l'air avec Bianca m'a laissé sur ma faim et que j'ai besoin de me trouver quelqu'un à ma hauteur.

OK. Je suis un connard.

Mais ma réflexion fait sourire mes frères, et je sais que j'ai réussi à faire diversion.

À cet instant, Sawyer reçoit un message de Scarlett lui indiquant qu'elle est réveillée. Il décide d'aller la rejoindre, et s'étant suffisamment entraîné, Cruz ne tarde pas à lui emboîter le pas, nous laissant seuls tous les deux, Lennon et moi.

Je considère les triplés comme mes frères, mais la relation que j'entretiens avec Lenny est différente. Avant tout, il est aussi mon meilleur ami. Je lui serai éternellement reconnaissant d'avoir pris ma défense lorsque les brutes du lycée ont voulu s'en prendre à moi peu après la rentrée. Lorsqu'ils ont compris que Lennon serait toujours là pour contrer leurs attaques, ils m'ont foutu la paix pour de bon.

Je ne remercierai jamais assez le destin de m'avoir permis de croiser sa route, ainsi que celle de l'ensemble des Westwood.

– Si tu me disais la vérité ? me demande-t-il.

Je me doutais qu'il ne serait pas dupe de mon mensonge…

– Lenny…

Tu ne comprendrais pas… Tu me détesterais si tu savais.

– Je crois savoir ce qui se passe, lâche-t-il alors.

Il étend ses bras sur une machine d'haltères et me dévisage de ses yeux perçants.

– Vraiment ? je lui renvoie.

– Ouais… Le fait que nous soyons tous en couple te perturbe, c'est ça ? Tu es en train de te demander si tu n'as pas envie de laisser tomber les coups d'un soir pour trouver *la bonne.*

Lennon n'est pas mon meilleur ami pour rien. Même s'il ne peut évidemment pas savoir ce qui se passe dans ma tête concernant Billie, il a quand même compris une partie du problème : je veux connaître *la* grande et belle relation que je mérite d'avoir.

Et je voudrais ça avec Billie.

– Tu sais, j'espère vraiment que tu la trouveras, mon frère, reprend Lennon. Je ne m'attendais pas à rencontrer Dovie, mais le destin a décidé que c'était le bon moment et, nom de Dieu, elle est devenue l'autre moitié de moi-même. Ensuite, la vie s'est occupée de Cruz, puis de Sawyer, et je sais que ce sera bientôt ton tour. *La bonne* est quelque part, elle t'attend.

Je déglutis. Profitant de ce moment confession, je tâte le terrain :

– Et si c'était une histoire compliquée ? Si elle demandait des sacrifices ?

Lennon fronce les sourcils en me détaillant.

– Si tu l'aimes comme un fou, que tu *sais* que tu ne pourrais pas vivre sans elle, alors ça en vaut la peine, non ? réplique-t-il.

Il n'en a pas conscience, mais chaque mot qu'il prononce me pousse dangereusement au bord du précipice. Si je franchis les derniers mètres et que je saute dans le vide, alors il n'y aura plus de retour en arrière : Billie sera mienne.

– Le principal, c'est que tu sois heureux, conclut mon meilleur ami. Qui qu'elle soit, elle sera accueillie dans la famille comme il se doit.

– Merci, Lennon, dis-je.

Il se lève et me donne une tape amicale sur l'épaule. Puis, côte à côte, nous quittons la salle d'entraînement.

20
Billie

– … on sera prêtes dans quarante minutes au maximum.

Scarlett ferme la porte de la chambre d'Eve et nous regarde, un sourire malicieux aux lèvres.

– Les filles, ce soir, on va faire la fête ! annonce-t-elle. Dès que j'ai su qu'on venait à New York, je me suis renseignée sur les endroits branchés de la ville et j'ai entendu parler d'un club dans lequel l'ambiance est apparemment dingue.

– Comment il s'appelle ? demande Eve.

– Le *Lola's Place*, répond Scarlett, surexcitée. Tu connais ?

Eve penche la tête sur le côté et se pince les lèvres.

– Quoi ? je lui lance.

– Non, rien. C'est vrai que j'ai entendu dire que l'atmosphère y est… électrique.

Elle ne nous en dit pas plus, mais elle semble tout de même amusée.

– Imaginez ça, poursuit Scarlett. De la musique, des cocktails et des artistes qui montent sur scène au cours de la soirée pour une représentation inédite dont on ne sait rien à l'avance.

– Tant qu'il y a des margaritas, je suis partante, déclare Dovie.

– Tu pourras en commander autant que tu voudras. Au départ, je pensais qu'on se ferait une soirée entre filles, mais j'aurais dû me douter que les garçons chercheraient à être de la partie.

– Ne t'inquiète pas pour eux, Scarlett, intervient Eve. Je suis certaine qu'ils vont passer un moment mémorable. Et d'ailleurs, pour celles qui le veulent, n'hésitez pas à vous servir dans mon dressing. Vêtements, accessoires, sacs, chaussures, prenez ce qui vous plaît.

Nous la dévisageons un instant, perplexes.

– Je suis sérieuse, ajoute-t-elle.

– Eve, commence Dovie, tu possèdes des robes de créateurs… La plupart d'entre elles valent plus que le loyer de mon appartement actuel.

– Et alors ?

– Alors on risque de les abîmer, je complète. Et si on renversait un verre dessus ?

– Ce ne sont que des vêtements…

Depuis que je la connais, le côté terre-à-terre et humble d'Eve m'a toujours positivement étonnée. Seulement, étant donné son statut d'icône depuis nombreuses années, je ne suis pas surprise qu'elle se soit malgré elle habituée au luxe et à l'abondance et que des habits qui coûtent plusieurs milliers de dollars ne représentent plus pour elle qu'une bagatelle. Face à notre silence, elle nous dévisage une par une, avant de nous confier :

– Vous savez, je n'ai pas eu une adolescence comme les autres. Je n'ai pas participé à des soirées entre filles ni aux préparations qui se font souvent avant ça. Il m'est arrivé de partager quelques moments de complicité avec ma sœur, mais elle ne fait plus partie de ma vie désormais, alors… ça me fait plaisir de vous avoir toutes ici.

Le sourire de la mannequin est tendre, mais ses yeux sont brillants. J'observe Dovie et Scarlett en coin : comme moi, elles sont soudain submergées par l'émotion.

– Depuis que je suis avec Cruz, reprend Eve, j'ai l'impression de faire enfin partie d'une vraie famille. J'espère qu'au fil du temps nous deviendrons des amies… des sœurs… C'est pour cela que je suis heureuse de partager ce que j'ai avec vous. C'est ma façon de vous remercier de m'avoir acceptée au sein du clan.

À peine s'est-elle tue que je m'avance vers elle, bras ouverts, pour la serrer contre moi.

– Après avoir passé toute ma vie avec mes frères, j'ai hâte d'avoir des sœurs pour changer, lui dis-je.

Nous sommes immédiatement rejointes par Dovie et Scarlett, et pendant plusieurs secondes, nous nous tenons ainsi, sans rien dire.

– Bon, finit par lancer la rouquine, je crois que les garçons vont commencer à s'impatienter. Préparons-nous pour ce qui s'annonce comme la meilleure soirée de l'année !

Sur ce, nous pénétrons dans le dressing d'Eve, qui n'a rien à envier à une boutique de luxe. Les vêtements haute couture, les chaussures, les sacs de créateurs de renom, les bijoux de grandes maisons de joaillerie sont parfaitement alignés sur les nombreuses étagères… C'est la caverne d'Ali Baba. Je trouve mon propre dressing bien fourni, mais celui d'Eve est d'un tout autre niveau.

– Faites-vous plaisir, claironne la mannequin derrière nous, tout excitée.

Certaine qu'aucun de ses vêtements ne m'ira – je n'ai pas la même taille de guêpe qu'elle –, je me focalise sur les escarpins.

Après m'être isolée pour passer ma tenue, j'enfile une paire de sandales à talons hauts Versace dont les lanières croisées montent jusqu'en haut de ma cheville. Même si l'arrière de la chaussure est un peu grand pour moi, cela ne m'empêche cependant pas d'y être à l'aise.

Nous sommes toutes en train de peaufiner notre maquillage lorsqu'Eve débarque, prête elle aussi… et absolument splendide dans une robe très échancrée au niveau des cuisses.

– Cette tenue est incroyable, fait remarquer Dovie, qui a elle-même une allure folle.

– C'est l'une des préférées de Cruz, répond la mannequin en rougissant.

– Ouh, je flaire l'histoire croustillante, intervient Scarlett. Raconte !

Eve me jette un regard gêné, ce qui me fait lever les yeux au ciel.

– Tu sais, dis-je, j'ai grandi avec Cruz, alors j'ai déjà entendu plus d'allusions sexuelles que je l'aurais voulu… Tu ne me choqueras pas.

– Bon… reprend Eve. Il se trouve qu'il y a deux semaines, j'ai débarqué par surprise à l'institut. J'ai cherché Cruz et une fois que nous nous sommes retrouvés seuls dans la salle de réunion, j'ai ouvert le manteau que je portais et… ta da ! J'avais cette robe. Autant vous dire que ma surprise lui a beaucoup plu.

Je m'oblige à ne pas penser à ce qui s'est passé dans cette salle de réunion tandis que mes deux autres belles-sœurs gloussent.

– Sawyer et moi aussi, on l'a déjà fait là-bas, nous informe soudain Scarlett.

– Dans la salle de réunion ? je m'écrie.

– Non, dans son dojo.

– Mais… je commence, abasourdie.

– Lennon et moi, on est restés sages à l'institut, commente Dovie. Mais maintenant que vous en parlez, l'idée d'aller le rejoindre dans son bureau pour le trouver assis sur son fauteuil de boss, c'est…

– C'était le bureau de mon père, je la coupe en retenant une nausée.

– Oh, pardon Billie ! s'empresse de dire Dovie.

J'éclate de rire, plus de gêne que d'amusement. Puis, notre instant confession terminé, nous rejoignons toutes les quatre les garçons dans la pièce de vie. En voyant Jaxon, je ne peux m'empêcher de penser que si lui et moi étions ensemble, je le surprendrais volontiers dans le parc automobile de l'institut. Malheureusement, comme presque tout ce qui le concerne, cette idée est condamnée à rester un simple fantasme…

••••

– Bienvenue au *Lola's Place*. Nous espérons que vous y passerez un très bon moment.

Nous remercions l'hôtesse qui vient de nous accueillir et pénétrons à l'intérieur du club à l'éclairage tamisé, dont s'échappent des basses puissantes. Sur la piste, une foule est en train de danser, tandis que la scène à notre droite est pour l'instant encore vide. Des spots multicolores clignotent dans tous les sens. Un DJ est installé un peu plus loin, tandis qu'à sa gauche se trouve le bar, bondé. Des tables et des banquettes blanches sont disposées çà et là, la plupart déjà occupées.

Les trois couples ouvrent la marche tandis que Jaxon et moi restons à l'arrière. Je regarde mes frères, chacun main dans la main avec sa petite amie, et je souris. Les triplés, si semblables physiquement, n'auraient pas pu choisir des femmes plus différentes : Dovie, filiforme, est rousse, a des yeux vairons hypnotiques et une peau claire. Eve est élancée, blonde et dotée de splendides yeux bleus. Quant à Scarlett, qui arbore de somptueux cheveux noirs bouclés et des yeux tout aussi sombres, c'est la plus petite et la plus pulpeuse des trois.

Dès que nous repérons une table qui peut tous nous accueillir, Sawyer, Jaxon et Lennon s'occupent d'aller commander des boissons pour tout le monde. Cruz reste avec nous, et Scarlett lui lance d'emblée :

– Je pense que c'était une mauvaise idée que vous veniez avec nous.

– Oh, allez, remets-toi, réplique-t-il. On ne va pas gâcher votre soirée entre filles.

– Ce n'est pas ce qui m'inquiète. Regarde-les !

Elle fait un signe de tête en direction des garçons alors qu'ils attendent au bar en discutant entre eux, et je remarque rapidement ce qui la chiffonne : les clientes qui sont en train de les reluquer.

J'ai compris très jeune que mes frères et Jaxon étaient des canons. Partout où ils passent, ils attirent les regards, que ce soit ceux des femmes – intéressés – ou ceux des hommes, intrigués de voir de telles forces de la nature. Leur métier a profondément changé leur manière d'être, j'ai pu le remarquer au fil des ans. Les différentes missions auxquelles ils ont participé les ont endurcis, fait mûrir, et surtout, devenir redoutables. Aujourd'hui, ils dégagent de fortes ondes de confiance en eux et donnent l'impression d'être intouchables.

– Toi aussi tu serais jalouse si l'une de ces femmes venait me draguer ? lance Cruz à Eve en jouant des sourcils.

– Je ne suis pas jalouse, je veille sur *mon* Sawyer, rétorque Scarlett.

– Vous pensez qu'elles vont draguer Lennon ? demande Dovie en se redressant.

– Ne vous inquiétez pas, les filles, dis-je à la cantonade. Aucune ne vous arrive à la cheville.

– Merci, Billie, lâche Eve, avant de se tourner vers mon frère. Mais juste pour répondre à ta question, Cruz : tu ne veux pas savoir ce que je ferais si quiconque essayait de te mettre le grappin dessus.

– Tu as déjà entendu parler de la solidarité féminine ? roucoule Dovie avec un sourire innocent.

– Pourquoi auriez-vous besoin d'être solidaires ? intervient alors Jaxon, qui revient près de nous accompagné de Sawyer et Lennon, des boissons dans les mains.

– Pour faire disparaître les cadavres des nanas qui tenteront de vous appâter, répond Scarlett en attrapant son cocktail.

Sawyer la dévisage et elle bat des cils en croisant son regard. Dovie, elle, s'empare de sa margarita avant de se tourner vers Lennon et d'annoncer :

– Tu sais que je suis contre la violence, mais cette fois, je me range du côté de Scarlett. Si quelqu'un essaye de t'arracher à moi, je suis prête à lui lâcher Voldemort dessus.

Mon frère éclate de rire avant de passer un bras autour des épaules de sa petite amie.

– C'est noté, mon petit génie. Mais ne t'en fais pas, je n'ai d'yeux que pour ton gros QI et ton petit cul…

– Lennon ! je proteste. Vous avez l'air de l'oublier parce que vous vivez tous d'amour et d'eau fraîche, mais je suis là et je n'ai pas besoin d'entendre certains détails.

– Ne t'inquiète pas, Billie, me glisse Dovie avec un grand sourire. Tu es magnifique, alors quelque chose me dit que tu vas faire tourner des têtes, ce soir. À nous !

Levant son verre, elle nous incite à trinquer tous ensemble, ce que nous faisons avec plaisir.

Tandis que les autres commencent à débattre de la meilleure façon de faire disparaître un corps, Jaxon se rapproche subtilement de moi, puis il se penche et murmure à mon oreille :

– J'aimerais qu'on parle ce soir.

– À propos de quoi ?

Son regard s'arrête un instant sur mes lèvres, avant qu'il ne me réponde :

– De quelque chose d'important.

– D'accord… mais pourquoi on ne peut pas en discuter maintenant ? je rétorque.

– Parce que…

– *Ladies and gentlemen*, votre attention, s'il vous plaît !

La voix du DJ a soudainement empli tout le club. À peine a-t-il prononcé ces quelques mots que des cris de joie et d'excitation parcourent déjà la salle.

– Eh oui, il est temps ! reprend-il. Vous les attendez, je le sais, et le moment est enfin arrivé !

– Ça va être intéressant, s'esclaffe Eve, qui semble savoir quelque chose que nous ignorons.

– Ils sont déjà venus se produire chez nous le mois dernier, et ils ont tellement enflammé la scène que vous nous avez demandé un nouveau show de leur part… Bande de petites coquines.

À ces mots, Sawyer commence à jeter des regards autour de lui.

– Les gars ? C'est moi ou il y a beaucoup plus de filles que de mecs ici ? dit-il.

– Sans plus attendre, veuillez réserver un tonnerre d'applaudissements pour les Hot Boys.

L'annonce du DJ déclenche des applaudissements et des sifflements de toutes parts. La foule se masse vers la scène… sur laquelle six hommes apparaissent brusquement.

Dès que la musique s'élève, je comprends ce qui se passe, en même temps que Scarlett, qui s'écrie :

– Des strip-teaseurs ?

21
Billie

Eve éclate de rire, et je plaque une main sur ma bouche pour masquer mon propre amusement… parce que vraiment, la tête de mes frères à cet instant est impayable. Estomaqués, les garçons ont le regard rivé sur la scène et sur les hommes qui s'y déhanchent en commençant à se débarrasser de leurs accessoires.

– Tu savais ! j'accuse Eve.

– Oh oui, répond-elle, hilare. Quand j'ai compris que Scarlett n'avait aucune idée du genre de shows qui ont lieu ici, je me suis dit que la surprise serait d'autant plus drôle.

– Putain, mais… commence Cruz.

– J'en reviens pas, bougonne Jaxon.

– Je ne vais pas regarder des mecs se foutre à poil ! s'insurge Sawyer.

– Dovie… grogne Lennon, prenant sa petite amie en flagrant délit de reluquage.

– Hein ? lâche-t-elle. Non, mais c'est juste que je trouve que leurs vêtements ont une bonne prise au vent. Tu penses qu'ils ont étudié la chose avant de…

Le regard blasé de mon frère la fait rougir, tandis que sa voix se meurt.

– Bon, on s'en va, décide Sawyer.

– Quoi ? Non ! je proteste. Je veux rester ici, moi.

– Vraiment ? me lance Jax, sourcils froncés.

– Oui, vraiment. Je n'ai jamais vu de show de strip-tease, ça va être drôle.

– Oh, allez, ce n'est rien, tempère Eve. Le numéro ne dure que vingt minutes.

– Hé, mais comment ça se fait que tu sois au courant de ça ? la questionne Cruz.

– Parce que je suis déjà venue une ou deux fois l'année dernière, répond-elle en haussant les épaules.

– Nom de… balbutie alors Jaxon.

Nous reportons notre attention sur la scène. Les six hommes, torse nu, récoltent des billets par poignées. Soudain, trois d'entre eux sautent sur la piste et la traversent pour s'approcher des tables et des clients qui, comme nous, sont restés à l'écart.

– Eh merde, siffle Sawyer.

– Dovie… grogne à nouveau Lennon.

– Oui ? réagit-elle, porte-monnaie en main.

Cela me donne des idées : je plonge moi aussi sur mon sac pour en tirer un peu d'argent.

– Je refuse que tu glisses quoi que ce soit dans le slip d'un autre mec, prévient Lenny. Ça vaut pour toi aussi, Billie.

– Sauf que je fais ce que je veux, je réplique en levant ma main et en agitant un billet de cinquante dollars en l'air.

Bientôt, Scarlett m'imite. Seul le porte-monnaie d'Eve reste dans son sac : elle est bien trop occupée à rire de la situation pour l'en sortir.

– Lennon, tu sais, c'est pour les aider que je fais ça, se justifie Dovie. Je suis sûre que certains d'entre eux sont à l'université et qu'ils ont pris ce job pour financer leur cursus, donc…

Elle n'a pas le temps de terminer son explication : un grand brun bodybuildé et tatoué s'approche de notre table. Il fait une pause en découvrant les regards hostiles des garçons, mais ensuite, il repère l'argent que Dovie, Scarlett et moi avons entre les mains et il reprend son show… qui consiste à onduler des hanches et des fesses.

– NON ! aboie Sawyer lorsque le strip-teaseur fait mine de prendre la main de Scarlett pour la poser sur son torse luisant.

La jeune femme se contente de tendre le billet qu'elle a préparé, que l'homme attrape entre ses dents. Ensuite, il se dirige vers Dovie. Cette dernière lui fourre elle-même son argent entre les doigts.

– Utilisez-le pour terminer vos études, jeune homme, fait-elle en lui tapotant l'épaule.

À vue d'œil, le strip-teaseur a presque dix ans de plus qu'elle, pourtant…

– Occupez-vous d'elle, hurle alors Scarlett en me désignant. Elle a de l'argent et elle est célibataire.

Je sens Jaxon se tendre à mes côtés au moment où, appâté, le go-go dancer fonce sur moi… et attrape ma main. Alors que j'imagine qu'il va la poser sur son torse, il m'incite en fait à me lever et à le suivre vers la scène. Horrifiée, je comprends ce qui se passe lorsqu'une chaise est installée et que l'homme m'incite à m'asseoir dessus.

– Je m'appelle Andrew, me dit-il avec un sourire charmeur.

– B… Billie, je réponds, mon billet de cinquante dollars toujours en l'air.

– Accroche-toi, ma belle.

Il s'empare de l'argent, le glisse dans la ceinture de son pantalon – qu'il a encore, Dieu merci –, puis il commence à ondoyer devant mes yeux… qui s'écarquillent lorsqu'il se rapproche considérablement, bougeant son bassin contre moi.

– Oh mon Dieu… je souffle.

– Ça te plaît ?

– Hein ? Oui, oui, c'est… super.

Je tourne la tête en direction de la table où j'ai laissé ma famille, espérant trouver de l'aide auprès d'eux. Les filles arborent un visage joyeux, mes frères paraissent contrariés… Quant à l'expression de Jaxon, elle est indéchiffrable.

Un sentiment de culpabilité m'envahit l'espace d'un instant, mais je me ressaisis rapidement. Après tout, je ne fais rien de mal et puisque Jaxon s'obstine à répéter qu'il ne ressent rien pour moi, ce petit show ne devrait pas le mettre dans tous ses états. Bien décidée à profiter de la soirée, je pioche quelques billets supplémentaires dans mon portefeuille et je les tends à Andrew, qui les prend avec plaisir.

– C'est ton mec ? me demande-t-il alors tout en s'installant à califourchon sur moi.

– Qui ?

– Tu le sais très bien.

Je souris tristement et secoue la tête.

– Je crois qu'il n'est pas prêt pour une relation, je confie au strip-teaseur.

Me livrer à un total inconnu est quelque peu étrange… et en même temps, pas tant que ça. Je sais, en tant que psychologue en devenir, qu'il est bien plus simple de s'ouvrir à des personnes étrangères qu'à notre entourage, parce que, comme ça, nous ne risquons pas de nous faire juger.

– Alors, si on lui donnait un petit coup de pouce pour qu'il le devienne ? propose Andrew.

– Comment on…

Sans me laisser terminer ma phrase, il me soulève et échange nos places : il s'installe sur la chaise et me pose sur lui sans cesser d'onduler des hanches. La position est on ne peut plus explicite… Puis, toujours en me tenant dans ses bras, le strip-teaseur se laisse glisser sur le sol, avant de pivoter et de m'allonger par terre. Je pousse un cri de surprise, et je ris, à la fois amusée et gênée. Planant au-dessus de moi, ses mains de chaque côté de ma tête, Andrew reprend son mouvement et cette fois, je me cache le visage, morte de honte.

J'ai conscience qu'autour de moi les cris des filles se font de plus en plus hystériques à mesure que mon partenaire me fait changer de position. D'ailleurs, bientôt, il me redresse entre ses bras, m'incitant à croiser les jambes derrière sa taille, puis il me penche en arrière.

Bon sang, et toujours cette ondulation de folie du bassin…

J'ai bien peur qu'il ne finisse par se faire un tour de reins.

– Prête pour le final, Billie ? me susurre-t-il à l'oreille.

– Je ne sais pas trop.

Il rit, avant de me réinstaller sur ma chaise. Là, il passe les pouces sous l'élastique de son pantalon, et en tirant d'un coup sec, il s'en déleste, se retrouvant en slip argenté devant moi. Mon premier réflexe est d'éclater de rire, parce que ce slip est vraiment moche, mais heureusement, Andrew ne s'en offusque pas. À la place, il agrippe mon visage et l'enfouit contre son torse musclé.

Le contact de ses pectoraux contre ma bouche n'est pas désagréable, je dois l'admettre.

– Je crois qu'il a compris, me dit-il un instant plus tard, en me libérant.

Il me faut quelques secondes pour reprendre mes esprits. Je tourne alors la tête et je découvre Jaxon, debout à notre table – dont Scarlett et Sawyer ont d'ailleurs disparu. Il a le regard braqué dans ma direction : on dirait qu'il est prêt à foncer sur la scène pour m'arracher des mains d'Andrew.

Le strip-teaseur termine son show et, pour la peine, je lui donne deux autres billets. Pour me remercier, il claque un baiser bruyant sur ma joue, ce qui me fait rougir, puis il me remercie et m'aide à descendre de scène.

Au moment où je mets un pied par terre, je tombe nez à nez avec Jaxon. En silence, il me réceptionne, fusille Andrew du regard puis, d'un pas décidé, il me ramène à notre table. Dovie et Eve m'assaillent de questions dès que j'approche.

– C'était chaud, Billie.

– Ça t'a plu ?

– Tu lui as donné tout ton argent ?

– Incroyable !

Je ris, les joues écarlates, avant d'attraper mon cocktail et d'en prendre une grande gorgée.

– C'était super, j'admets ensuite.

Voyant que mes frères gardent un visage renfrogné, j'ajoute à leur attention :

– Oh, allez, arrêtez de bouder. Je me suis bien amusée, c'est le principal, non ?

– Excuse-moi d'avoir envie de gerber en voyant un homme mimer l'acte sexuel avec ma petite sœur, me lance Cruz. D'ailleurs, Sawyer ne l'a pas supporté et il a déguerpi.

– Il voulait se retrouver seul avec Scarlett, rectifie Eve. Ils ont dit qu'ils allaient prendre l'air… mais on sait tous ce que ça signifie.

– Nous aussi, on rentre, intervient Jaxon, les clés d'une voiture dans la main.

Je me tourne vers lui.

– Qui, nous ?

– Toi et moi, répond-il.

Puis il ajoute, devant l'air surpris de mes frères :

– Je préfère éviter que tu dilapides la fortune familiale pour un strip-teaseur.

Son air goguenard n'est que de façade, je le vois bien. Ce qu'il aimerait, c'est pouvoir râler librement.

– T'as raison, l'appuie Lennon. Dovie et moi, on va rester encore un peu et on rentrera avec Cruz et Eve, si ça vous va.

Les intéressés acquiescent.

– D'ailleurs… m'inviteriez-vous à danser, monsieur Westwood ? demande la jolie rousse.

Lennon sourit immédiatement avant de se lever.

– Prépare ton plus beau déhanché, lui lance-t-il avant de se baisser pour la basculer sur son épaule et de l'emmener jusqu'à la piste, hilare.

– J'aimerais rester encore un peu moi aussi… je glisse à Jaxon.

– Il faut qu'on parle, Billie ! m'assène-t-il à voix basse pour toute réponse.

Quelque chose me dit qu'il ne vaut mieux pas que je m'obstine à tenter de négocier. En plus, je suis vraiment curieuse de savoir de quoi il tient tant qu'on discute. Est-ce que le stratagème d'Andrew a fonctionné ? Ça m'étonnerait beaucoup, mais il n'est pas interdit de rêver.

– D'accord, finis-je par abdiquer.

Sans attendre, Jaxon prend ma main, salue le reste du groupe, puis il m'entraîne à sa suite et nous quittons le club, de l'électricité crépitant entre nous.

22

Jaxon

Cette soirée était merdique !

D'abord parce que Billie est magnifique dans sa robe et ses talons hauts et que j'ai été dévoré par l'envie de la toucher dès que je l'ai découverte ainsi, mais surtout parce que j'ai dû assister au spectacle d'un mec qui lui a fait un strip-tease… juste devant moi.

Et bordel, cet enfoiré s'en est donné à cœur joie. En plus, Billie a eu l'air d'apprécier, ce qui ne m'a pas aidé à faire redescendre la pression.

La faire quitter ce club est la seule solution que j'ai trouvée. Elle était prête à continuer de boire des cocktails et Dieu sait ce qui aurait pu arriver…

Qu'un homme la drague et qu'elle décide de passer du bon temps avec lui.

Rien que d'y penser, mes mains se resserrent autour du volant. Un silence de cathédrale règne dans la voiture. Billie a les bras croisés sur son ventre et elle fixe la route droit devant elle. Je ne sais pas si elle m'en veut de l'avoir incitée à partir ou si elle est juste préoccupée par la perspective de la discussion que je voudrais que nous ayons tous les deux.

– Le strip-tease t'a plu ? je finis par lui demander.

Elle reste muette, ce qui me conforte dans mon idée : il est temps que je lui avoue tout. La conversation que j'ai eue avec Lennon dans la salle d'entraînement m'a fait l'effet d'un coup de pied aux fesses. Il l'a dit : ce qu'il veut, c'est que je sois heureux.

Or, Billie est la clé mon bonheur, je le sais.

Après encore quelques kilomètres, je pénètre dans le parking sous-terrain de l'immeuble d'Eve, et nous empruntons l'ascenseur jusqu'à l'appartement. Des aboiements joyeux nous accueillent : Voldemort sautille à nos pieds, et Billie se baisse pour l'embrasser. Ensuite, elle lui ouvre l'une des portes-fenêtres qui donnent accès à la terrasse qui fait le tour de l'appartement. Nous nous retrouvons alors seuls dans la pièce de vie, elle se tourne vers moi… et elle attend.

Pendant de longues secondes, je ne fais que la regarder. Son image se grave dans mon esprit.

Je veux me souvenir de ce à quoi elle ressemblait quelques secondes avant que je ne passe à l'action.

– Jaxon…

J'entends dans sa voix qu'elle comprend que quelque chose est sur le point de se produire. Tout mon corps est tendu parce que ça y est, je suis au bord du précipice et je m'apprête à faire le grand saut. Des fourmis me parcourent les doigts, mon cœur commence déjà à battre plus vite et, d'elles-mêmes, mes jambes se mettent à avancer vers Billie.

– Jaxon… répète-t-elle tandis qu'elle me regarde approcher.

Sans attendre, j'attrape son visage et je penche la tête pour capturer ses lèvres.

Rien au monde n'aurait pu me préparer à ce qui se passe ensuite. Billie et moi poussons un gémissement et nous sursautons presque tant le contact de nos bouches l'une contre l'autre est intense. C'est comme si une décharge électrique venait de nous parcourir.

Surpris, je recule et plonge dans ses yeux bleus. Elle en fait autant avant que nous nous jetions littéralement l'un sur l'autre de nouveau. Les bras de Billie s'enroulent fermement autour de ma nuque tandis que je la fais reculer contre le mur. Nos lèvres se joignent et se découvrent.

C'est à la fois comme si j'embrassais pour la première fois et comme si j'avais goûté sa bouche ma vie entière.

Les doigts de Billie fourragent dans mes cheveux, les miens glissent sur sa gorge en une douce caresse avant de se poser sur sa nuque pour la rapprocher encore davantage de moi. Son corps est écrasé contre le mien, si bien que je suis parfaitement conscient que ses seins sont pressés contre mon torse.

– Jaxon, mon Dieu…

Je ne lui laisse pas le temps de continuer à parler, je reprends sa bouche, laissant ma langue aller à la rencontre de la sienne.

Quelque part dans mon esprit, une petite voix m'incite à me ressaisir. Le deal était de parler, d'expliquer les choses à Billie, et au lieu de ça je lui saute dessus comme un affamé… ce qui n'a pas l'air de lui déplaire. Elle enroule ses jambes autour de ma taille ; à l'aveugle, je nous conduis jusqu'au canapé et je nous fais tomber dessus.

– Attends, dis-je entre deux baisers.

Que je ne peux moi-même pas empêcher. J'ai l'impression que, maintenant que j'y ai goûté, je ne serai plus jamais capable de me détacher des lèvres de Billie.

– Attends… je répète.

Je me redresse et pose un doigt sur sa bouche, puis j'inspire profondément. La voir ainsi, allongée sous moi, les lèvres rouges et gonflées et les joues roses de désir est un plaisir pour mes yeux et une torture pour mon self-control.

– Il faut qu'on parle, j'ajoute.

– Tu viens de le faire, Jaxon, rétorque-t-elle en caressant mon visage. Tu as tout dit et j'ai tout compris.

– Non, mais…

– Si, je sais… Tu m'as repoussée pour me protéger, parce que tu redoutes la réaction de mes frères s'ils apprennent qu'il se passe quelque chose entre nous, tu as préféré me faire croire que tu ne ressentais rien pour moi parce que tu avais peur de faire face à tes sentiments, mais le fait que je m'éloigne t'a effrayé et tu t'es rendu compte que tu ne pouvais plus continuer ainsi…

Je la dévisage, étonné mais pas surpris. Billie est une femme perspicace. Le fait qu'elle comprenne exactement ce qui s'est passé dans ma tête est une preuve supplémentaire qu'elle et moi sommes destinés à être ensemble.

– Embrasse-moi encore, me supplie-t-elle en se redressant.

Bon sang !

J'accède à sa requête, dévorant de nouveau ses lèvres. Leur goût est exquis, indescriptible, et leur douceur sans pareille. Billie embrasse comme personne.

– Allons dans la chambre, je murmure.

– Non, continue…

– Billie ! je répète, plus fermement. Quelqu'un peut arriver à tout moment et je ne veux pas que nous soyons surpris… pas avant qu'on ait parlé tous les deux.

Sans attendre, je la soulève dans mes bras et je traverse le couloir qui mène à notre chambre.

Une discussion s'impose.

••••

J'ai dit que nous devions discuter ? Je pensais plutôt « nous embrasser jusqu'à ce que nos lèvres soient hors service ».

Dès que la porte de la chambre s'est refermée derrière nous et que nous nous sommes écrasés sur le lit, notre attirance mutuelle a pris le dessus sur nos capacités de réflexion. Pourtant, je n'ai pas envie de précipiter les choses. Même si j'ai attendu une éternité avant d'enfin obtenir ce que j'ai toujours désiré, j'ai envie de faire les choses bien, parce que… eh bien, parce que c'est Billie et qu'elle n'est pas comme les autres.

Allongé sur elle depuis un long moment, je dépose un dernier baiser sur ses lèvres avant de rouler sur le côté. Les miennes sont comme anesthésiées, mais c'est une sensation incroyable…

Sans un mot, j'attire Billie dans mes bras et elle s'y blottit avec plaisir.

– Je crois que j'ai encore envie de t'embrasser, murmure-t-elle tandis que son index se balade sur ma cicatrice.

Je m'esclaffe et attrape le bout de son doigt, que je mordille.

– Laisse ma bouche se reposer un peu, je réponds sur le même ton. Elle est capable de faire des merveilles sur n'importe quelle partie de ton corps, mais pour ça, il faut qu'elle ait les batteries rechargées.

Billie sourit, pousse un soupir et continue à effleurer mon visage.

– Tu n'imagines pas à quel point j'avais envie de ça, m'avoue-t-elle. Depuis combien de temps j'ai attendu de vivre ce moment.

– En fait, je crois que si, je lui renvoie.

Puis je décide enfin de lancer *la discussion*.

– Billie… tu as eu raison, tout à l'heure, je commence. Je t'ai repoussée pour nous protéger tous les deux. Ce que je ressens pour toi est si fort… Je savais que si j'avais l'occasion de tenter ma chance, je n'aurais plus la force de revenir en arrière et ça m'a fait peur. Que nous soyons ensemble va tout bouleverser, j'espère que tu en es consciente.

Elle réfléchit un instant, sa main toujours sur ma peau, avant d'affirmer :

– Je suis prête à me battre pour nous depuis longtemps, Jaxon.

Attendri, j'embrasse sa paume.

Soudain, des voix résonnent à l'autre bout de l'appartement. Lennon, Eve, Dovie et Cruz rentrent du club et les entendre fait renaître tous mes doutes…

Billie et moi restons figés l'un contre l'autre jusqu'à ce que les rires s'estompent. Alors, je souffle :

– J'ai envie qu'on essaye, toi et moi. J'ai envie qu'on se laisse une chance…

– Mais ? devine-t-elle.

– Mais… j'aimerais que pour l'instant, on garde ça pour nous.

Un voile de déception assombrit le regard de Billie.

– Je sais que ce n'est pas idéal, mais tu ne crois pas que c'est mieux de voir comment notre relation va évoluer avant d'en parler à qui que ce soit ? je reprends. Imagine un peu qu'on se rende compte qu'entre nous ça ne…

Je me tais brusquement.

Quel con, c'est pas possible.

Nous venons de nous embrasser pour la première fois et je suis déjà en train de parler d'une éventuelle rupture… Je pivote et m'allonge doucement sur Billie, encadrant son visage de mes mains, avant de poursuivre :

– Ce que je veux dire, c'est qu'on a vécu presque toute notre vie sous le même toit, que jusqu'à maintenant, on avait une relation fraternelle, et que, même si je ne veux plus nier mes sentiments pour toi, j'ai encore besoin de m'y habituer.

– Peut-être que plus jeunes nous étions comme frère et sœur, mais ça fait un moment que ce n'est plus le cas, Jaxon, rétorque Billie. Notre rapprochement s'est fait naturellement. Les regards, les câlins, les caresses, les nuits passées dans les bras l'un de l'autre… Tout ça, c'était l'expression de ce que nous éprouvions réellement au fond de nous. Je crois qu'en fait, on a envie de sortir ensemble depuis longtemps, mais qu'on était trop terrifiés pour se laisser aller. On a préféré faire semblant d'entretenir un lien amical fort… sauf que ça a toujours été de l'amour. Je ne veux pas faire comme si ça n'était pas le cas, Jax.

– Ce n'est pas ce que je te demande. Je ne vais pas changer d'avis, Billie, je veux être avec toi. Mais dans cette histoire, nous ne sommes pas seuls. Il faut qu'on prenne en compte la présence des triplés et la possibilité que ce *nous* puisse les perturber.

– Pourquoi est-ce que ça doit être si compliqué ? On ne fait rien de mal !

– Je le sais, mais… fais-moi confiance, d'accord ? Notre famille a subi beaucoup de bouleversements ces derniers temps, j'aimerais qu'on se remette à flot avant d'ajouter un changement de plus au décor. Pour l'instant, j'ai envie que notre histoire ne concerne que nous. Et en plus, ça me permettra de réfléchir à la meilleure façon d'en parler à tes frères.

– Donc… on va se cacher ?

Je sers à Billie mon sourire en coin, celui que je sais qu'elle adore. D'ailleurs, ses yeux descendent immédiatement vers la fossette à mon menton.

– Ça veut dire que pour l'instant on va se peloter en cachette, je réplique.

Elle s'esclaffe, et je ne résiste pas à l'envie de l'embrasser avant d'ajouter :

– Ça veut dire aussi que je ne passerai plus aucune de mes nuits en dehors de ton lit, et ça veut surtout dire que toi et moi, Billie Westwood, on est…

– … ensemble, termine-t-elle, les yeux brillants.

Oui, ensemble, malgré les obstacles qui nous attendent.

23

Jaxon

Le lendemain, nous profitons déjà de notre dernière journée à New York.

Dès le réveil, j'ai su qu'il allait m'être difficile de résister à l'envie d'embrasser Billie à la vue de tous. Je me sens soulagé d'avoir enfin osé lui avouer ce qui me pesait… mais depuis hier soir, un nouveau sentiment s'est logé en moi : la culpabilité. Cacher notre début de relation aux triplés me met mal à l'aise. J'ai l'impression de leur mentir, de les trahir… alors que, comme l'a si bien fait remarquer Billie, nous ne faisons rien de mal.

Personne ne peut me reprocher d'être tombé amoureux d'elle, pour la simple et bonne raison que personne ne peut prévoir à l'avance vers qui son cœur va pencher.

Est-ce que j'aimerais ne jamais avoir fait la promesse de me tenir éloigné d'elle ?

Oui.

Est-ce que j'aurais préféré être attiré par quelqu'un d'autre ?

Non.

Est-ce que j'ai la possibilité de changer le passé ?

Non plus.

Alors pour l'instant, je m'en tiens à ce que j'ai décidé : démarrer ma relation avec Billie en douceur, profiter d'elle, de nous, apprendre à l'aimer et à la découvrir d'une autre façon. Ensuite ? Pour l'instant, je préfère ne pas y penser et prendre les choses comme elles viennent.

Un battement de cœur après l'autre.

Après un brunch matinal, les filles sont allées faire du shopping, puis nous avons visité quelques lieux mythiques de New York tous ensemble. Une fois rentrés à l'appartement, nous avons choisi de nous faire livrer notre dîner plutôt que de sortir au restaurant, histoire d'éviter une autre émeute. Enfin, pour ce soir, Dovie nous réserve une surprise, qu'elle est tout excitée de nous dévoiler.

Vers vingt-deux heures, elle prend Voldemort dans ses bras et nous invite à grimper sur le rooftop.

– Quand on a décidé de passer le week-end dans l'appartement d'Eve, je lui ai demandé si je pouvais apporter un petit quelque chose… Vous êtes prêts ? Tada ! s'exclame la rouquine, tout sourire.

La porte en métal qui mène vers l'extérieur s'ouvre… et ce que nous voyons nous ébahit. D'épaisses couvertures sont installées sur le sol, et un grand télescope trône au centre du cercle qu'elles forment. Fixées sur le muret qui entoure la terrasse, des guirlandes lumineuses clignotent doucement, apportant de la douceur à l'endroit.

– On va observer les étoiles ! nous annonce Dovie.

Dans ses bras, Voldi bat furieusement des pattes. Fébrile, il saute par terre et fonce sur les plaids en aboyant joyeusement.

– Comment as-tu fait pour préparer tout ça ? je demande à la jolie rousse.

– Le concierge de l'immeuble m'a aidée. D'ailleurs, ajoute-t-elle en se tournant vers Cruz, tu sais pourquoi il avait l'air soulagé que tu ne sois pas dans le coin quand je suis allée lui parler ?

– Barry et moi avons une relation compliquée, répond-il en haussant les épaules.

– Je vois... Bon, allez, approchez ! reprend Dovie. J'ai des choses à vous montrer, ce soir.

Nous nous installons tous sur les couvertures. Billie prend naturellement place à côté de moi et nous nous jetons un coup d'œil discret. Pendant ce temps, Dovie s'empare d'un sac posé à côté du télescope et elle en sort des casques de réalité virtuelle qu'elle nous distribue, les joues roses d'excitation.

– Je les ai empruntés au GISS, nous explique-t-elle. Ils sont reliés au télescope et vous permettront de voir ce que je verrai. Allongez-vous, maintenant. Toi aussi, Lennon.

– Je préfère te tenir compagnie, grogne-t-il.

– D'accord, mais je veux quand même que tu mettes ton casque. Tout le monde est prêt ?

Nos écrans s'allument, et devant nous apparaît le ciel new-yorkais. Il est étonnamment dégagé, ce qui signifie que le logiciel est réglé pour faire abstraction de la pollution et des nuages. Autour de nous, des milliers de petits points lumineux scintillent.

Soudain, la vue bouge : je comprends que Dovie déplace le télescope vers la gauche.

– Je pense que vous allez facilement reconnaître cette demoiselle, déclare-t-elle.

Après un zoom, la Lune nous apparaît... immense. L'image est si nette qu'elle est saisissante. Nous distinguons parfaitement les cratères qui recouvrent l'astre nocturne. Il est si imposant que, pendant un instant, il donne l'impression de pouvoir nous tomber dessus à tout moment.

– C'est magnifique, réagit Scarlett, exprimant le sentiment général.

Dovie continue son exploration et, après la Lune, c'est sur une nouvelle zone du ciel qu'elle zoome.

– Les amis, je vous présente Jupiter, claironne-t-elle.

Pendant plusieurs minutes, elle nous fait « visiter » l'univers. Vénus la passionne particulièrement, et je suis une fois de plus fasciné de constater à quel point cette fille en a dans le cerveau.

– Vous vous souvenez de ce que je vous ai offert pour votre anniversaire, les triplés ? lance-t-elle ensuite, tandis qu'elle tourne le télescope dans une autre direction.

Un murmure d'assentiment parcourt les frères Westwood.

– Tu nous as acheté une étoile chacun, répond Sawyer.

– Exactement. Je vous présente donc Cruz, déclare Dovie joyeusement en se fixant sur un point scintillant.

– Putain, ce que je suis beau, s'exclame l'intéressé.

– Ça, c'est sûr, acquiesce Eve.

– Juste en face, reprend Dovie, nous avons Sawyer.

– Je suis plus visible que Cruz, commente-t-il, satisfait.

– Ensuite, voici Jaxon.

Je me redresse et retire mon casque pour regarder Dovie.

– Mon anniversaire n'est pas encore passé, je fais remarquer. Tu m'as dit que tu me réservais mon étoile pour ce jour-là.

– Eh bien, tu as ton cadeau un peu en avance, réplique la rouquine. J'étais trop heureuse que vous vous rencontriez tous les deux, je n'ai pas pu attendre.

Je lui souris avant de lui envoyer un baiser et de me rallonger.

– C'est moi ou Jaxon est plus beau que Sawyer et Cruz ? avance Billie à ma droite.

– Ingrate, lui renvoie Cruz. Dénigrer ta propre famille…

– Le meilleur pour la fin… termine Dovie. Mesdames et messieurs, voici la magnifique Lennon.

– WOUAF !

L'aboiement de Voldi en entendant le prénom de son maître me fait ricaner.

– Oui, mon grand, c'est l'étoile de papa, gazouille Dovie. C'est la plus belle, la plus grande, la plus brillante…

Mon Dieu… Cette fille est complètement accro.

D'ailleurs, je crois bien entendre une sorte de ronronnement mêlé à un grondement qui ne peut provenir que de mon meilleur ami. Heureusement que j'ai remis mon casque : je suis bien content de ne pas assister au spectacle qu'ils doivent renvoyer.

– Je ne critiquerai plus jamais l'astrologie, intervient Sawyer.

– L'astronomie, le corrige Dovie. L'astrologie, c'est l'étude de la prétendue influence des corps célestes sur les humains. Attendez, ce n'est pas terminé.

Elle dézoome un peu.

– Je n'ai pas choisi ces étoiles par hasard, poursuit-elle. Elles sont situées de telle sorte qu'elles forment un carré. En d'autres termes, vous êtes liés dans l'univers comme dans la vie.

Sa dernière phrase provoque un court instant de silence… jusqu'à ce que la voix de Cruz s'élève :

– Épouse-la, Lenny. Si tu ne fais pas d'elle une Westwood, je m'en chargerai. Ne le prends pas mal, chérie.

– Tout va bien, s'amuse Eve. Après cette soirée, moi aussi je crois que j'ai envie de me marier avec Dovie.

– Je pense qu'il va falloir prévoir une cérémonie de groupe, renchérit Scarlett.

Nous rions tous.

– Pas touche, nous arrête Lennon. Dovie est à moi. Allez viens, mon petit génie, on va observer le ciel tous les deux.

Je devine qu'ils s'allongent sur les couvertures lorsqu'un bruissement me parvient aux oreilles. C'est alors que Billie glisse sa paume contre la mienne.

Je me fige.

À quoi elle joue ?

Je retire ma main et mon casque pour me tourner vers elle. Sentant probablement mon regard qui la détaille, elle fait de même avant de jeter un œil au reste du groupe. Voyant qu'ils sont tous occupés à contempler la voûte étoilée, elle se rapproche de moi pour déposer un baiser silencieux sur mes lèvres.

Je reste un instant interdit. Il est clair que Billie a envie de jouer avec le feu… et je crois bien que l'idée me séduit. M'assurant à mon tour que les autres sont occupés, je plaque une main sur sa nuque et l'attire contre moi, tandis que les siennes se posent sur mon torse avant de descendre sur mes hanches.

Retrouver le goût de sa bouche après une journée entière sans avoir pu l'approcher, c'est exquis…

S'embrasser silencieusement n'est pas chose facile, surtout quand le baiser est si bon qu'il me donne envie de renverser Billie sur la couverture. L'idée que nous puissions nous faire prendre a quelque chose d'excitant. Je sais que si les autres nous voyaient, cela provoquerait un cataclysme, mais pour l'instant, je m'en fiche. Billie a ce pouvoir sur moi, celui de me faire tout oublier.

Tout de même, alors que je mordille sa lèvre et que je sens son souffle devenir plus lourd, je recule, puis je lui fais un clin d'œil et lui souris, satisfait de voir sa poitrine se soulever rapidement.

– WOUAF !

L'aboiement soudain de Voldemort vient briser la quiétude de la nuit… et soudain, tout bascule. Nous avons à peine le temps de nous redresser que le bouledogue s'élance à toute vitesse sur ses courtes pattes et prend en chasse un groupe de quatre pigeons qui roucoulaient tranquillement sur le muret qui entoure le rooftop. Remonté à bloc, il traverse la terrasse en long et en large, déterminé à avoir de la volaille pour le dîner. Mais les oiseaux semblent s'amuser de la situation, surtout l'un d'entre eux qui se distingue par son audace. Il volette au-dessus de la tête de Voldemort qui bondit, gueule ouverte.

– Vas-y, attrape-les, Voldi ! s'écrie Sawyer. Montre-leur qui est le chef.

– Voldi, arrête, le contredit Dovie. Laisse ces pigeons tranquilles, nous sommes contre la violence…

Mais le bouledogue est apparemment décidé à embrasser une vie de criminel et à régler leur compte aux volatiles.

– Je le dis depuis le début, que ce chien est possédé par Belzébuth, intervient Cruz.

– Il n'est pas possédé, le défend Dovie. Il a son petit caractère, c'est tout.

– Tu l'as appelé Voldemort, je lui rappelle. Tu t'attendais à quoi ?

– Je le trouve mignon même comme ça, réagit Billie, ce qui me fait lever les yeux au ciel.

– WOUAF !

Entre aboiements et grognements, le chien ne sait plus où donner de la tête. C'est alors que le pigeon kamikaze en personne vient se poser près de Scarlett… et il s'en faut de peu que Voldi ne la piétine.

– Bon, ça suffit ! soupire Lennon.

Il place ses doigts sous sa langue et pousse un sifflement strident. Voldemort s'arrête net. Mon frère s'approche alors de lui et, d'un geste souple, le soulève dans ses bras.

– Je le rentre, nous informe-t-il. On t'attend dans la chambre, Dovie. Bonne nuit, tout le monde.

– J'arrive, s'empresse de dire sa petite amie.

– Merci pour cette soirée, Dovie, lui lance Billie. C'était une super idée.

L'intéressée lève ses deux pouces en l'air avant de disparaître à la suite de Lennon. Il ne faut pas longtemps pour que Sawyer propose à Scarlett de rentrer également.

– Et si on allait se coucher nous aussi ? suggère Cruz en attirant Eve contre lui.

– Oh, mais on ne va pas laisser Jax et Billie tout ranger ! réplique-t-elle.

– Pas de souci ! réagissons-nous à l'unisson.

Puis je reprends plus calmement :

– On s'en occupe, ne vous inquiétez pas.

– Merci, mon frère, me lance Cruz.

Il embrasse le front de sa sœur puis quitte le toit, main dans la main avec Eve. Billie et moi nous retrouvons seuls… et je me tourne vers elle au ralenti. Elle a l'audace de se mordre la lèvre inférieure, comme si elle savait qu'elle avait fait une bêtise.

– Alors comme ça, tu aimes vivre dangereusement, je lui fais remarquer en m'approchant pas à pas.

– Désolée, répond-elle, n'ayant pourtant pas du tout l'air de l'être.

J'inspire profondément et m'arrête devant elle, la surplombant de ma haute taille.

– Tu ne vas pas me rendre la vie facile, n'est-ce pas ?

– Disons que je me suis languie de toi bien trop longtemps pour continuer à refréner mes envies… et c'est toi que je désire, Jaxon Perry.

Bon Dieu…

Billie me désarme totalement. Même si j'ai envie d'elle depuis longtemps, je ne l'avais jamais imaginée en séductrice.

Il se trouve en fait que c'est une femme confiante et qu'elle n'a pas peur de dire ce qu'elle ressent au moment où elle le ressent.

– Viens, murmure-t-elle en prenant ma main.

Elle nous incite à nous rasseoir sur les couvertures, sauf que cette fois elle prend place à califourchon sur mes cuisses. La réaction de mon corps ne se fait pas attendre. Des fourmillements parcourent mes mains, encore plus lorsque Billie s'empare de mon visage et qu'elle pose son front contre le mien.

– Tu es beau… souffle-t-elle.

Ma gorge se serre.

– Et tu sens bon… ajoute-t-elle. Tu sais, je pourrais reconnaître ton parfum entre tous.

– Billie… dis-je en l'enlaçant.

– J'ai souvent rêvé de toi. Je me demandais comment c'était de t'embrasser…

– Et alors ?

– C'est pas mal, lâche-t-elle en haussant les épaules.

– Ah oui ?

Je plaque mes lèvres sur les siennes dans un baiser brûlant. Elle s'agrippe à moi et rapproche un peu plus nos bassins. À nouveau, mon corps s'emballe.

Il est impossible que Billie ne sente pas l'excitation qui enfle dans mon pantalon.

– C'est mieux que tout ce que je m'étais imaginé, finit-elle par admettre, lorsque je libère sa bouche.

– Je préfère ça.

Plongé dans son regard, j'oublie un instant tout le reste. Cependant, mes mains, elles, ne perdent pas le nord et glissent des reins de Billie jusqu'à ses fesses.

– J'aimerais qu'on parle de ça… fait-elle alors.

Je fronce les sourcils, elle précise donc :

– Du sexe.

Eh merde !

Comment un petit mot composé de seulement quatre lettres peut-il me faire un tel effet ?

En fait, je crois que c'est la bouche qui le prononce qui me met dans tous mes états.

– Je t'écoute.

Billie me dévisage un instant. Soudain, elle rougit et baisse la tête, avant de prendre une longue inspiration.

– Je suis vierge, m'avoue-t-elle ensuite du bout des lèvres.

Putain…

Interdit, je la fixe, incapable de prononcer le moindre mot.

C'est impossible !

Je n'arrive pas à y croire. Parce que je me souviens parfaitement d'une conversation que les triplés et moi avons eue avec Billie il y a quelques mois, au cours de laquelle elle nous a jeté au visage qu'elle avait des relations sexuelles, nous laissant en choc post-traumatique. Alors…

– Tu ne dis rien ?

Ressaisis-toi, Jax.

– Je… mais tu avais dit que…

– J'ai menti, lâche Billie. J'en avais marre que mes frères me considèrent comme une petite chose précieuse à préserver et que tu me voies comme une enfant, c'est pour ça que j'ai dit ça. Je voulais devenir une femme à tes yeux.

Bon sang. Je réalise à quel point je lui ai fait de la peine sans le vouloir au cours de toutes ces années.

– Donc tu n'es jamais sortie avec quelqu'un ? je devine.

– Si, me répond-elle. J'ai eu quelques flirts au lycée et plus récemment, j'ai eu deux petits copains à l'université, mais chaque fois qu'on s'apprêtait à passer à l'étape supérieure, quelque chose me bloquait… Je *sentais* que ça n'allait pas, que je voulais quelqu'un d'autre… Toi.

Mon cœur fait un bond dans ma poitrine.

– Ne panique pas, s'il te plaît, plaide Billie. Maintenant qu'on a décidé de se mettre ensemble, je devais te le dire. Parce que ce sera toi, Jaxon. Je veux que tu sois ma première fois, je le veux depuis toujours.

Ses révélations me clouent sur place et elles déclenchent des sentiments puissants en moi. L'idée d'être le seul homme à connaître son corps, le seul dont elle veuille et dont elle puisse être amoureuse, me fait tourner la tête.

– Billie, je murmure en frottant mon nez contre le sien. Tu ne peux pas t'imaginer ce que tes mots me font, là. Le fait que tu me trouves assez bien pour me réserver cet honneur…

Je pose mes lèvres contre son front, l'embrassant plusieurs fois d'affilée.

– On se connaît par cœur, toi et moi, je reprends, mais pas en ce qui concerne le sexe, alors il est hors de question que je brûle les étapes. On ira à ton rythme. C'est toi qui me diras ce que tu veux et quand tu le veux. Et je te promets que je ferai les choses comme il faut.

– Je n'en doute pas.

Elle passe ses bras autour de ma nuque et blottit son visage contre mon cou avant de me souffler :

– Je suis contente de te l'avoir dit.

Mon étreinte se resserre autour d'elle. Après cette confession, je crois que j'ai envie de la greffer à moi. Billie a une totale confiance en moi, au point de m'offrir quelque chose qu'elle a refusé à tous les autres…

Je prends alors conscience que, même si nous décidons d'avancer pas à pas dans notre relation, nous sommes déjà allés trop loin pour revenir un jour en arrière.

24
Billie

Je pénètre à l'intérieur de la clinique privée où reposent mes parents et j'emprunte l'ascenseur qui me mènera jusqu'à leur chambre. Lorsque j'en sors, je croise Céleste, l'une des infirmières attachées aux soins de ma mère et, désormais, de mon père également.

– Billie ! me lance-t-elle quand elle m'aperçoit. Ça me fait plaisir de te voir ici de bon matin.

– Je passe dire bonjour à mes parents avant d'entamer ma journée. Comment vont-ils ?

L'infirmière plisse les lèvres et pose une main réconfortante sur mon épaule.

– Leur état est stable, déclare-t-elle.

Ce qui signifie qu'il n'y a aucune amélioration. La gorge nouée, je hoche la tête en guise de remerciement, puis je pénètre à l'intérieur de la chambre d'hôpital.

Comme chaque fois, ce sont les bips des machines qui maintiennent mes parents en vie qui me parviennent en premier. Puis je les vois, inertes sur leur lit, côte à côte.

L'émotion me noue la gorge. Je ne crois pas qu'un jour je parviendrai à m'habituer à cette vision, à leurs corps endormis, à ce silence qui les entoure.

Doucement, je m'approche de mon père et dépose un baiser sur son front, avant de faire de même avec ma mère. J'ai du mal à croire qu'il s'est passé près de quatre ans depuis son accident. Sa douceur, sa voix, son rire me manquent. Tous ces conseils que je n'entendrai jamais, ces leçons de vie qu'elle avait encore à m'apprendre…

La relation que nous entretenions toutes les deux était unique. Elle était à la fois ma mère et ma meilleure amie. Elle me comprenait, lisait en moi comme personne… à tel point qu'elle avait compris très tôt que je commençais à éprouver des sentiments pour Jaxon. Un jour où ce dernier avait annoncé à la famille qu'il avait une nouvelle petite amie, elle avait vu la peine que cela m'avait causé. Après son départ, elle m'avait pris dans ses bras et m'avait murmuré à l'oreille :

– Plus tard.

J'avais redressé la tête sans comprendre, et elle avait répété :

– Plus tard, il te regardera comme tu l'espères, mais pas maintenant. Tu as seize ans, Billie, et Jaxon en a vingt et un. Il ne te voit pas comme la jeune femme que tu commences à devenir, mais encore comme la petite sœur de ses amis. Cependant, le jour arrivera bientôt où il se rendra compte de ce qu'il a sous les yeux.

Sourcils froncés, j'avais secoué la tête.

– Jaxon ne sera jamais amoureux de moi.

Ma mère avait souri.

Elle était si belle…

– Moi, je crois que si, avait-elle répliqué. Une mère sent ces choses-là, et je sais que l'attachement que Jaxon ressent pour toi ne va faire que grandir au fil du temps. Et tu sais quoi ? J'ai hâte que tu viennes me trouver un jour pour me dire que j'avais raison.

J'essuie une larme qui coule le long de ma joue en m'installant près d'elle. Prenant sa main dans la mienne, je caresse doucement ses doigts.

– Tu avais raison, maman, je souffle. Jaxon et moi, on est ensemble.

Un petit sourire étire mes lèvres en imaginant la réaction qu'aurait eue ma mère si elle avait pu entendre ce que je viens de lui dire. Je suis certaine qu'elle aurait bondi de joie. Elle adorait Jaxon.

En reniflant, je me tourne vers mon père et j'ajoute, comme si nous avions une réelle conversation :

– Je sais ce que tu vas dire. Mais tu connais Jaxon, tu sais que c'est quelqu'un de bien, donc tu n'as pas besoin de me mettre en garde.

Je tends la main vers le lit voisin pour glisser ma paume contre celle de mon père. Ensuite, je reste un instant plongée dans le silence, les yeux fermés, à puiser dans la force que mes parents me communiquent sans en avoir conscience.

– Vous me manquez tellement, je murmure.

Je m'octroie encore quelques minutes en leur compagnie avant de trouver la force de quitter leur chevet. Je les embrasse, m'assure qu'ils ne manquent de rien, puis je quitte la clinique et prends la direction de la fac.

••••

La matinée vient de s'écouler, et jusqu'à maintenant, j'ai réussi à garder le secret de notre relation, à Jax et moi, mais plus les heures passent, plus je ressens le besoin d'en parler à Austin. D'ailleurs, il voit bien que quelque chose a changé chez moi : je passe mon temps à sourire ! Et à l'heure du déjeuner, il attaque :

– Je sais que tu me caches quelque chose et je sais aussi que tu meurs d'envie de me le dire… Je pense donc que ça a un rapport avec Jaxon. Je me trompe ?

J'inspire avant d'avouer, le cœur battant :

– On s'est embrassés.

Les yeux d'Austin s'écarquillent.

– Waouh, c'est… inattendu. Il y a quelques jours, tu n'étais pas prête à lui avouer ce que tu ressens, ensuite tu lui en as voulu à mort et d'un coup…

– Je sais. Il s'est passé tellement de choses durant ce week-end à New York… En fait, j'ai réalisé que Jaxon ressentait la même chose que moi mais qu'il préférait ne rien tenter à cause de notre passif et des liens qui l'unissent à ma famille.

– Tiens donc, j'avais raison en fait…

Je bouscule gentiment mon ami.

– Donc il est amoureux de toi ? reprend-il. Il te l'a dit ?

– Non, il ne me l'a pas dit, j'admets en rougissant un peu. Mais je ne veux pas le bousculer. On a décidé qu'on prenait un jour après l'autre sans se mettre de pression et que, pour l'instant, on garde notre histoire pour nous.

Sourcils froncés, Austin se cale contre sa chaise et croise les bras sur son torse. Cela fait ressortir ses tatouages, lui donnant un air de mauvais garçon.

– Je crois que j'ai besoin de plus d'explications, Billie, parce que ce que j'entends ne me plaît pas du tout, lâche-t-il.

– Comment ça ?

– Eh bien, il prétend ressentir la même chose que toi mais ne te dit pas qu'il t'aime, il t'embrasse mais ne veut pas que ça se sache…

– Non, arrête ! je le coupe en levant la main. Je sais ce que tu penses, Austin, et tu te trompes. Je connais Jaxon bien mieux que toi et je peux t'assurer qu'il ne joue pas avec moi. J'ai bien vu à quel point il était perturbé par la distance que j'avais instaurée entre nous, à quel point ça le faisait souffrir de me voir m'éloigner. Et quand on s'est embrassés… C'était incroyable. Tu sais, je me suis parfois demandé si je n'avais pas idéalisé Jaxon, si à force de m'imaginer ce qui pourrait se passer, je n'étais finalement pas tombée amoureuse d'un fantasme… mais non ! J'ai raison depuis le début. Jax et moi sommes faits pour être ensemble, je le ressens dans tout mon être.

Comme Austin ne dit rien, je pivote vers lui… et constate qu'il me dévisage en souriant.

– D'accord… Je suis heureux pour toi, dans ce cas, déclare-t-il. J'espère vraiment que les choses vont marcher entre vous.

– J'en suis sûre.

– Salut, vous deux !

Austin et moi nous retournons pour découvrir Logan qui avance vers nous, l'air heureux, comme s'il revenait d'une mission dont il serait sorti victorieux.

– Alors, comment vous allez ? demande-t-il en s'installant à notre table.

– Billie et moi étions justement en train de nous dire que tout est bien plus calme quand tu n'es pas là, lui renvoie Austin.

– Je sais, l'ambiance est pourrie sans moi.

– Si tu le dis… je soupire.

– Tu ne devais pas revenir hier ? lui demande Austin.

– Si, mais avec Tania on a décidé de s'octroyer une journée de plus avant de replonger dans le travail… Bon, qu'est-ce que j'ai loupé ?

Austin lui fait un rapide compte rendu de la semaine dernière tout en omettant volontairement un détail que je m'empresse de mettre sur le devant de la scène.

– Ivy Willis a rejoint notre groupe de TD.

Le sourire de Logan s'élargit lorsqu'il se tourne vers Austin.

– Et t'es encore vivant ? lui lance-t-il.

– La ferme.

– Non mais attends, mon pote, la fille de tes rêves bosse sur un projet avec toi… C'est le moment de tenter ta chance !

– Tu ne vas pas t'y mettre toi aussi… grogne Austin.

– Bien sûr que si. Tu sais quoi ? Je vais te coacher !

– Oh, pitié…

– Tu verras, ça va bien se passer.

Las, Austin se lève en s'emparant de son plateau.

– Logan, rends-nous service : fous-moi la paix, lâche-t-il. Je n'ai pas besoin de ton aide, j'aborderai Ivy si et quand j'en aurai envie. En attendant, tu devrais interroger Billie sur sa vie amoureuse, plutôt.

Il me sourit d'un air innocent, mais j'aperçois une lueur diabolique dans ses yeux. Oh non ! Puisque j'ai évoqué le sujet Ivy, il va se venger en parlant de…

– Jaxon et elle sortent ensemble, ajoute-t-il. Allez, on se voit en cours !

Sur ce, il s'éloigne en riant. De mon côté, je ferme les yeux en poussant un soupir, parce que je sais que Logan ne va pas me lâcher avant de tout savoir. Ça peut paraître étrange de la part d'un ex… mais pas quand on connaît mon ami. Il a un cœur énorme et il sait se réjouir pour les autres.

– Je crois que tu me dois quelques explications, me dit-il avec un grand sourire.

L'appétit coupé, j'attrape mon plateau à mon tour et je quitte la cafétéria, Logan sur les talons. Tandis que nous nous rendons à notre prochain cours, je lui fais un récit du week-end à New York avec ma famille, sous ses exclamations enthousiastes.

Plus tard, lorsque je quitte le campus à la fin de la journée, je n'ai qu'une hâte, rentrer à la maison pour voir Jaxon. Je ne sais pas encore quand nous pourrons passer un moment rien que tous les deux, étant donné que mes frères ou leurs petites amies sont très souvent au manoir. Mais peu importe. Ce qui compte, c'est que je le voie.

– Tu sais quoi ? Je suis content que tu sois enfin avec lui, me dit Logan, un bras passé sur mes épaules tandis qu'Austin, lui et moi nous dirigeons vers la sortie de la fac.

– Tu ne t'es toujours pas remis de la nouvelle ? je le taquine.

– Comprends-moi : tu parles de ce mec depuis des années et j'avais fini par croire que tu te faisais des idées, que rien ne serait jamais possible entre vous.

– Merci, Logan…

– Ne te méprends pas, je suis content de m'être trompé !

– Heureusement que tu lui donnes ta bénédiction, persifle Austin. Je ne sais pas si Billie aurait pu survivre sans.

Au lieu de répondre, Logan se penche vers moi et glisse à mon oreille :

– Est-ce que tu vas nous le présenter ? Tu sais qu'il doit passer le test.

– Quel test ? je lui renvoie en riant.

– Celui des meilleurs amis !

– Je suis d'accord avec Logan, l'appuie Austin. J'ai brièvement rencontré ton Jaxon et il s'est comporté comme un abruti ce jour-là, mais je suis prêt à lui donner une seconde chance. On pourrait le soumettre à une mise à l'épreuve, c'est comme ça qu'on sélectionnait les membres du…

Mon meilleur ami se tait subitement et pâlit.

– Qui sélectionnait quoi ? lui demande Logan.

– Laisse tomber, marmonne Austin. La mise à l'épreuve, ce n'est pas une bonne idée.

– D'accord… dis-je, sceptique. Quoi qu'il en soit, une rencontre n'est absolument pas prévue puisque…

Alors que j'allais terminer ma phrase, je me fige, bouche bée.

Qu'est-ce que Jaxon fait là ?

Comme la dernière fois qu'il est venu me chercher à la fac, il est nonchalamment adossé contre une voiture – la sienne, cette fois –, bras croisés, les yeux rivés en direction de l'université. Dès que je le vois, mon cœur s'emballe et mes jambes ont envie de se précipiter vers lui. D'ailleurs, lui aussi me remarque très vite. J'attends qu'il me sourie, mais à la place, son visage se ferme. Au début, je ne comprends pas sa réaction, jusqu'à ce que le bras de Logan pèse soudain une tonne sur mes épaules.

Et merde.

Avant que j'aie pu réagir, Jaxon s'approche de nous.

– Qu'est-ce qui se passe ? me demande Austin en me voyant paralysée.

Je ne lui réponds pas : à la place, j'observe Jaxon, qui ne détourne pas une seconde son regard du mien tout en donnant l'impression de passer mes acolytes au crible. Je suis déstabilisée, parce que je ne sais pas ce qu'il pense. Je croyais connaître Jax par cœur, mais je prends conscience à cet instant qu'en tant que petit ami il est pour moi une véritable énigme. J'ai découvert un pan jaloux de lui ce week-end, lorsqu'il a montré les dents face à Dean à la piscine. Est-ce que c'est un trait de sa personnalité qui ressortira souvent ? Est-ce qu'il ressentira régulièrement le besoin de marquer son territoire face aux autres hommes qui croiseront ma route ? Une chose est sûre, lorsqu'il pose sur moi ces yeux-là, son magnétisme est à son maximum.

Son charme fou est irrésistible, en attestent les regards furtifs que lui glissent les étudiantes qu'il frôle.

Bon sang, je réalise difficilement qu'il est à moi, qu'il m'a choisie, alors qu'il doit avoir à ses pieds des femmes toutes plus belles les unes que les autres, prêtes à se faufiler dans son lit.

– Salut, dit-il en s'arrêtant devant mes amis et moi.

– Salut, je lui réponds en souriant.

– Euh… salut, lâche Logan.

– Eh ben, salut, conclut Austin.

Jaxon les dévisage l'un après l'autre. Enfin, je reprends mes esprits et fais les présentations :

– Logan, Austin, je vous présente Jaxon. Jax, voici mes amis Logan et Austin.

Je ne suis pas étonnée de le voir focaliser son attention sur Austin. De mes deux camarades de fac, il est celui dont j'ai le plus parlé, d'abord parce que nous empruntons souvent le même véhicule pour nous rendre à l'université, mais aussi parce que, je l'avoue honteusement, j'ai parfois utilisé son nom pour tenter de déclencher une réaction chez celui qui est maintenant mon petit ami.

– Je ne crois pas qu'on ait eu l'occasion de se saluer correctement la dernière fois, lance-t-il. C'est donc toi, le fameux Austin.

– Et tu es le non moins fameux Jaxon, répond mon meilleur ami en acceptant la poignée de main qui lui est offerte.

– Et moi, je suis Logan.

Je souris en secouant la tête.

– Qu'est-ce que tu fais là ? je demande à Jax.

– J'avais un peu de temps devant moi, alors je suis venu te chercher pour te ramener à la maison, me répond-il. Tu es prête ?

– Bien sûr.

Je prends sans hésiter la main qu'il me tend et, après avoir salué Logan et Austin, je le laisse me guider jusqu'à sa voiture. Au moment où je m'apprête à ouvrir la portière, Jaxon pose ses mains sur ma taille, me fait pivoter et plaque doucement mon dos contre la carrosserie du véhicule. Puis il pose ses mains de chaque côté de ma tête et il parcourt mon visage des yeux avec une telle chaleur dans le regard que je crains de me liquéfier sur place.

– Est-ce que j'ai du souci à me faire ? me demande-t-il d'une voix rauque.

– À propos de quoi ?

– De Tic et Tac et du fait qu'ils te collent aux basques, grogne-t-il.

Je mets quelques secondes à comprendre.

– Tu veux dire Logan et Austin ? Bien sûr que non, nous sommes amis tous les trois, rien d'autre.

– Tu en es sûre ?

– Certaine !

– Parce que, au cas où je ne te l'aurais pas précisé, je tiens à le faire maintenant : je ne laisserai aucun autre homme essayer de prendre ma place. Et si l'un d'eux essaye quand même, il a intérêt à être prêt à me faire face. C'est compris ?

Quel démon !

Je sais qu'il voit à quel point je suis réceptive à ses mots, à son corps pressé contre le mien. Ça le fait même sourire… Et lorsque apparaît sa fameuse fossette, je suis totalement sous son charme. Je suis prise au piège de son regard, de son parfum, de ses lèvres si proches des miennes.

– C'est compris, je murmure.

– Parfait.

Enfin, Jaxon agrippe mon visage et m'embrasse. Sans attendre, j'enroule mes bras autour de sa nuque et je me hisse sur la pointe des pieds pour obtenir un meilleur accès à sa bouche.

– Allez viens, souffle-t-il ensuite contre mes lèvres. J'ai une petite surprise pour toi.

25

Jaxon

J'ai consacré une grande partie de la journée à réfléchir à un moyen de passer du temps seul avec Billie. Et je dois admettre que garder notre relation secrète va nous demander de l'organisation. Il fallait que je trouve un endroit qui soit éloigné du manoir et de l'institut, mais pas trop non plus, au cas où j'aurais besoin de m'y rendre en urgence. Il fallait aussi nous tenir à l'écart des gens susceptibles de nous reconnaître, et donc de faire courir des bruits sur notre couple… sans pour autant nous isoler au point de donner l'impression que nous sommes dans l'interdit.

– C'est superbe, Jaxon.

– J'étais sûr que ça te plairait.

Assis sur le toit de ma voiture garée au sommet de l'une des collines les plus hautes de Cape Cod, Billie et moi avons une vue imprenable sur la ville, la mer et le littoral. En plus, nous avons la chance de profiter d'un coucher de soleil magnifique. Installée entre mes jambes, Billie repose contre mon torse et ses bras recouvrent les miens, qui entourent sa taille. Là, face à la beauté du paysage, nos respirations se soulèvent en rythme et c'est tout bonnement génial.

– Aujourd'hui, commence-t-elle d'une voix douce, j'ai assisté à des cours, bossé dur, déjeuné avec mes amis, puis j'ai passé du temps à étudier à la bibliothèque. Mon meilleur moment de la journée, c'est quand je t'ai vu à la sortie de l'université, et le pire, c'est quand j'ai eu le choix entre haricots verts et choux de Bruxelles à la cafétéria.

Nous nous esclaffons, puis je prends la parole à mon tour :

– Aujourd'hui, j'ai réglé les derniers détails concernant ma mission de vendredi, j'ai passé en revue mon emploi du temps avec Lennon, accepté un nouveau contrat, puis je suis venu te chercher. Mon meilleur moment de la journée, c'est quand j'ai enfin pu t'embrasser, et le pire, c'est quand j'ai appris qu'un bodyguard de mon équipe s'est blessé au cours d'un entraînement et que je vais devoir le remplacer en urgence avant notre intervention pour le compte du maire.

Billie lève la tête pour croiser mon regard. J'en profite pour déposer un baiser sur son nez.

– Parle-moi de ton nouveau contrat, me demande-t-elle.

– Ça concerne le fils d'un multimillionnaire, je réponds. Il va fêter ses vingt et un ans dans un mois à Miami, et apparemment, il a tendance à faire n'importe quoi quand il boit un peu trop.

– Pourquoi a-t-il besoin de protection ? Des jeunes qui font la fête, il y en a des millions !

– La différence, c'est que lui fait partie des héritiers les plus riches du pays. Il est hyperactif sur les réseaux sociaux, il montre tout de sa vie de privilégié, attisant la jalousie. Son père redoute que quelqu'un le reconnaisse dans un moment où il serait ivre et s'en prenne à lui pour tenter de lui extorquer de l'argent.

Billie pousse un profond soupir.

– Donc, tu vas partir à Miami pour plusieurs jours, comprend-elle.

– Trois, je précise. Ça passera vite, ne t'inquiète pas.

Je me décale légèrement pour faire pivoter Billie dans mes bras, puis je m'empare de ses lèvres. Je ne sais pas quelle drogue il y a dans ses baisers, mais bordel, c'est du lourd. Je ne me souviens pas avoir un jour été si obsédé par l'idée d'embrasser quelqu'un.

Notre étreinte s'éternise, oscillant entre tendresse et passion, jusqu'à ce que Billie y mette fin et me dise :

– Je n'ai pas envie de casser l'ambiance, mais je crois qu'il faut que je te parle de quelque chose.

– Je t'écoute, je lui réponds, retrouvant tout mon sérieux.

Elle joue distraitement avec le col de ma veste puis, enfin, elle se décide à me glisser :

– Tu sais, tout à l'heure, tu m'as demandé si tu as du souci à te faire concernant Austin et Logan…

Figé, je la dévisage sans rien dire, bien que mes muscles commencent à se contracter à l'idée que l'un des potes de Billie puisse être intéressé par elle.

– En fait, Logan et moi, on est sortis ensemble cette année, m'avoue-t-elle alors.

J'encaisse difficilement l'information.

Ma Billie, dans les bras d'un autre…

Cette fois, mes muscles sont complètement tendus, mon sang bout dans mes veines.

– Combien de temps ? je demande d'une voix rauque.

– Juste quelques mois. Comme on débute une relation toi et moi, je crois qu'il est important que tu le saches… Sauf que maintenant, je commence à regretter de te l'avoir avoué, parce que j'ai l'impression que tu es sur le point de tuer quelqu'un.

– « Dépecer vivant » serait le terme adéquat, je réplique avant de fermer les yeux pour m'obliger à me calmer.

Ce qui est plus facile à dire qu'à faire.

– Vous vous êtes embrassés ? je m'enquiers, bien que la réponse soit évidente.

Billie hoche la tête. Mes yeux se rivent à ses lèvres et je ressens un vif pincement au cœur. J'ai conscience que ma réaction est hypocrite, étant donné le nombre de femmes que j'ai fréquentées, sauf que je n'arrive pas à penser à autre chose qu'au fait qu'un autre a connu la sensation des lèvres de Billie sur les siennes.

– T'es en colère ? m'interroge-t-elle en penchant la tête sur le côté.

Je ne peux m'empêcher de sourire, parce que je remarque dans ses yeux une lueur de défi. Je sais que si je commence à me comporter en homme des cavernes, elle sautera sur l'occasion pour me balancer mon passé au visage… et elle aurait raison de le faire. À la place, je fais glisser mon pouce sur sa lèvre inférieure en lui avouant :

– J'aurais aimé être ton premier baiser.

– J'aurais aimé être le tien, me répond-elle. Mais tu seras quand même le premier, Jaxon Perry.

– Billie…

Sa main se faufile dans mon dos puis descend sur mes reins.

– Je n'ai pas besoin d'attendre plus longtemps, murmure-t-elle. J'ai envie qu'on fasse l'amour, Jaxon, j'ai envie que toi et moi on se découvre de cette façon.

Le cœur battant, je dégage une mèche de cheveux de son visage avant de laisser errer mon index sur sa bouche, puis sur son cou.

– Je ne veux pas que tu croies que je serais incapable d'attendre, dis-je. Billie, je refuse que tu fasses ça parce que…

– Je suis prête ! assène-t-elle en agrippant le col de ma veste. Tu te souviens de ce que je t'ai dit ? Quand j'étais avec un autre, je n'arrivais pas à passer à l'étape supérieure parce que je n'avais pas avec moi l'homme que je désirais vraiment. J'ai rompu avec Logan parce que j'étais amoureuse de toi. Je suis prête depuis longtemps, Jax, mais je l'étais pour toi, pas pour lui. Et je te jure que je n'ai pas une once de doute en moi.

J'entends ce qu'elle me dit... mais à cet instant, je suis obligé de me concentrer pour que l'excitation qui commence à naître en moi reste sous contrôle. Je n'ai pas envie que Billie me prenne pour un animal alors qu'elle me confie ses sentiments.

– Et moi, je t'ai promis de faire les choses bien, je réplique. Je te crois quand tu me dis que tu te sens prête, mais j'ai envie de t'offrir un moment inoubliable. Alors, tu vas me laisser du temps pour tout préparer.

– Préparer ? Quoi donc ? s'étonne-t-elle.

– Tu verras. Ce dont j'ai envie, c'est que même lorsque tu auras quatre-vingt-dix ans, ce souvenir reste intact dans ta mémoire.

Je baisse la tête, rapproche mes lèvres des siennes et ajoute d'une voix rauque, tandis que ma main glisse entre ses cuisses :

– Surtout, je veux que tu te rappelles pour toujours que c'était moi. Que je suis le seul à m'être trouvé là, à t'avoir laissé mon empreinte. Je veux que ce soit tellement parfait que tu n'oublieras jamais ce que tu as ressenti la première fois que j'ai été en toi, Billie Westwood.

Sa bouche s'entrouvre, et j'en profite pour y glisser ma langue. Elle répond immédiatement à mon baiser. Je la sens pantelante entre mes bras et je dois l'admettre, visualiser tout ce que je viens de lui dire n'a fait que m'exciter davantage, à tel point que mon érection repose contre sa hanche.

– Moi aussi, je veux tout ça, murmure-t-elle avant de déglutir.

– Alors je te ferai savoir quand *je* serai prêt.

Nous nous sourions. À cet instant, nos téléphones s'animent. Nous reconnaissons la sonnerie qui indique que des messages ont été envoyés sur la conversation que nous partageons avec les triplés. Nous nous emparons de notre smartphone en même temps et nous nous connectons à WhatsApp.

Sawyer(maispasTomnonplus)
Scarlett et moi allons dormir chez elle ce soir, elle est de service au bar, donc ne nous attendez pas.

Cruz(maispasTom)
Comment ça se fait qu'elle n'ait pas encore apporté ses affaires au manoir ?

Sawyer(maispasTomnonplus)
Elle refuse de venir y vivre avec moi pour l'instant, elle a l'impression de profiter de la situation et veut garder une certaine indépendance.

Billie(thebestkid)
Elle a bien raison. Ne jamais dépendre d'un homme !

– Tiens donc ! dis-je en levant mes yeux de l'écran.

– Une femme doit toujours garder sa parcelle de liberté, sinon, au fil du temps, elle finit par s'oublier et devenir l'ombre de l'homme qui partage sa vie.

– Eh bien, je suis sûr d'une chose, c'est que Dovie, Eve, Scarlett ou toi ne deviendrez jamais l'ombre de qui que ce soit. C'est impossible !

– Je sais, me répond Billie en haussant les épaules. Et tu veux savoir pourquoi ? Parce que nous continuerons d'être d'abord nous-mêmes.

Elle tapote ensuite mon bras avant d'ajouter :

– Ne t'inquiète pas, tu t'y feras.

Je m'esclaffe devant son air moralisateur, puis reporte mon attention sur la conversation.

Cruz(maispasTom)
Ne nous rejoue pas le couplet du #girlpower, s'il te plaît, Billie. On le connaît.

Billie(thebestkid)
Mes chers frères, je vous le rabâcherai jusqu'à ce que vous en rêviez la nuit.

Lennon(Johnqui?)
Je vois que je suis encore le seul à bosser dans cette famille.

Jaxon(thenumber5)
Justement, tu devrais prendre une pause.

Billie(thebestkid)
Oui, Lenny, fais attention à toi.

Lennon(Johnqui?)
Il faut bien que quelqu'un s'occupe de notre business. Et comme Cruz et Sawyer préfèrent passer leur temps à peloter leur copine en ce moment…

Jaxon(thenumber5)
Je suis d'accord. Cette surexposition de romantisme est presque écœurante.

Sawyer(maispasTomnonplus)
Wow, modérez vos propos tous les deux. Vous êtes en train d'insinuer que je suis un flemmard ?

Cruz(maispasTom)
Je suis d'accord, tu te laisses un peu trop porter par l'amour en ce moment, Sawyer. Lenny, on devrait le rétrograder et lui ôter ses responsabilités. Et si on l'obligeait à faire le ménage ? Récurer les chiottes de l'institut lui remettrait sûrement les idées en place.

Jaxon(thenumber5)
Ne t'emballe pas trop, Cruz, il était question de deux flemmards dans les propos de Lennon, et c'est sans aucun doute toi le deuxième.

Cruz(maispasTom)
Pardon ? Monsieur « je quitte l'agence à 16 h pour on ne sait quelle raison » me reproche de moins bosser ?

Lennon(Johnqui?)
T'es parti plus tôt ? Pourquoi ? Il y a un problème ?

Sawyer(maispasTomnonplus)
Je parie cinquante dollars qu'un de ses plans culs l'a appelé et qu'il n'a pas pu s'empêcher de sauter sur l'occasion.

À nouveau, je redresse la tête, mal à l'aise, cette fois.

– C'est faux, j'assure à Billie.

– Je le sais, réagit-elle. Tu es avec moi, pas avec une autre.

– Ce que je veux dire, c'est que tes frères en rajoutent concernant mes « plans culs ». Je n'en ai pas.

J'inspire profondément, regrettant déjà ce que je m'apprête à confier :

– En fait, je romps dès que j'ai couché avec une fille…

Les lèvres de Billie se plissent. Elle me dévisage un instant avant de reprendre son téléphone.

Lennon(Johnqui?)
Tenu !

Cruz(maispasTom)
Tenu !

Billie(thebestkid)
Vous êtes répugnants !

Cruz(maispasTom)
Nous ? C'est ton frère qui saute sur tout ce qui bouge.

Billie(thebestkid)
JAXON N'EST PAS MON FRÈRE, BORDEL.

Aucune réponse ne vient pendant plusieurs secondes. Finalement, Lennon envoie :

Lennon(Johnqui?)
Vous vous êtes encore disputés tous les deux ? Ça vous arrive souvent en ce moment... Arrangez les choses, bon sang ! On est une famille, ne l'oubliez pas.

Dépitée, Billie range définitivement son téléphone, et je l'imite avant de la reprendre dans mes bras.

– Je sens que Lenny va être le plus difficile à convaincre d'accepter notre histoire, soupire-t-elle. Il tient tellement à cette fraternité entre nous cinq…

– C'est pour ça que nous devons attendre encore un peu avant de lui annoncer que nous sommes en couple.

– Oui, je sais… Allez, n'en parlons plus. J'ai envie de rester ici avec toi encore un peu.

C'est une requête à laquelle je suis heureux d'accéder.

26
Billie

Il est près de dix-huit heures lorsque je pénètre dans l'enceinte de l'orphelinat. Je passe voir Carmen pour lui proposer un premier planning d'intervention auprès des enfants, que nous pourrons, je l'espère, mettre en place au plus vite.

En grimpant les quelques marches qui mènent au porche, je capte du mouvement sur ma gauche. Teddy, installé sur le sol avec une ribambelle de petits soldats en plastique, lève son regard malicieux vers moi.

– Coucou, Billie.

– Coucou, Teddy. Qu'est-ce que tu fais dehors ? je lui demande en m'installant près de lui.

Le petit garçon me sert un sourire édenté.

– Je défends notre forteresse, me répond-il.

– Contre qui ?

– Des intrus ! Mon armée et moi, on est prêts à attaquer à n'importe quel moment.

Je souris et passe doucement une main dans ses cheveux en bataille. Un geste qu'il m'aurait interdit il y a encore un an… Les progrès qu'il fait semaine après semaine sont spectaculaires.

– Est-ce que Carmen est ici ? je lui demande.

– Oui, elle est à l'intérieur, avec des parents… Ils sont venus adopter un bébé.

En prononçant ces mots, la petite bouche de Teddy se froisse de contrariété.

– C'est toujours facile pour les bébés, ajoute-t-il.

Sa réaction me fait redouter que le couple qui était venu le rencontrer ait finalement fait marche arrière. Et lorsqu'il reprend la parole, il confirme mes craintes :

– La maman était jolie, elle avait des beaux cheveux. Le papa m'avait apporté un camion de pompier. On a passé la journée ensemble, et à un moment, la maman a voulu me faire un câlin, mais j'ai refusé. Je crois que c'est à cause de ça qu'ils n'ont pas voulu de moi.

Mon cœur se serre et je passe un bras autour des épaules du petit garçon.

– Teddy, tu n'y es pour rien, je te le promets.

– C'est pas grave, réplique-t-il.

La façon dont il se force à cacher ses émotions me bouleverse.

– Écoute-moi, mon grand, je t'assure que des parents t'attendent et qu'ils seront incroyablement chanceux de t'avoir, lui dis-je. Il faut juste que tu sois patient.

Teddy lève alors son regard innocent vers moi et me demande :

– Tu voudrais pas être ma maman, Billie ?

Waouh.

Je fixe un instant ce gamin, ne sachant quoi répondre à une question si déchirante.

– Oh, mon cœur, tu sais que je ne peux pas faire ça, finis-je par lui souffler.

– Pourquoi ?

– Parce que je suis encore très jeune et que je ne suis pas prête à être mère.

Teddy fronce les sourcils.

– Mais pourtant, tu es gentille, tu sens bon, tu es jolie et tu nous apportes toujours des bonbons.

Je m'esclaffe.

– Tu crois que ce sont les critères qui feraient de moi une bonne maman ?

Le petit garçon réfléchit un instant avant de hausser les épaules.

– Pour les autres enfants, je ne sais pas, mais pour moi, tu serais parfaite.

Fermant les yeux, je l'attire contre moi et je le serre doucement. Je sais que Teddy n'est pas fan des contacts physiques, mais pour une raison que j'ignore, il accepte souvent les miens et je lui en suis extrêmement reconnaissante.

Il y a tant d'enfants orphelins, tant de petits êtres qui ne demandent qu'à profiter d'un foyer aimant… C'est injuste pour Teddy comme pour tant d'autres que leurs espoirs soient brisés par des couples qui changent d'avis après leur avoir fait miroiter un avenir en commun. J'aimerais pouvoir faire plus, tellement plus… C'est pour cela que j'ai si hâte de pouvoir officiellement exercer en tant que psychologue pour enfin leur apporter mon aide.

Je tiens compagnie à Teddy pendant un instant encore. Nous restons ainsi sur le perron, à regarder à travers le portail de l'orphelinat les voitures qui passent et les gens qui déambulent sur le trottoir. Tandis que le petit garçon poursuit la création de son armée, je reçois un message de Jaxon que je m'empresse de lire :

Je quitte l'institut. On peut se retrouver quelque part ?

Je lui réponds immédiatement, ravie à l'idée de voler quelques heures en sa compagnie :

Je suis à l'orphelinat. Viens me rejoindre.

La porte s'ouvre au moment où je range mon téléphone dans mon sac, et un couple accompagné de Carmen apparaît sur le porche. La directrice raccompagne les futurs parents jusqu'à la sortie, puis elle revient près de Theodore et moi.

– Teddy, mon grand, lui dit-elle, Esther vient de sortir un gâteau au chocolat du four. Un morceau tout chaud t'attend dans la cuisine.

Alléché, l'enfant se précipite à l'intérieur de la bâtisse. Sans préambule, Carmen me demande alors :

– Il te l'a dit ?

Je hoche la tête en plissant les lèvres tandis qu'elle s'adosse à la barrière qui entoure le porche.

– Je suis effondrée, poursuit-elle. Si tu avais vu son visage quand je lui ai annoncé que le couple ne donnait pas suite… Il y a des jours où je me dis que je ne peux pas supporter d'imposer à ces enfants une déception de plus, avant d'avoir envie de me foutre des claques pour avoir osé me plaindre de ma situation alors que la leur est…

– Hé, hé, Carmen, respire.

La quinquagénaire passe distraitement une main dans ses longs cheveux gris, qu'elle finit par attacher en queue-de-cheval.

– Écoute, je reprends, je ne peux pas comprendre ce que tu ressens, mais ce qui est sûr, c'est que tu as le droit de craquer parfois toi aussi. Ce que tu vis au quotidien avec ces enfants, ce que tu fais pour eux, la pression de leur trouver un foyer qui pèse sur tes épaules… Tu es une femme fantastique, mais tu es un être humain avant tout et c'est normal que tu aies besoin de soutien, besoin de lâcher prise par moments et d'accepter que tu ne puisses pas toujours venir en aide à tes petits protégés, et ce malgré toute l'énergie que tu y mets.

Carmen baisse la tête et pousse un profond soupir.

– Teddy est un gamin adorable. Ils le sont tous, Billie.

– Je le sais, dis-je en posant une main sur son avant-bras.

Parfois, il n'y a rien à dire : il faut simplement être là pour les personnes qu'on aime et leur montrer notre soutien. Alors j'attends que Carmen reprenne ses esprits, qu'elle fasse redescendre la pression d'elle-même.

– Excuse-moi, je ne t'ai même pas demandé ce qui t'amenait, finit-elle par me glisser.

– J'étais venue établir un planning d'interventions avec toi, mais ne t'inquiète pas, je repasserai un autre jour.

– Non, reste. Ça me fera plaisir de bosser sur quelque chose qui sera bénéfique à ces gosses. Viens, allons parler de ça en mangeant un morceau de gâteau.

27

Jaxon

Depuis que j'ai emménagé chez les Westwood, j'ai souvent entendu parler de l'orphelinat et de l'attachement de la famille pour cet endroit, mais je n'y avais encore jamais mis les pieds. Maintenant que je me retrouve face à la grande bâtisse de type ranch, je prends un instant pour la contempler avant de pousser le portail pour pénétrer à l'intérieur.

Sur la pelouse, de nombreux vélos, poussettes et autres jouets pour enfants sont éparpillés un peu partout. Je m'approche lentement du porche, pas certain d'avoir le droit de me trouver ici, lorsqu'un mouvement sur ma gauche attire mon attention. Assis par terre, une ribambelle de soldats en plastique devant lui, un petit garçon aux cheveux châtains engloutit une part de gâteau au chocolat si grande que j'ai peur qu'il ne puisse jamais la terminer.

Nos regards se croisent. Il fige son geste et me passe au crible.

– Salut, lui dis-je.

– Salut.

À vue de nez, je lui donne cinq ou six ans. Je ne suis pas vraiment à l'aise avec les enfants : leur franchise, que la plupart des gens trouvent rafraîchissante, me met mal à l'aise.

En réalité, je crois que ce qui m'embête le plus, c'est qu'on n'ait pas le droit d'être aussi direct avec un enfant que lui peut l'être avec nous. Qu'un être humain d'un mètre vous regarde et vous balance que vous êtes moche sans que vous puissiez lui répondre qu'il l'est lui aussi, ouais, je trouve cela injuste. Paraît que c'est cruel venant d'un adulte… Une théorie à laquelle je n'adhère pas.

– Salut, répète le gosse avant de reprendre un morceau de son gâteau.

– Salut, dis-je à nouveau.

Je fourre ensuite les mains dans les poches, déterminé à attendre ici jusqu'à ce que Billie sorte du bâtiment.

– Salut ! réitère le môme.

– Oui, salut, je râle.

– Est-ce que t'es un papa qui vient adopter l'un de nous ?

Je tente de masquer mon air horrifié avant de répondre :

– Euh, non, non.

– Alors t'es un intrus ?

– Non plus.

– Est-ce que t'es un pervers alcoolique qui va me prendre pour un punching-ball et tenter de me kidnapper ?

Bouche bée, je dévisage le gamin en me demandant si j'ai bien compris ce qu'il vient de dire.

– J'ai entendu Esther parler de ça hier avec Carmen, m'explique-t-il. Elle a dit : « Quand je pense à tous ces pervers qui ne rêvent que de kidnapper des gamins, tous ces alcooliques qui les prennent pour des punching-balls à la moindre contrariété, ça me rend folle. »

Bon Dieu, Billie, viens me sauver…

– Ah… Eh bien, non, je ne suis pas un pervers alcoolique et je ne vais kidnapper personne.

Le petit me détaille des pieds à la tête avant de lâcher :

– Mais alors, t'es qui ?

Je passe une main sur mon front et m'assieds sur les marches du porche. Je sens que cette conversation va être longue.

– Je m'appelle Jaxon, et toi ?

– Theodore, mais tout le monde m'appelle Teddy.

– Eh bien, Teddy, je suis venu chercher Billie.

À l'évocation de ce prénom, les yeux du petit garçon s'illuminent.

– Tu connais Billie ? s'exclame-t-il.

– Bien sûr.

– Je la trouve belle.

– Je ne te contredirai pas là-dessus.

– Et puis elle sent bon.

– Là encore, je suis d'accord.

– Je crois que je voudrais être son amoureux quand je serai grand.

Je me tourne vers le môme. Son menton est tartiné de chocolat, il lui manque de nombreuses dents, et même s'il me met toujours un peu mal à l'aise, je dois admettre que je le trouve marrant.

– Alors on est dans la même galère, toi et moi, mon pote, lui dis-je.

À cet instant, la porte de la maison s'ouvre et une femme au regard sévère se plante devant moi. D'instinct, je me redresse et lève mes mains devant moi pour lui montrer que je ne suis pas un danger.

– Qui êtes-vous ? Et que faites-vous…

– Carmen ! la hèle Billie, qui débarque à sa suite en rangeant des documents dans son sac, tout va bien, c'est Jaxon.

Le corps de la femme se détend.

– Oh, d'accord. Excusez-moi, je suis un peu… C'est une journée compliquée.

– Pas de problème, dis-je.

Je jette un coup d'œil à Billie, qui ne semble pas étonnée de l'accueil que l'on m'a réservé.

– Carmen, c'est Jaxon, intervient Teddy, qui a enfin terminé son immense part de gâteau au chocolat. Je lui ai posé toutes les questions de sécurité, ne t'en fais pas.

La femme sourit, Billie aussi, et j'ai du mal à l'admettre, mais moi aussi je suis attendri.

– Bon, je vais y aller, lance ma petite amie en descendant les marches pour me rejoindre. On se recontacte pour valider le premier planning qu'on vient d'effectuer, d'accord ?

– Avec plaisir, accepte Carmen. Encore merci d'être venue.

– À bientôt, Billie ! s'écrie Teddy.

– À bientôt, mon grand.

Sur ce, Billie glisse sa main dans la mienne et nous quittons les abords de l'orphelinat. Une fois que nous sommes à l'abri des regards innocents, j'attrape son visage et je l'embrasse à perdre haleine. Elle me rend mon baiser avec autant de fougue et de plaisir que j'en éprouve, puis nous grimpons en voiture, direction ce qui est devenu notre spot à nous, la colline qui domine Cape Cod, pour y passer quelques heures rien que tous les deux.

28
Jaxon

– Ce soir, c'est Scrabble pour tout le monde !

Dovie dépose la boîte de jeu sur la table de la salle à manger qui vient d'être débarrassée après le dîner. Face à nos mines sceptiques, elle insiste :

– Oh, allez, ça va être marrant, vous allez voir. Avec mes pères, c'était notre rituel du vendredi soir quand j'étais plus jeune, pour fêter le début du week-end. On mangeait de la pizza devant un film, puis on terminait par des jeux et le Scrabble revenait souvent dans nos choix.

– Je crois que je devais avoir quatorze ans la dernière fois que j'ai joué à un jeu de société, déclare Eve. J'en suis.

– Chérie, on peut faire toutes sortes d'autres jeux qui ne concernent que nous deux, tu sais, intervient Cruz en posant une main sur la cuisse de la mannequin.

Personne ne prend la peine de protester.

– Pourquoi pas, dit Scarlett. Mais comme nous sommes nombreux, je propose que les filles fassent équipe contre les garçons.

– Vendu ! s'écrie Billie.

Puis elle se penche dans ma direction et me glisse :

– On ne va vous laisser aucune chance.

– Si tu crois qu'on sera cléments de notre côté, tu te fourres le doigt dans l'œil... je réplique en haussant les sourcils.

La tentation de l'attirer contre moi est forte. Heureusement, la table m'en empêche.

– Ce sera sans moi, nous lance Sawyer depuis le salon.

Il zappe à la télé sans s'attarder sur aucune chaîne. Ce soir, en quittant l'institut, il est allé rendre visite à Oscar et Ellen à la clinique – ce qui est toujours difficile pour lui même s'il a réussi à surmonter le traumatisme qui l'empêchait de venir voir sa mère –, et la discussion qu'il a eue avec le médecin concernant l'état de santé de son père l'a plongé dans une morosité dont il ne parvient pas à sortir. Oscar est toujours en état de mort cérébrale ; c'est le cas depuis son agression, mais nous avions l'espoir envers et contre tout qu'un miracle finirait par se produire.

Nous sommes tous très affectés de constater qu'il n'en est rien.

Alors ce soir, nous faisons tous semblant d'aller bien, et je crois que c'est aussi pour nous occuper l'esprit que Dovie propose cette soirée jeux de société. En temps de crise, on peut toujours compter sur le petit génie pour avoir de bonnes idées.

Scarlett se dirige vers le salon et prend place sur les genoux de Sawyer, qu'elle attire dans ses bras. Je ne sais pas ce qu'elle lui murmure à l'oreille, mais elle parvient à le convaincre et ils finissent par nous rejoindre tous les deux.

– C'est joué d'avance, râle Cruz. Avec Dovie dans l'équipe, les filles ont déjà gagné.

Sa réplique lui vaut des regards noirs de la part d'Eve, Billie et Scarlett.

– Juste pour être sûre de bien comprendre… tu es en train d'insinuer qu'on est stupides ? lâche la mannequin.

Penaud, Cruz dévisage sa petite amie.

– Évidemment que non… fait-il. C'est juste que Dovie est… Enfin, elle a un QI qui est… Bon, explique-leur, toi, Lennon.

– Sûrement pas ! Tu te sors de ton bourbier tout seul.

Nous ricanons avant de prendre place de part et d'autre de la table, selon nos équipes. Face à nous, les filles nous fusillent des yeux, les triplés et moi. Quelque chose me dit que cette partie de Scrabble va être mouvementée…

••••

– Avec le mot compte triple, ça fait donc quinze points pour le « cul » de Cruz, annonce Dovie en prenant note sur un petit calepin.

Il était évident que nous trouverions une façon de pimenter ce jeu, mais je ne m'attendais pas à ce que nous nous engagions sur cette voie… Quoique : lorsque Cruz a commencé à former des mots en rapport avec l'anatomie, j'ai su que cette partie était vouée à déraper.

– C'est pas si mal, déclare Sawyer, qui s'est rapidement pris au jeu.

– Rappelle-nous les scores, ma puce ? demande Lennon.

– 125 pour vous et 162 pour nous, lance Dovie avec un grand sourire.

Les filles se congratulent et je dois admettre qu'elles ont fière allure – Billie particulièrement, alors qu'elle porte mon sweat sur le dos. Sa façon de sourire est craquante. Au fond, je ne désire qu'une chose : que la partie se termine afin que je puisse me faufiler dans sa chambre pour y passer la nuit une fois tout le monde couché.

– Le jeu n'est pas encore terminé, je rappelle. Rien ne dit que vous allez gagner.

– Tu es sûr ? répond Billie.

Un sourire carnassier aux lèvres, elle s'empare de plusieurs lettres qu'elle dépose sur le plateau.

– Pas mal, Billie, commente Scarlett. « Abdos » en mot compte double, ça nous fait seize points supplémentaires.

Les filles exultent, Cruz et Lennon grognent.

– C'est l'une des choses que je préfère chez un homme, précise Billie alors que les garçons et moi tentons de former un autre mot.

– On ne veut pas savoir, lâche Lennon.

À cet instant, je sens la pointe d'un pied entrer en contact avec mon tibia. Je redresse la tête. Billie joue les innocentes en ne m'accordant pas un regard, mais je *sais* que ce geste vient d'elle.

– Sawyer a eu le droit de caser le mot « fellation », mais je n'ai pas le droit de parler d'abdos ? s'offusque-t-elle.

– Scarlett venait de faire un Scrabble avec « fessier », se défend l'intéressé, il fallait bien que je contre-attaque.

– C'est juste qu'on ne veut pas connaître les goûts de notre petite sœur en matière d'homme, ajoute Lenny.

En silence, je tente de suivre leur conversation, mais le pied de Billie qui ne cesse de monter le long de ma jambe n'aide vraiment pas.

– À ton tour, Jax, me lance Cruz. Lamine-les.

– Vraiment, chéri ? Tu ne veux pas nous laisser gagner pour me faire plaisir ? minaude Eve en se penchant sur la table, une position qui met sa poitrine en valeur.

Cette partie de Scrabble est en train de totalement nous échapper.

– Jamais, réplique Cruz. Chez les Westwood, on gagne honnêtement.

– Exactement, l'approuve Billie.

Sauf que son pied se trouve désormais au niveau de ma cuisse et se rapproche dangereusement de mon entrejambe.

Bon sang... Elle sait parfaitement ce qu'elle fait.

– Pas sûr que tous les Westwood partagent ces beaux principes, je grogne dans ma barbe.

– Bon, Jax, tu le poses, ton mot ? s'impatiente Lennon.

– Une seconde ! Laissez-moi réfléchir.

– Tu as besoin d'aide ? me demande Billie.

Je me contente de l'ignorer, mais au moment où je m'empare d'une lettre, son pied frôle mon sexe... et je me crispe soudain.

– Ça va, mon pote ? s'inquiète Sawyer à ma gauche.

Mes frères me dévisagent comme si j'étais dingue, ce que je suis en train de devenir à cause de leur démon de sœur.

– Oui, oui... Tout va super bien.

Pressé de mettre fin à la partie, je pose une lettre sur le plateau, ce qui provoque un silence de plomb.

– « OK » ? réagit Lennon. Elles ont près de cinquante points d'avance sur nous, et tu écris « OK » ?

– Les filles, je crois que Jaxon vient de sceller le score, jubile Dovie en griffonnant sur son petit carnet.

– Non mais franchement, c'est pas sérieux, éructe Cruz.

– Je savais que j'aurais mieux fait de rester sur le canapé, renchérit Sawyer.

– Pardon, mais je n'avais pas de quoi faire mieux, je proteste.

Il nous faut encore quelques tours pour poser nos dernières lettres, puis nous remballons le jeu alors que les filles exultent, officiellement grandes gagnantes de la partie. Après cela, les trois couples disparaissent presque immédiatement – et à cet instant, je suis plus qu'heureux que ce manoir soit si grand et que nos chambres soient éloignées les unes des autres.

Laissés seuls, Billie et moi nous dévisageons un instant.

– Tu as triché, je lui glisse.

– Je ne vois pas du tout de quoi tu veux parler.

– Donc tu nies m'avoir allumé pendant la partie ?

Billie contourne la table et s'approche de moi tout en me tenant en joue de son regard si bleu.

– Au risque de me répéter… je ne vois vraiment pas de quoi tu veux parler.

Elle s'apprête à me dépasser lorsqu'elle pose une main sur mon ventre et se penche à mon oreille pour murmurer :

– Mais c'est à *tes* abdos que je pensais lorsque j'ai placé ce mot.

Puis elle dépose un rapide baiser sur mon épaule et ajoute :

– J'ai envie de dormir dans tes bras ce soir. Tu me rejoins quand les triplés seront couchés ?

Sans attendre ma réponse, elle s'éloigne en direction de l'escalier, qu'elle grimpe en trottinant. Debout comme un con au milieu de la pièce de vie, je reste paralysé. Je me demande comment j'ai pu penser pendant si longtemps que Billie était l'innocence incarnée. Désormais, je suis incapable de voir autre chose que la sensualité et la confiance en elle dont elle déborde et dont je détournais le regard jusqu'alors. Enfin, je comprends ce qu'elle a tenté de me faire comprendre de nombreuses fois : elle m'a été imposée comme « petite sœur », mais la vérité, c'est qu'elle est une femme. Mieux, elle est *la* femme qu'il me faut et dont je suis fou amoureux.

Après avoir repris mes esprits et m'être assuré que mon érection naissante est à nouveau sous contrôle, j'éteins les lumières et grimpe à l'étage. Là, je prends le temps d'observer et d'écouter. Heureusement, tout me semble calme. Je me dirige vers la chambre de Billie, mais à l'instant où je pose une main sur la poignée de la porte, j'entends des pas à l'autre bout du couloir. Lennon apparaît en bas de survêtement, torse nu. Sourcils froncés, il s'approche de moi.

– Qu'est-ce que tu fais debout ? je lance, presque comme un reproche.

– Dovie voulait un verre d'eau, me répond mon meilleur ami. Et toi ?

Son regard va de la poignée de la porte à mon visage.

– Qu'est-ce que tu fais ? insiste-t-il.

– J'allais dormir avec Billie, je réponds en m'efforçant de garder un visage neutre.

Les sourcils de Lennon se froncent un peu plus, alors j'ajoute :

– Au cas où elle ferait à nouveau un cauchemar.

– Ce n'est pas arrivé depuis un moment maintenant, pourquoi est-ce qu'ils reviendraient tout à coup ? s'étonne Lenny.

Je me contente de hausser les épaules. Mon meilleur ami reprend :

– Je crois que ça ne sert à rien de trop la couver, mais si tu penses qu'elle en a besoin, alors d'accord. Bonne nuit, mon frère.

Incapable de dire quoi que ce soit, je hoche la tête. Lennon me sourit, puis il prend la direction de sa propre chambre. Dès qu'il disparaît, je pose mon front contre la porte de Billie et je pousse un long soupir.

J'ai le sentiment que notre petit secret ne tiendra pas longtemps, et je redoute déjà le moment où la vérité éclatera.

Après avoir retrouvé un souffle plus apaisé, j'ouvre doucement le battant et je me faufile à l'intérieur de la chambre plongée dans l'obscurité. Malgré cette pénombre, je parviens à distinguer la silhouette de Billie allongée sur son lit. J'avance vers elle à pas de loup, puis je retire mon t-shirt et me glisse sous la couette épaisse. Billie pivote immédiatement et se blottit contre moi, entremêlant nos jambes avant de déposer tendrement ses lèvres sur ma fossette au menton.

– J'ai cru que tu ne viendrais jamais, murmure-t-elle.

Je caresse ses cheveux sans lui répondre. Elle n'a pas besoin de savoir que son frère était plus proche que jamais de nous découvrir.

– Bonne nuit, ma Billie, je chuchote avant de l'embrasser sur le front.

– Maintenant, elle le sera, me répond-elle.

Et en sentant son corps détendu contre le mien, je me dis qu'elle vaut bien que je prenne tous les risques pour elle.

29
Billie

Bon sang, je n'arrive pas à croire que je vais vraiment faire ça.

Cela fait cinq minutes que je suis garée sur le parking de l'institut et un mélange d'excitation et de stress m'empêche de quitter mon véhicule. Pourtant, il va bien falloir que je me décide : je ne peux pas rester éternellement ici. Je retouche rapidement mon maquillage en me regardant dans le miroir du pare-soleil, puis j'inspire profondément et enfin, je descends de voiture. Mes talons résonnent sur le bitume tandis que je contourne l'institut et me dirige directement vers le parc automobile en resserrant la ceinture de mon long manteau.

Depuis que Jaxon et moi avons débuté notre relation secrète, j'ai souvent repensé aux confessions qu'Eve a faites à Scarlett, Dovie et moi pendant que nous nous préparions dans son dressing à New York. Ce soir-là, je me suis dit que jamais je n'aurais l'occasion de surprendre Jaxon à l'institut comme elle l'a fait avec Cruz, parce que lui et moi ne serions jamais en couple. Sauf que les choses ont changé. Contrairement à ma belle-sœur, ma démarche n'est pas motivée par l'envie de m'envoyer en l'air dans un endroit insolite : Jaxon et moi ne sommes pas encore passés à l'acte et, comme lui, je tiens à ce que notre première fois ensemble soit parfaite. Mais puisque nous ne partageons pas autant de moments que je le souhaiterais, j'ai décidé ce matin de nous créer une opportunité, histoire de titiller son self-control. Après tout ce temps, toutes ces années de frustration, j'ai besoin de séduire Jaxon.

J'ai hâte de voir sa réaction quand il verra la robe sexy que je porte.

– Mademoiselle Westwood ?

Je m'arrête alors que j'étais sur le point de franchir les portes du parc automobile. Un homme à la peau mate et au regard ténébreux s'approche de moi, un grand sourire aux lèvres.

– Bonjour, dis-je en le détaillant pour tenter de me souvenir si oui ou non je lui ai déjà parlé.

– Vous êtes Billie, c'est bien ça ? me demande-t-il sans se départir de son sourire.

Je hoche la tête.

– Hassan, se présente-t-il en tendant la main, que j'accepte de lui serrer. Je travaille ici depuis un an et nous n'avons pas encore eu la chance de nous rencontrer.

– En effet, je lâche, sans vraiment comprendre ce qu'il me veut.

Il me regarde pendant quelques secondes avant de baisser la tête.

– J'ai l'impression que je vous ai mise mal à l'aise, reprend-il. Pardon pour cette entrée en matière un peu étrange, mais comme Oscar nous parlait très souvent de vous, je n'ai pas pu m'empêcher de venir vous saluer quand je vous ai aperçue.

L'évocation de mon père me serre le cœur. Hassan remarque mon trouble et s'exclame :

– Oh… Est-ce que je n'aurais pas dû vous dire que…

– Si, bien sûr, évidemment que je suis heureuse d'entendre parler mon père, c'est juste que c'est toujours un peu… douloureux.

– Je comprends. En tout cas, il ne tarissait pas d'éloges sur vous. Il ne cessait de répéter quelle fierté vous lui inspiriez. Bref, est-ce que je peux vous aider ? Vous cherchez vos frères, peut-être ?

– Non, juste Jaxon. Il se trouve bien au parc automobile, n'est-ce pas ?

– Exact.

– Alors je vais le rejoindre. Si vous voyez les triplés, ce n'est pas la peine de les prévenir que je suis ici. Comme je ne fais que passer, je n'aurai pas le temps d'aller leur rendre visite.

– D'accord, pas de souci.

– Merci beaucoup. Ça m'a fait plaisir de faire votre connaissance, Hassan.

– Moi de même.

Il me salue et s'éloigne d'un pas nonchalant. Après quoi j'inspire profondément une fois de plus, puis je passe les portes du parc automobile. À l'intérieur, des voitures de luxe garées en épi sont alignées ; au bout de l'allée qu'elles forment, je reconnais immédiatement Jaxon, penché sur un moteur. Il redresse la tête dès que mes talons claquent sur le sol. Immédiatement, sa main gauche, qui était en appui sur la carrosserie du véhicule, se crispe.

Je trouve Jaxon beau quelles que soient les circonstances, mais à cet instant, sa combinaison de mécano dont les manches sont nouées à la taille, les muscles impressionnants de ses bras qui sont mis en valeur par le t-shirt qu'il porte et ses cheveux légèrement décoiffés le rendent irrésistible. Soudain, je n'ai plus qu'une envie, me jeter sur lui.

– Billie ? s'étonne-t-il en se redressant. Qu'est-ce que tu fais ici ? Tu n'es pas censée être à la fac ?

– Si, mais j'avais envie de te voir, alors je me suis dit que j'allais sécher les premiers cours de la journée, je lui réponds en m'approchant de lui.

Je suis sur le point de l'enlacer, mais il recule.

– Paolo, me prévient-il.

Je tourne la tête, et aperçois avec horreur l'un de ses collègues sortant de l'ombre.

– Un problème, Jax ? lance l'homme avant de me saluer d'un signe de tête.

– Tu pourrais aller me chercher un café au réfectoire, s'il te plaît ?

Paolo fronce les sourcils.

– On a une machine juste ici, objecte-t-il.

– Celle du réfectoire fonctionne bien mieux, prétend Jaxon.

Paolo râle pour la forme avant de quitter le parc automobile. Dès qu'il a disparu, Jax m'attrape par le bras et m'entraîne à sa suite jusqu'à ce que nous pénétrions à l'intérieur d'un bureau. Tandis qu'il en ferme la porte à clé, je m'empresse de dénouer la ceinture de mon manteau et de l'ouvrir en grand.

– Bon sang, Billie, mais qu'est-ce qui t'est passé par la tête pour… Oh putain !

La lueur d'envie qui brille dans son regard lorsqu'il découvre ma tenue est inestimable. Il faut dire que j'ai choisi ma robe la plus sexy. Rouge sang, avec un bustier qui me serre les seins et les fait outrageusement ressortir, elle s'arrête à la moitié de mes cuisses… Mais alors que je m'attends à ce que Jaxon se précipite sur moi, je réalise qu'il reste figé, trop loin de moi, et que son expression est de plus en plus contrariée.

– Qu'est-ce que tu fabriques ? lance-t-il.

Mon sourire se fige. Mains sur les hanches, je le dévisage sans comprendre.

– Comment ça ?

– Tu te rends compte du risque que tu nous fais prendre en venant ici ? Est-ce que quelqu'un t'a vue ?

– Oui, Hassan s'est présenté à moi et…

– Hassan ? Eh merde ! Qu'est-ce que tu lui as dit ? Tu ne lui as pas précisé que tu venais me voir, au moins ?

– Si, mais ce n'est pas un souci. Ça fait des années que je passe à l'institut quand j'en ai besoin, j'en ai parfaitement le droit.

– Ce n'est pas le problème, bordel.

– Qu'est-ce que c'est, alors ?

– C'est que tu agis impulsivement, sans réfléchir. Si tu continues comme ça, on va se faire griller par tes frères en un rien de temps et je ne sais pas toi, mais moi, je n'ai pas du tout envie d'en subir les conséquences.

Le silence s'abat sur nous. Mes mains glissent le long de mon corps et je me retrouve bras ballants face à Jaxon, me sentant de plus en plus ridicule dans ma robe. Lentement, j'attrape les extrémités de ma ceinture que je renoue, cachant mon corps à l'aide de mon manteau.

– Billie… tente Jax en faisant un pas dans ma direction.

– Tu as raison, dis-je en retenant mes larmes. C'était une mauvaise idée, je ne le referai plus.

– Billie, attends…

Sans un regard, je sors du bureau et m'empresse de traverser le parc automobile en sens inverse pour rejoindre ma voiture et quitter l'institut.

30
Jaxon

Voilà plus d'une heure que je cherche Billie : après avoir quitté l'institut en trombe, elle n'a répondu à aucun de mes textos, et chacun de mes appels est resté sans réponse. Évidemment, c'est au sommet de la colline qui surplombe la ville que je finis par la retrouver, assise sur le capot de sa voiture, ses longues jambes étendues devant elle. Elle ne me jette pas un regard quand je me gare à côté d'elle. Les yeux rivés sur l'horizon, elle sirote un café et mange une viennoiserie.

Je sors de ma voiture, la contourne, puis me hisse sur mon propre capot. Quelque chose me dit qu'après ce qui s'est passé tout à l'heure, mieux vaut que je garde mes distances avec Billie pour le moment.

– Ce matin, je commence, je me suis réveillé en tenant ma petite amie dans mes bras, je suis parti très tôt pour l'institut et je l'ai quitté encore plus tôt, je crois que c'est même un record. Mon meilleur moment, ça a été de te voir débarquer au parc automobile et le pire, c'est quand tu es partie et que j'ai compris que je t'avais blessée.

Billie garde le silence, s'obstinant à ne pas m'adresser un regard. J'attends patiemment qu'elle se sente prête à me parler de sa journée, tout en m'obligeant à ne surtout pas loucher sur ses incroyables jambes.

– Ce matin, dit-elle enfin, je me suis réveillée dans les bras de mon petit ami que je pensais parfait, puis je me suis préparée et j'ai quitté le manoir tôt pour aller lui faire une surprise, tellement tôt d'ailleurs que je n'ai même pas pris la peine de déjeuner et cerise sur le gâteau, j'ai séché les cours pour lui. Mon meilleur moment de cette matinée merdique, c'est quand Hassan m'a parlé de mon père, et le pire, c'est quand j'ai réalisé que mon petit ami pouvait être un vrai con.

Bon… Au moins, je sais à quoi m'en tenir.

Je soupire, glisse du capot et me plante devant Billie. Me fusillant du regard, elle ajoute :

– Plus jamais je n'essayerai de te faire plaisir.

– Écoute, je suis désolé, je plaide. J'ai paniqué quand je t'ai vue.

– Mais pourquoi ? Ce n'est pas la première fois que je viens à l'institut, ni même la première fois que je passe te voir au parc automobile. Alors pourquoi est-ce qu'aujourd'hui, tu as flippé ?

– Mais parce qu'on est ensemble, maintenant !

– Et alors ? Tu crois que c'est inscrit sur nos fronts ? Tu penses que tout le monde va comprendre qu'on est en couple rien qu'en nous jetant un coup d'œil ?

– Oui ! j'affirme avec véhémence.

J'attrape les chevilles de Billie et je la tire brusquement vers moi, lui arrachant un cri de surprise. Je plante mes mains de chaque côté de sa taille et je rapproche mon visage du sien, si près que nos respirations se mélangent.

– Oui, tout le monde le verra, je reprends. Parce que je sais de quoi j'ai l'air quand je pose les yeux sur toi. Je sais que je suis incapable de masquer à quel point je te veux, à quel point tu es le centre de mon univers… et alors, tous comprendront. Ils sauront rien qu'en me regardant que tu es mienne, parce que je ne peux pas m'empêcher de te bouffer des yeux dès que tu entres dans une pièce.

Les prunelles bleues de Billie brillent soudain plus fort. Sa bouche s'entrouvre et j'inspire son souffle tremblant.

Soudain, elle lâche ce qu'elle a dans les mains et passe ses bras autour de ma nuque. Son café se renverse, sa viennoiserie tombe par terre, mais ça n'a aucune importance, parce que Billie se pend à mon cou et plaque ses lèvres contre les miennes.

Comme chaque fois que nous nous embrassons, nos corps sont électrisés, au point de prendre les commandes. J'agrippe les cuisses de Billie et elle noue instinctivement ses chevilles dans mon dos. Doucement, je la bascule sur le capot de sa voiture et je forme une cage protectrice en l'entourant de mes bras.

– Montre-moi, je murmure contre sa bouche.

Elle glisse ses mains entre nous et écarte les pans de son manteau. Je me recule et baisse le regard sur son corps.

Mon Dieu.

Ses seins sont sur le point de jaillir de son bustier et sa robe remonte si haut qu'elle dévoile complètement ses cuisses…

Je fais glisser le bout de mes doigts le long de son mollet tout en fixant sa poitrine. Incapable de résister, je dépose des baisers langoureux sur sa peau fine, puis je trace le contour de ses seins du bout de ma langue. Billie glisse une main dans mes cheveux et se cambre dans ma direction, réclamant encore plus d'attention. Je remonte mes baisers sur sa gorge, puis j'enfouis mon visage contre son cou en soupirant.

– Pourquoi tu me fais attendre comme ça ? geint-elle doucement lorsqu'elle comprend que je ne lui en donnerai pas plus.

– Parce que ce n'est pas encore le bon moment.

– Jaxon ! s'impatiente-t-elle. Tu en as envie, je le sens.

Effectivement, elle ne peut pas rater l'érection qui appuie contre sa culotte.

– Bien sûr que j'en ai envie, tellement que j'ai peur de devenir dingue, je confirme.

– Moi aussi, répond Billie en attrapant mon visage, qu'elle parcourt de baisers.

– Mais fais-moi confiance, j'insiste. Ce n'est pas encore le bon moment.

Billie soupire. Pour atténuer sa déception, je frotte mon nez contre le sien, ce qui déclenche son sourire.

– Voilà, c'est mieux comme ça, dis-je. Je ne veux plus jamais voir des larmes dans tes yeux quand tu me regardes, Billie Westwood. Plus jamais.

31
Jaxon

Quelques jours plus tard

Tout le monde est à son poste. La place du centre-ville est bondée de citoyens venus écouter leur maire sortant s'exprimer sur les actions qu'il compte engager lors de son potentiel nouveau mandat. Tout autour, mon équipe veille au bon déroulement du débat. En ce qui me concerne, je suis posté derrière mon client, en retrait, évidemment, et j'ai une vue d'ensemble sur le public de près d'un millier de personnes. À ma droite se tiennent la femme et les deux filles de monsieur Leonardi. Natalie, la plus âgée, est celle sur laquelle je suis censé garder un œil, au cas où son ex, aigri d'avoir été plaqué, décide de se pointer pour gâcher la journée.

Il peut bien essayer, ça n'arrivera pas. Pas sous ma surveillance, en tout cas.

– Vous faites erreur, monsieur Leonardi, s'exclame le nouveau candidat à la mairie. La criminalité a augmenté de près de 8 % dans notre ville. Cape Cod était réputée pour son calme, et votre mandat laxiste a mis à mal cette quiétude.

Dans le public, des applaudissements s'élèvent.

– C'est faux, monsieur May. Depuis le début de votre campagne, vous ne faites qu'instrumentaliser les chiffres. Je suis sur le terrain chaque jour, je fais face à…

Je me coupe du débat, parce que franchement, la politique n'est pas quelque chose qui m'intéresse particulièrement. La plupart du temps, ceux qui l'exercent passent leur temps à se sauter à la gorge, s'accuser et s'insulter, oubliant les inquiétudes des citoyens…

Tandis que les sujets s'enchaînent, je laisser errer mon regard sur la foule. C'est alors qu'un visage attire mon attention. Discrètement, je souris.

Salut, Brad.

Comme redouté par le maire, l'ex-petit ami de sa fille vient à l'instant de passer dans mon champ de vision. Braquant mon regard sur lui pour ne pas risquer de le perdre, j'actionne mon oreillette et je dis, à voix basse :

– La cible est là. Côté ouest, sweat bleu, jean, et baskets noires. Il va passer près de toi dans cinq secondes, Diego.

– Cible repérée, me répond mon collègue. Il semble se rapprocher doucement de la scène.

En effet. À plusieurs reprises, Brad parcourt quelques mètres, s'arrête, puis repart, pour ne pas éveiller les soupçons sur lui. Appuyant à nouveau sur mon oreillette, je poursuis :

– Gardez tous votre position et continuez de sécuriser les lieux. Diego et moi, on se focalise sur la menace.

D'un coup d'œil, je vérifie que les membres de la famille Leonardi n'ont pas bougé de leur place, tandis que Diego m'informe :

– Il se rapproche encore.

– Je sais. Laisse-le venir vers moi.

Mais Brad s'arrête alors et croise nonchalamment les bras, les yeux rivés sur la scène. Ce n'est pourtant pas le débat qui l'intéresse, mais la jeune femme à ma droite : Natalie... Celle-ci sort d'ailleurs discrètement son portable de sa poche. Je fais mine de ne lui prêter aucune attention, sans perdre aucune miette de sa réaction grâce à ma vision périphérique.

Elle fait un pas en arrière... un seul. Lentement, je me tourne vers elle, et elle se fige lorsqu'elle croise mon regard.

– Restez où vous êtes, je murmure.

– Mais... j'ai besoin d'aller aux toilettes.

– Et moi, je pense que vous pouvez vous retenir.

Natalie fronce les sourcils.

– Vous n'avez pas le droit de m'interdire de m'en aller, avance-t-elle.

– Vous voulez parier ?

Je me rapproche d'un mètre avant d'ajouter :

– Je ne sais pas ce que Brad vous a dit, mais il vous manipule. Votre père est inquiet et vous semblez l'être aussi. Votre ex a promis de gâcher le débat si vous le quittiez, et puisque cette tentative d'intimidation n'a pas marché, j'imagine qu'il a dû en trouver une autre pour essayer de vous faire plier.

Les sourcils de Natalie restent froncés, puis soudain, ses épaules s'affaissent.

– Il souffre vraiment... soupire-t-elle. Il m'a dit qu'il ne pouvait pas vivre sans moi et que si je ne revenais pas, il...

Un sanglot empêche la jeune femme de terminer, mais j'ai saisi où elle voulait en venir.

Le salopard.

Le chantage au suicide est vraiment l'une des pires stratégies de manipulation que l'on puisse déployer.

– Natalie, croyez-moi, Brad n'a en aucun cas l'intention de mettre fin à ses jours, j'affirme. Ce qu'il veut, c'est garder une emprise sur vous, mais vous devez résister. Si vous cédez maintenant, il aura eu ce qu'il veut et il ne vous laissera plus jamais le quitter.

Je comprends qu'on puisse se sentir coupable de blesser quelqu'un quand on met un terme à une relation, mais en aucun cas on ne doit subir des pressions, du chantage, ni être victime de harcèlement pour cela.

Une personne a le droit de ne plus en aimer une autre. C'est terrible et injuste, mais c'est la vie.

Je suis rassuré de voir Natalie hocher la tête. Elle reprend sa place près de sa sœur et je recommence à observer le débat.

– … un hypocrite, mais ça ne m'étonne pas.

– Moi au moins, je n'ai pas été condamné.

– J'avais dix-neuf ans et je…

Oh, Seigneur.

Je me demande si la qualité première pour devenir politicien ne serait pas d'être immature. En plus d'être passé maître dans l'art du « oui mais… » et d'avoir toujours une bonne excuse en stock…

Tout en gardant un œil sur Leonardi et May, j'observe Brad. Les yeux rivés sur son téléphone, il semble de plus en plus contrarié, et pour cause : le smartphone de Natalie ne cesse de vibrer dans sa poche, mais elle ignore délibérément les messages et les appels dont l'inonde son ex.

Lorsque ce dernier relève la tête, son regard est noir. Vexé de se faire ignorer de la sorte, il recommence à s'approcher.

C'est bien, viens par là, mon grand.

Il se dirige vers l'arrière de la scène. C'est le moment d'intervenir.

– Diego. On échange.

Mon collègue comprend que je lui demande de venir prendre ma place. Discrètement, je recule au plus loin des candidats à la mairie, jusqu'à être invisible aux yeux de la foule. J'attends que Diego soit en place, puis je saute de l'estrade. Là, Brad et moi tombons nez à nez. Le jeune homme comprend immédiatement que je ne suis pas là pour jouer et son premier réflexe est de s'enfuir en courant. Sans attendre, je le prends en chasse. Heureusement, il ne se dirige pas vers la foule, mais à l'opposé, en direction du parc qui borde la place.

– Brad ! je m'écrie quand je suis assez loin du public pour pouvoir le faire sans attirer l'attention. Brad, arrête-toi.

– Va te faire foutre !

Je souris et accélère le rythme. Ce type n'a aucune chance. Je suis au top de mon endurance et il ne me faut d'ailleurs qu'une poignée de secondes pour le rattraper. Je projette mon corps contre le sien, le faisant volontairement tomber par terre. Lorsqu'il s'écrase sur les cailloux, il se met à beugler comme un idiot et se débat de toutes ses forces.

– Tu te fatigues pour rien, lui dis-je. Arrête de bouger ou je vais te faire vraiment mal.

– Lâche-moi, putain ! proteste-t-il. Je n'ai rien fait, t'as pas le droit de me faire ça, je vais porter plainte.

– Fais-toi plaisir, mon pote. En attendant, tu avais interdiction de t'approcher de Natalie et tu l'as fait, donc je crois que si tu vas voir la police, c'est à toi qu'on va demander de rendre des comptes.

– Espèce de connard.

– Mais oui, allez, debout !

Je l'aide à se redresser tout en retenant ses mains derrière son dos.

– Bon, écoute bien ce que je vais te dire, j'assène. Natalie ne veut plus de toi et elle ne reviendra pas sur sa décision de te quitter, donc lâche l'affaire.

– Comment tu peux le savoir, tu ne nous connais pas !

– C'est vrai, mais je sais reconnaître la pitié quand j'en vois. Et crois-moi, c'est exactement ce que tu inspires à Natalie.

J'attends qu'il réplique hargneusement, mais sa réaction me surprend… me déstabilise, même.

Il fond en larmes.

Oh, c'est pas vrai…

– Mais je l'aime ! sanglote-t-il.

Je soupire, lève les yeux au ciel et me pince l'arête du nez.

– Tu l'aimes, alors tu la menaces de te venger sur sa famille si elle ne revient pas ? Tu connais la définition de l'amour ou pas ?

– Je veux qu'elle revienne.

Non mais…

– Bon, Brad, ressaisis-toi. Visiblement, Natalie n'est pas la femme de ta vie, donc passe à autre chose et trouve-toi une nouvelle petite amie… à laquelle tu ne feras pas de chantage, cette fois !

Il continue de renifler mais semble se calmer. En le voyant ainsi, il me ferait presque de la peine… Presque.

Franchement, l'amour, quel merdier !

••••

– Et là, il se met à pleurer !

– Vraiment ? réagit Lennon. Donc, il n'avait rien d'un dangereux criminel. Il était juste…

– Bizarre et toxique, et aussi en pleine peine de cœur, je termine.

Les triplés se mettent à rire. Il est vingt et une heures trente, nous sommes installés au salon et nous venons de finir de dîner. Assise sur le canapé à ma gauche, Billie nous écoute en serrant un coussin contre elle. La pression contre son buste fait ressortir sa poitrine.

Je me force à détourner le regard.

– À part ça, je reprends, tout s'est déroulé comme prévu.

– Leonardi était très satisfait de ton travail, en tout cas, me félicite Lenny.

– Heureux de l'apprendre.

– Bon, on y va, les gars ? lance alors Cruz.

– Où ça ? je demande.

– Diego et Hassan nous ont proposé de sortir ce soir. Ils veulent qu'on se retrouve dans un bar. Comme Dovie et Eve sont reparties à New York et que Scarlett bosse, on s'est dit que c'était une bonne idée de les accompagner.

– Ça ne t'embête pas de passer la soirée toute seule, Billie ? demande Sawyer à sa sœur.

– Je n'ai plus douze ans, lui répond-elle.

– De toute façon, elle ne sera pas seule, puisque je serai là, j'annonce.

Les triplés me regardent, surpris.

– Tu ne viens pas avec nous ? s'étonne Lennon.

– Non, j'ai envie d'un peu de calme, ce soir.

– Vraiment ? réagit Sawyer. Tu es pourtant le premier à proposer des sorties de ce genre, d'habitude !

– Je sais, mais après une mission, j'aime bien me détendre un peu. Cela dit, allez vous vider la tête, ne vous privez pas pour moi.

Mes frères me jaugent un instant, avant de finalement abdiquer. Attrapant leur veste, ils se dirigent vers la porte du manoir, quand Lennon m'appelle. Intrigué, je le rejoins sur les marches extérieures alors que Cruz et Sawyer s'éloignent déjà en direction de la voiture de ce dernier, et je comprends immédiatement que quelque chose le chagrine.

– Tu es sûr que tu ne veux pas sortir avec nous ? m'interroge-t-il.

– Pourquoi est-ce que tu me demandes ça ?

– Parce que je trouve étrange que tu préfères passer la soirée ici alors que tu pourrais en profiter avec nous et rencontrer des filles.

Je lui souris pour masquer la gêne qui s'installe en moi.

– Lenny, tu t'inquiètes pour rien, j'affirme. Je ne suis pas en train de dire que je ne vais plus jamais sortir, juste pas ce soir. Ça t'arrive à toi aussi d'avoir envie de t'isoler un peu, non ?

– C'est vrai, mais je suis ton meilleur ami et je sais quand quelque chose cloche.

Il croise les bras sur son torse imposant et me fixe en plissant les yeux.

– Tu ne veux pas laisser Billie toute seule, c'est ça ? suppose-t-il.

Face à mon silence, il enchaîne :

– Écoute, je sais que vous êtes très proches tous les deux, et franchement, je suis heureux qu'elle t'ait et que tu sois ce frère protecteur pour elle... mais tu n'es pas obligé de faire tourner ta vie autour d'elle.

Oh, bon sang...

– Elle est adulte, tu sais, reprend Lennon. Ça fait des mois qu'elle essaye de nous le faire entendre, et ça y est, j'ai compris. Je suis même certain qu'elle va bientôt nous présenter son petit ami.

– Tu penses qu'elle a un mec ? je réplique, le cœur battant.

– J'en suis sûr. Il y a encore quelques semaines, elle s'est braquée quand on a évoqué le sujet, et ces derniers jours, elle est différente. C'est comme si elle était... plus heureuse. Et je ne suis pas stupide, je sais bien ce qui se cache là-dessous.

Nom de Dieu... Je déteste mentir à Lennon droit dans les yeux.

– Je t'assure, Lenny, j'insiste pourtant. J'ai juste envie de rester au manoir ce soir.

Il hoche lentement la tête, puis il pose une main sur mon épaule en déclarant :

– Alors je te crois.

Et c'est d'ailleurs ce qui fait mal.

– Amusez-vous bien, je m'écrie tandis qu'il grimpe en voiture avec Cruz et Sawyer.

Quand le véhicule quitte l'enceinte du manoir, je prends le temps de pousser un soupir et de fermer les yeux.

Au départ, j'étais certain que cacher ma relation avec Billie était la meilleure solution pour ne pas risquer de mettre à mal notre équilibre familial, mais finalement, je crois que l'honnêteté aurait été préférable… parce que, lorsque le moment viendra, j'ai peur que mes frères ne me pardonnent jamais de leur avoir menti.

– Tout va bien ?

La douce voix de Billie est comme un pansement qui se pose sur mes inquiétudes. J'ai beau redouter le jour où notre couple sera officiel, quand je plonge dans son regard, je me dis que ça en vaut la peine.

Je referme la porte d'entrée, puis je réduis la distance qui nous sépare.

– Tout va bien ! je lui confirme.

Je prends sa main et je l'incite à me suivre. Lorsque nous grimpons lentement l'escalier, ses doigts se resserrent autour des miens.

Elle sait. Elle a compris.

Elle est prête et je le suis aussi.

Cette soirée nous appartient.

32
Jaxon

Nous entrons dans la chambre de Billie. Nos pas feutrés, nos respirations tranquilles et nos cœurs qui battent sont les seuls bruits qui viennent troubler le silence qui règne dans la pièce.

Sans un mot, je la guide jusqu'à la porte de sa salle de bain. Si les triplés et moi avons tous fait le choix de grandes douches à l'italienne pour les nôtres, leur sœur, elle, s'est offert une baignoire spacieuse, ce qui m'arrange bien.

Avant d'actionner la poignée, je me tourne vers elle. Son expression est si douce, ses yeux si profonds… Je meurs d'envie de mordiller ses lèvres entrouvertes. Du bout des doigts, je dégage une mèche de ses cheveux, puis je murmure :

– Si tu le veux encore, alors j'ai moi aussi envie qu'on apprenne à se connaître de cette façon.

– Je le veux, me répond-elle sans une once d'hésitation.

– Bien, dis-je en souriant.

Je pousse la porte de la salle de bain et j'allume la lumière avant de m'effacer pour que Billie puisse pénétrer à l'intérieur.

– Jaxon… souffle-t-elle en découvrant ma petite surprise.

Je lui ai promis que je ferais les choses bien, et pour ça, je m'en suis donné les moyens. De nombreuses bougies sont éparpillées dans la pièce et des pétales de roses rouges recouvrent le fond de la baignoire. Ce n'est pas grand-chose – c'est tout ce que j'ai réussi à accomplir avant qu'elle revienne de la fac –, mais c'est une façon d'installer une ambiance romantique.

– Ça te plaît ? je demande à Billie, adossé au mur.

– Bien sûr. C'est parfait.

Ses yeux brillants reflètent sa surprise et sa joie. Et c'est tout ce dont j'ai besoin.

– Si tu as préparé ça à l'avance, ça veut dire que tu savais que mes frères ne seraient pas là ce soir ? devine-t-elle.

– J'ai demandé à Hassan et Diego de les inviter à sortir. Nous avons de longues heures devant nous…

J'ai couché avec de nombreuses femmes dans ma vie et j'y ai chaque fois pris du plaisir, tout en veillant à ce que ce soit la même chose pour mes partenaires. J'ai toujours apprécié le jeu de séduction qui s'installe entre deux personnes attirées l'une par l'autre, de la découverte du corps à l'explosion du désir. Oui, je *sais* baiser… mais est-ce que je sais faire l'amour ?

Je ressens une pointe de stress de me trouver face à Billie et je n'aime pas ça. J'ai eu la chance de connaître une première fois plus que satisfaisante, et je veux que la sienne soit exceptionnelle. J'ai besoin que ce soit son plus beau souvenir, qu'elle se dise qu'elle a fait le bon choix, que m'attendre a été la meilleure décision de sa vie.

– Qu'est-ce qui te tracasse ? me demande-t-elle en caressant du bout des doigts le pli soucieux entre mes yeux.

– Rien du tout.

– Tu mens.

Elle pose ses mains sur mon torse, les fait glisser sur ma chemise et s'intéresse aux boutons, qu'elle commence à défaire tout en me murmurant :

– Je sais quand quelque chose t'embête, t'intéresse ou t'excite. Je sais quand tu es sur le point de balancer une vacherie à l'un des triplés, quand tu t'ennuies, quand tu as envie d'être seul… Je te *sais*, toi. Par cœur.

À la fin de sa tirade, ma chemise est ouverte et elle en sépare les pans. Sans hésiter, sa bouche embrasse mon pectoral droit, puis le gauche. Les yeux fermés, elle parcourt mon torse de baisers doux et humides. Je caresse tendrement ses cheveux, avant de me rappeler que c'est *son* moment.

– Laisse-moi m'occuper de toi, je chuchote.

Je m'approche de la baignoire, fais couler l'eau, puis je retourne près de Billie et j'entreprends de la déshabiller. Je fais d'abord passer son t-shirt au-dessus de sa tête : sous mes yeux apparaissent ses seins, d'une beauté désarmante. Je reste obnubilé par eux quelques instants avant de réaliser que Billie ne portait pas de soutien-gorge sous son vêtement.

Est-ce que c'est souvent le cas ? Je vais être incapable de penser à quoi que ce soit d'autre, désormais.

Mon besoin d'embrasser sa poitrine est grand, mais je parviens à me retenir.

C'est son *moment, Jaxon, bon sang !*

Alors, lentement, je la déleste de son short. Cette fois, un string noir se dévoile et je passe mes doigts sous l'élastique. Voir la dentelle glisser sur les cuisses de Billie me fait un effet dingue…

Agrippée à mes épaules, elle sourit. Je dois l'admettre, je suis admiratif de la sérénité qui se dégage d'elle et je réalise que c'est parce que la confiance qu'elle me porte est totale.

Je l'entraîne jusqu'à la baignoire, puis je l'aide à grimper à l'intérieur. Les pétales de roses rouges flottent désormais à la surface de l'eau, créant l'effet romantique que j'espérais.

Alors que je recule, Billie garde sa main serrée autour de mon poignet pour me retenir.

– Viens avec moi, me propose-t-elle.

– Non, je réponds simplement.

Je m'éloigne et retire mes chaussures. Je roule ensuite les manches de ma chemise jusqu'aux coudes et, enfin, je m'agenouille à côté de la baignoire.

– Jaxon… soupire tendrement Billie, parce qu'elle a compris ce que j'ai en tête.

– Laisse-moi m'occuper de toi, je lui souffle en retour.

J'attrape son produit de bain ainsi qu'une fleur de douche incroyablement douce et, délicatement, je commence à laver son corps. Dès le premier passage sur son bras, elle laisse aller sa tête en arrière, gardant toutefois son regard tourné vers moi. Ses yeux me dévorent tandis que je glisse sur ses cuisses, ses mollets et la plante de ses pieds. Ensuite, je remonte sur son ventre, sa poitrine que j'effleure avec envie, puis son cou.

La vision de sa peau savonneuse manque de me couper la respiration.

Je repose la fleur de douche dans l'eau et reprends le produit de bain. J'en fais tomber sur la paume de ma main, puis je la plonge sous la surface avant de descendre jusqu'à l'intimité de Billie. Cette dernière réagit immédiatement au contact de mes doigts contre ses lèvres. Son sourire s'estompe, ses yeux s'assombrissent et elle déglutit. D'un coup, elle se redresse et approche mon visage du sien pour m'embrasser.

– La Billie en moi qui est amoureuse de toi depuis presque une éternité a du mal à croire que je peux faire ça, souffle-t-elle. Et aussi ça.

Elle attrape ma main libre, dépose un baiser sur chacune de mes phalanges, avant de glisser ses doigts entre les miens.

– Et surtout ça, ajoute-t-elle avant de mordiller la cicatrice à mon menton.

Alors que je caresse la peau douce entre ses jambes, elle me susurre :

– Je crois que tu ne réalises pas à quel point ta fossette te rend sexy. Je sais que grâce à elle, tu as fait craquer beaucoup de filles, mais tu sais quoi ? Je ne suis pas jalouse. Parce que tout ce qu'elles ont vu en la regardant, c'est un atout charme, alors que moi, quand je caresse cette cicatrice, je sais que je console le petit Jaxon de sept ans qui s'est fait jeter au sol par sa mère en manque alors qu'il tentait désespérément de l'empêcher de quitter leur maison.

Je me fige, puis mes épaules s'affaissent et je pose mon front contre celui de Billie.

– Tu as toujours su qui j'étais vraiment, dis-je en frottant mon nez contre le sien.

– Et je t'ai toujours aimé tel que tu es, répond-elle.

Ma main émerge d'entre ses cuisses pour se poser sur son visage, avant que je ne capture langoureusement ses lèvres. Billie se redresse, s'agenouille dans la baignoire et s'accroche à ma nuque comme si sa vie en dépendait. Ma langue entre en contact avec la sienne et plus les secondes passent, plus la chaleur de la pièce nous colle à la peau, plus la passion s'empare de nous.

– Emmène-moi dans la chambre, murmure-t-elle contre ma bouche.

– Ça tombe bien, c'est ce qui était prévu.

Je me relève, essuie mon bras mouillé, puis aide Billie à sortir de la baignoire avant de l'entourer d'une grande serviette et d'éponger son corps. Son regard se rive au renflement dans mon pantalon, ce qui me donne envie de la soulever pour la jeter immédiatement sur le lit… ce que je finis par faire.

Billie pousse un cri de surprise mêlé à un rire lorsque je l'attrape par la taille et la prends dans mes bras, avant de l'amener dans la chambre pour l'allonger sur le matelas.

À cet instant, je crois que j'atteins les limites de ma patience. Le petit interlude dans le bain était très agréable, mais mon désir pour elle n'a fait qu'augmenter à chaque minute écoulée…

Je prends tout de même le temps de me délecter de la vision de son corps nu étendu sur les couvertures, avant de poser mes mains sur ses genoux et de les écarter largement.

– Billie… dis-je, sans vraiment savoir pourquoi.

N'y tenant plus, je plaque ma bouche contre son sexe et je commence à lécher intensément son clitoris brûlant. Sa réaction est exactement celle que j'attendais : elle se cambre et balbutie mon prénom à chaque aller et retour de ma langue.

Maintenant ses cuisses écartées, je me délecte de la douceur de son intimité.

– Oh, Jaxon, oui, gémit-elle en passant ses deux mains dans mes cheveux.

Tandis que je m'attèle à l'amener petit à petit aux portes de l'orgasme, je laisse mes mains partir à la découverte de son corps à se damner. Mes paumes glissent contre son épiderme encore humide et chaud, jusqu'à ce que mes doigts rencontrent ses seins qui m'obsèdent tant. Ma bouche quitte son sexe brûlant pour remonter le long de son ventre et trouver sa poitrine. En refermant mes lèvres sur son sein gauche, je fais glisser deux doigts sur son clitoris. Elle commence à tirer mes mèches quand le plaisir la paralyse peu à peu. C'est parfait : je veux qu'elle jouisse avant que je la pénètre.

Non, en fait, je ne le veux pas : j'en ai besoin.

Sous moi, je sens les muscles de ses jambes commencer à se tendre et je sais alors qu'elle est toute proche. Il suffit que j'augmente la pression de mes va-et-vient sur son clitoris pour qu'elle explose entre mes bras.

– JAXON.

Je dois dire que je suis heureux que personne ne soit à la maison ce soir. La plupart du temps, Billie et moi devons nous cacher pour être ensemble, alors savoir que pendant plusieurs heures nous serons libres de nous exprimer sans craindre de nous faire démasquer est un vrai bonheur.

Le cœur battant à tout rompre et l'érection douloureuse, je tends le bras vers la petite table de nuit située sur le côté du lit et j'ouvre le tiroir dans lequel j'ai placé un peu plus tôt une boîte de préservatifs. Essoufflée, la poitrine haletante, Billie suit mon mouvement du regard. Je lève les capotes devant ses yeux pour qu'elle comprenne ce que je fais, puis je me déleste de mes vêtements avec une vitesse qui m'étonne moi-même. Billie se redresse alors sur ses coudes, fixe mon sexe tendu et déglutit à nouveau. D'un geste sûr, je déroule le préservatif sur ma verge, puis je reviens près d'elle. Elle tend immédiatement les bras pour m'attirer contre son corps avec une force qui me surprend.

Moi qui croyais l'avoir mise K.-O. par les endorphines…

Il semblerait pourtant que l'orgasme que je viens de lui offrir n'ait fait que la mettre en appétit, parce qu'elle enroule ses jambes autour de ma taille et m'embrasse comme si elle avait peur de manquer de moi.

– Viens en moi, Jaxon, souffle-t-elle à mon oreille.

Même si je n'ai jamais été aussi excité, je m'oblige à rester maître de moi-même. Il ne faut pas que j'oublie que Billie est encore vierge et qu'elle pourrait avoir mal. Alors, doucement, je me place à son entrée et je lui confie tout en frottant mon nez contre le sien :

– Je veux que ce soit parfait, mais je n'ai malheureusement pas la possibilité de te préserver de la douleur.

– Rien ne dit que j'aurai mal, réplique-t-elle. Et puis, peu importe… J'ai envie de te sentir en moi, que tu y laisses ton empreinte.

La diablesse!

Elle reprend mes propres mots…

Parce que je n'arrive pas à m'en empêcher, je la pénètre de quelques centimètres, quand soudain, je sens la barrière qui m'interdit le passage.

C'est le moment.

Je prends les mains de Billie pour glisser mes doigts entre les siens. Nos chevalières se frôlent, donnant une dimension encore plus incroyable à l'instant, et voir nos tatouages identiques côte à côte fait gonfler mon cœur. Naturellement, nos paumes se serrent l'une contre l'autre, et à l'instant où je la pénètre entièrement, je lui avoue:

– Je t'aime, Billie.

Ses yeux se ferment.

Je m'immobilise immédiatement, bien que mon envie de bouger soit insoutenable. La pression sur mon sexe est si forte que je crains de ne pas réussir à me contrôler très longtemps. Cependant, toute mon attention est dirigée vers Billie, qui ne dit rien. Pendant plusieurs secondes, elle reste immobile… jusqu'à ce qu'elle rouvre les paupières et que les larmes qui lui brouillent la vue me retournent le cœur.

Elle a eu mal.

– Billie…

– Je t'aime aussi, murmure-t-elle. Et je suis heureuse de t'avoir attendu.

J'embrasse les quelques larmes qui coulent de ses yeux; ensuite, n'y tenant plus, je me remets en mouvement. D'abord très lentement, puis, voyant qu'elle ne proteste pas, je m'autorise à amorcer des allers et retours plus soutenus. Ce n'est pas juste bon… c'est *trop* bon. Et je pressens déjà que mon orgasme va certainement me faire disjoncter.

– C'est agréable ? je demande à Billie comme je vois qu'elle se mord la lèvre inférieure.

– Ça l'est de plus en plus, me répond-elle.

C'est tout ce que je voulais entendre. À partir de là, mon cerveau enclenche le pilote automatique et je laisse mon corps mener la danse. Mes mains quittent celles de Billie pour parcourir ses hanches et trouver son sexe. Prenant appui sur un coude, je commence à la caresser tout en continuant à la pénétrer avec vigueur. Ses cris de plaisir commencent à inonder la pièce et ils ne tardent pas à être rejoints par mes grondements sourds. Nous entendre, la regarder, décuple mon plaisir.

Lorsque je sens l'orgasme commencer à se former en moi, je me redresse et passe mes bras sous les cuisses de Billie pour légèrement soulever son bassin et trouver un meilleur angle de pénétration. Je rejette la tête en arrière et grogne, à la fois de plaisir et de frustration, lorsque je sens que je ne parviendrai pas à garder le contrôle bien longtemps.

– Jaxon, balbutie Billie.

Je comprends qu'elle s'inquiète de mon grondement et qu'elle pourrait mal l'interpréter, alors je la rassure.

– C'est parfait, *tu* es parfaite, lui dis-je, la respiration hachée. Ça l'est même trop pour mon bien. Il va falloir que tu jouisses bientôt, Billie, j'en ai besoin.

Pour l'aider à atteindre l'orgasme, je plane à nouveau au-dessus d'elle, puis sans perdre le rythme de mes coups de reins, je fais pression sur son clitoris et je prends l'un de ses tétons dans ma bouche. C'est alors que dans un concert de gémissements, Billie et moi explosons à l'unisson, emportés par une vague qui nous laisse tous les deux à bout de souffle et de force.

33
Billie

Je n'aurais jamais pu imaginer que quoi que ce soit au monde puisse être aussi bon et intense que faire l'amour avec Jaxon.

Après notre orgasme partagé, il s'est rendu dans la salle de bain et a fait une chose à laquelle je ne m'attendais pas : il est revenu avec un gant humide et a nettoyé entre mes cuisses la petite tache de sang laissée par son passage. Ensuite, il a retiré son préservatif, et depuis un moment, il me tient serrée contre son torse, tout en caressant mes cheveux du bout des doigts.

Comment ? Comment est-ce possible d'être si heureuse ? J'ai fantasmé ce moment pendant tant d'années que j'ai du mal à croire qu'il est bel et bien réel. Et pourtant… Ma peau nue est contre celle de Jaxon, mon souffle caresse son torse. Il m'a offert une première fois parfaite, c'est pourquoi j'ai envie de lui rendre la pareille et de prendre soin de lui comme il a pris soin de moi.

J'embrasse son pectoral avant de rejeter la couverture qui nous recouvre. Tranquillement, je m'extirpe de ses bras et je m'agenouille sur le lit. Sans dire un mot, je laisse mon regard errer sur les parties de son corps qui m'ont été si longtemps interdites. Ses cuisses musclées, son aine parfaitement dessinée... Évidemment, mes yeux finissent par s'arrêter sur son sexe, que je détaille sans gêne.

– Qu'est-ce que tu fais, Billie ? s'étonne Jaxon.

– J'ai envie de te toucher.

Il penche la tête sur le côté alors que j'ajoute :

– J'ai envie de connaître par cœur cette partie-là de toi.

Son torse se soulève lorsqu'il prend une profonde inspiration. Je me rapproche de lui et m'insère entre ses jambes avant de poser une de mes mains sur sa cuisse, que je commence à doucement caresser.

– Apprends-moi ce que tu aimes, je murmure en plongeant dans son regard, qui se voile immédiatement de désir.

Jaxon ferme les yeux et rejette la tête en arrière.

– Bon sang, Billie, ne dis jamais ça à un homme, grogne-t-il.

– Pourquoi ?

– Parce que c'est le meilleur moyen de lui faire perdre la raison. Est-ce que tu sais à quel point ces quelques mots sont excitants ?

Je lui souris, heureuse de parvenir à le déstabiliser. Il se redresse, prend mon menton dans sa main et s'empare de ma bouche tandis que je pose mes doigts sur son sexe.

– Caresse-le, souffle-t-il contre mes lèvres.

Il met fin à notre baiser, puis il attrape un oreiller pour le mettre à hauteur de la tête de lit et s'y adosser. La lueur lubrique dans ses yeux fait accélérer mon cœur, qui n'a pourtant pas encore tout à fait réussi à s'apaiser après le plaisir qui m'a balayée tout à l'heure. J'approche ma main de la verge de mon petit ami et je l'effleure du bout de mes doigts.

La texture douce et dure à la fois est incroyable. Je décide alors d'enrouler ma paume autour et de commencer à la caresser de haut en bas. Jaxon passe un bras derrière sa tête et soupire tout en détaillant mes gestes.

– Tu t'y prends bien, réagit-il.

– Je compte m'entraîner souvent pour m'améliorer, je lui renvoie… avant de me sentir rougir.

Malgré le bien-être que je ressens en présence de Jaxon et la confiance que je lui porte, parler de sexe, avec lui qui plus est, est totalement inédit pour moi.

– Est-ce que c'est agréable ? je demande, reprenant ses propres mots.

– Oui, ça l'est de plus en plus…

Nous nous esclaffons, puis je me reconcentre sur ma tâche. J'ai envie que Jax prenne un plaisir fou entre mes mains. Prenant de l'assurance à chaque nouveau va-et-vient, je décide de déposer des baisers le long de son érection, qui durcit d'ailleurs de seconde en seconde, énorme entre mes doigts. Du bout de la langue, je suis le tracé d'une veine saillante, ce que Jaxon semble grandement apprécier.

– Plus vite, m'indique-t-il. Tu peux accélérer.

Je m'exécute et donne plus de vigueur à mon poignet. Lorsque des grondements terriblement excitants commencent à sortir de la poitrine de Jaxon, je sais que je m'y prends bien. D'ailleurs, son bassin commence à bouger lui aussi, accompagnant mes gestes. Je continue de parcourir sa peau soyeuse de baisers avant de refermer ma bouche sur son gland. Instinctivement, je commence à l'aspirer. Ses hanches ruent vers moi et il gémit mon prénom tout en m'encourageant.

– Continue, Billie… C'est incroyable ce que tu me fais…

À cet instant, je comprends que son orgasme est proche.

Je veux le voir…

– Billie… BILLIE.

Le visage de Jaxon emporté par le plaisir est sublime. Tous ses muscles sont tendus, sa mâchoire serrée et sa tête rejetée en arrière.

La vision de sa jouissance qui se répand sur ses abdos me laisse pantelante.

Une fois revenu sur terre, il m'attire contre lui et m'embrasse à perdre haleine. Quand il me libère, j'enfouis ma tête dans son cou et récite :

– Je sais quand quelque chose t'embête, t'intéresse ou t'excite. Je sais quand tu es sur le point de balancer une vacherie à l'un des triplés, quand tu t'ennuies, quand tu as envie d'être seul, je sais quand tu mens… et maintenant, je sais quand tu es sur le point de jouir.

– Billie… souffle Jaxon en me serrant fort entre ses bras. Comment ai-je fait pour te résister aussi longtemps ?

– On s'en fiche. Le principal, c'est qu'aujourd'hui tu sois incapable de t'éloigner de moi.

– C'est vrai.

Nous passons les minutes suivantes dans un silence confortable, bercé par nos respirations. Puis j'annonce :

– J'ai envie qu'on fasse quelque chose, toi et moi.

– Encore ? s'esclaffe mon petit ami.

– Jaxon Perry, tu es un obsédé, je l'accuse en riant.

Il éclate de rire lui aussi, avant de me murmurer :

– Peu importe ce que tu veux qu'on fasse, je dis oui.

– Je crois que tu as un peu trop confiance en moi.

D'un doigt, il soulève mon menton et affirme, me regardant droit dans les yeux :

– Je te confierais ma vie, Billie, et j'espère que tu sais que tu peux faire de même.

– Je le sais…

Après avoir déposé une guirlande de baisers dans son cou, je lui parle de mon idée :

– Est-ce que tu te souviens du *Ellen*, le voilier que mon père a offert à ma mère pour leurs dix ans de mariage ? C'est à moi qu'il a choisi de le léguer. Eh bien, j'ai envie qu'on fasse une sortie en mer tous les deux.

– Tu sais naviguer ? s'étonne Jaxon.

– Papa m'a fait passer le permis bateau quand j'avais seize ans. Mes frères n'ont pas voulu… Ils ont le mal de mer.

– J'ai vécu avec vous pendant des années, mais je n'ai pas de souvenirs de balades en voilier. Est-ce que vous m'auriez snobé, les Westwood ?

Je me redresse sur un coude, pose ma tête contre la paume de ma main et commence à tracer des arabesques sur le torse musclé de Jaxon tout en racontant :

– Il se trouve que mes frères ne sont pas les seuls à être malades en bateau, ma mère aussi… et mon père n'en avait aucune idée quand il lui a fait ce cadeau. Résultat, lui et moi sommes les seuls à l'avoir rentabilisé. Nous partions souvent tous les deux pour la journée. Depuis l'accident, le *Ellen* est resté à quai. Mais aujourd'hui, j'ai envie qu'il vogue à nouveau et qu'on en profite tous les deux.

Je pose mes lèvres contre celles de Jax avant de conclure :

– Et j'ai envie que toi et moi on brise la malédiction du voilier abandonné.

Il pivote pour s'allonger sur moi et me chuchote :

– J'en serais honoré.

Il commence à m'embrasser, tout en faisant glisser sa main sur ma hanche. Je crois que cet homme est insatiable… et je crois que j'aime l'idée qu'il n'arrive pas à me résister. Mais alors que l'ambiance commence à prendre une tournure plus sensuelle, mon estomac décide de se manifester.

– Tu as faim ? me demande Jaxon.

– Apparemment, je réponds.

– On a dîné, pourtant.

– Je sais… mais tu m'as fait brûler toutes mes calories.

Jax sort du lit et enfile son caleçon.

– Alors allons grignoter quelque chose, décide-t-il.

Il me lance sa chemise, que je rattrape d'une main.

– Je parie que tu vas être super sexy dedans, lâche-t-il.

Je m'empresse d'enfiler l'habit et de tourner sur moi-même pour voir si son avis se confirme. Cela semble être le cas, puisqu'il dépose un baiser bruyant sur mes lèvres avant de déclarer :

– Je ne suis pas certain de réussir à arriver dans la cuisine sans te prendre avant.

– T'es mignon, mais j'ai besoin d'une petite pause, je lui renvoie, taquine.

– Mignon ? Je suis plus que mignon, Billie Westwood, je suis ton dieu du sexe, ne l'oublie jamais.

Je m'esclaffe tout en reculant vers la porte de ma chambre.

– Mon dieu du sexe, hein ? Tu sais quoi ? Si tu arrives à m'attraper avant que j'atteigne la cuisine, alors mon corps sera tout à toi.

– Je croyais qu'il l'était déjà…

Nous nous dévisageons un instant, puis soudain, je fonce vers le couloir. Je dévale les marches de l'escalier en riant, tandis que les pas de Jaxon résonnent juste derrière moi. Au moment où j'arrive au rez-de-chaussée, il me rattrape, m'arrachant un cri.

– Tu pensais vraiment que tu pourrais m'échapper ? s'exclame-t-il. Tu m'appartiens, maintenant, et je vais pouvoir te faire l'amour dans toutes les positions que je veux…

Brusquement, les bras de Jaxon se figent contre moi. Intriguée, je relève la tête… et mon cœur cesse de battre.

Face à nous, bouche bée, se trouvent Cruz, Sawyer et Lennon.

Personne n'ose dire un mot. Une atmosphère étouffante s'abat subitement sur la pièce de vie tandis que mes frères nous fixent, Jaxon et moi, comme s'ils nous découvraient pour la première fois. Ma première préoccupation est de réfléchir à une explication plausible quant au fait que nous soyons à moitié nus. Ensuite, je me demande depuis quand ils sont ici, et pire… ce qu'ils ont entendu.

Enfin, je réalise que peu importe ce que nous dirons, Jaxon et moi sommes désormais découverts, et que cela aura sans aucun doute des conséquences irréversibles.

34
Billie

Je ne sais pas combien de minutes se sont écoulées, mais après un moment qui semble durer une éternité, nous sommes toujours figés les uns devant les autres. Sawyer et Cruz sont tout bonnement médusés… mais c'est l'expression de Lennon qui m'inquiète. Il fusille Jaxon des yeux, posant sur lui un regard d'une noirceur que je ne lui avais encore jamais vue.

– J'ai compris que quelque chose clochait quand Hassan nous a dit que tu avais insisté pour que Diego et lui nous invitent à sortir… finit-il par articuler d'une voix rauque.

– On ne fait rien de mal, je rétorque immédiatement.

Ma tentative de défense est nullissime, mais au moins, j'essaye, parce que Jaxon semble complètement paralysé et incapable de réagir.

– Vous sortez ensemble ? demande Cruz.

Même si nos tenues et la teneur de notre conversation lorsque nous sommes entrés dans la pièce de vie ne laissaient aucun doute à ce propos, il semble ne pas y croire.

– Oui, affirme Jaxon d'une voix claire.

Je pousse un soupir malgré moi, heureuse de le voir reprendre ses esprits.

– Depuis quand ? lance Sawyer.

– Les garçons, s'il vous plaît… je tente.

– Depuis quand ? martèle Lennon.

La menace dans sa voix me fait sursauter.

– Depuis le week-end à New York, indique Jaxon en prenant ma main.

Mes frères ne perdent pas une miette de ce geste. Sans se laisser déstabiliser, mon petit ami reprend :

– En fait, c'est bien plus compliqué que ça… Écoutez, je sais que ça doit vous faire un choc, mais finalement, si vous y réfléchissez un peu, ce n'est pas si surprenant, non ? Billie et moi avons toujours été très proches, et nous avons développé des sentiments l'un pour l'autre au fil du temps. Voyez le bon côté des choses : au moins, vous connaissez déjà votre futur beau-frère.

La tentative d'humour de Jaxon tombe à plat : les triplés restent impassibles… avant que Sawyer n'explose :

– Parce qu'il faut qu'on vous félicite, en plus ?

– Vous n'avez aucune raison de ne pas le faire ! je gronde.

Je m'avance en direction de mes frères, mais Jax pose une main sur mon ventre pour m'en empêcher. Il semble déceler quelque chose que je ne perçois pas et qui l'inquiète. Le ricanement lugubre que Lennon pousse à cet instant me fait froncer les sourcils.

– Bon, écoutez, on ne va pas en faire un drame, dis-je, agacée de voir à quel point les triplés se sentent trahis pour aucune raison.

– Personne ne dramatise, Billie, rétorque Cruz, mais tu peux comprendre qu'on ne s'attendait pas à ça de la part de Jaxon.

– Comment ça ? je m'insurge en croisant les bras.

– Laisse, Billie, me souffle Jax.

– Non ! Je refuse que mes frères te reprochent quoi que ce soit. Tu as résisté aussi longtemps que tu l'as pu, c'est moi qui t'ai fait du rentre-dedans la première.

Me tournant vers les triplés, j'assène :

– Jaxon ne m'a jamais forcé la main pour qu'on se mette ensemble, bien au contraire.

– Alors, quand je vous ai surpris dans la chambre il y a quelques semaines… commence Sawyer.

– Tu les as surpris ? réagit Lennon.

– Ils étaient juste enlacés, se justifie mon frère, et même si j'ai eu un doute, finalement, je n'ai pas trouvé qu'il y avait matière à s'inquiéter.

– Tu n'as rien surpris du tout, Sawyer, intervient Jax. Comme je l'ai dit, nous ne sommes officiellement en couple que depuis New York.

Le silence retombe une nouvelle fois.

– J'aime Billie, lâche alors Jaxon. Je l'aime vraiment et…

– J'en ai assez entendu, crache Lennon avant de se diriger vers la porte d'entrée.

– Lenny, attends, le hèle Jax en s'élançant à sa suite. Écoute, mon frère, je sais que…

Sans crier gare, Lennon se retourne et décroche un violent coup de poing dans la mâchoire de mon petit ami, qui s'écrase au sol. Je pousse un cri d'effroi et me précipite vers lui… et ce qui me choque, c'est qu'il a l'air d'accepter cette violence. Pire : c'est comme s'il la comprenait.

– Tu nous avais fait une promesse, putain ! s'écrie Lennon. Et je t'avais juré que si tu la brisais, je te casserais la gueule ! Tu n'es plus mon frère.

Sur ce, il quitte le manoir en claquant la porte derrière lui.

••••

– Arrête de pleurer, murmure Jaxon en passant tendrement sa main le long de mon dos.

– Je ne peux pas. Ce qu'il t'a fait est monstrueux, il n'avait pas le droit de te frapper.

– Si.

Je secoue la tête tout en tapotant doucement un coton imbibé de désinfectant sur la mâchoire de mon petit ami, ainsi que sur sa lèvre inférieure coupée. Il ne s'est passé que quelques minutes depuis que Lennon lui a envoyé un coup de poing en plein visage, mais un hématome se forme déjà.

Je n'arrive pas à croire que mon frère ait pu faire ça…

– Essaye de le comprendre, Billie, me dit Cruz, installé sur le canapé avec Sawyer. Lennon a eu un choc, comme nous tous, et sa réaction est tout à fait légitime.

– Légitime ? je m'écrie. Qu'il frappe son meilleur ami, c'est légitime selon toi ?

– Jaxon vient de le trahir ! affirme Sawyer d'une voix rauque. Et s'il n'a pas répliqué, c'est parce qu'il le sait lui aussi.

Les remords qui inondent les iris de mon petit ami à cet instant me serrent le cœur. Je dépose un baiser sur son front avant de blottir sa tête contre ma poitrine.

– Je crois que je m'en doutais, nous annonce Cruz en nous dévisageant. Maintenant que c'est officiel entre vous, certaines de vos réactions et certains de vos regards font sens… Au fond, j'avais compris, mais je ne voulais pas l'admettre.

– Eh ben pas moi, déclare Sawyer. Franchement, vous me prenez de court.

Je me débarrasse du coton avant de m'installer sur les genoux de Jaxon, ce qui fait aussitôt réagir Cruz.

– Je ne sais pas si je vais me faire à l'idée, ricane-t-il.

– Il le faudra bien, pourtant, je lui renvoie. Parce que nous sommes ensemble, maintenant, et c'est tout.

Mes frères échangent un regard… amusé?

– Eh bien, Billie Westwood, si tu es heureuse, moi, ça me va, déclare Cruz en se levant. J'aurais juste aimé que tu sois franc avec nous, Jaxon. Et j'espère que tu es sûr de toi, parce que si tu cherches à t'amuser ou à lui faire du mal…

– On fera en sorte que tu le regrettes, termine Sawyer. Je ne vais pas t'en coller une comme Lennon, mais je t'avoue que ça me démange. Comme l'a dit Cruz, la seule chose qu'on attendait de toi, c'était de l'honnêteté. En ce qui me concerne, tu seras toujours notre frère, mais il me faudra du temps pour retrouver confiance en toi.

Sur ce, mes deux frères quittent le salon d'un même mouvement, nous laissant seuls, Jax et moi.

– Bon… ça s'est plutôt bien passé, ironise-t-il.

– Je n'ai vraiment pas envie de rire de la situation, je réplique.

Il me serre contre son torse avant de me glisser:

– Ne sois pas en colère contre Lennon, Billie.

– Il t'a frappé! je m'insurge.

– Et je ne lui en veux pas! Écoute, tu devrais aller te coucher.

Je me tourne vers Jax pour plonger dans son regard… C'est alors que je comprends ce qu'il a en tête.

– Non! je m'écrie en me levant. Non, Jaxon, n'y va pas.

– Il faut que lui et moi ayons une discussion.

– Mais il est fou de rage!

Bon sang, pourquoi est-ce que les hommes aiment régler leurs conflits avec les poings? Ça me dépasse.

– Justement, il me dira ce qu'il a sur le cœur et on pourra ensuite passer à autre chose, argumente Jax. Billie, il est mon meilleur ami… Je dois aller le voir.

– Alors promets-moi que tu ne prendras pas les coups sans répliquer. S'il te plaît…

Un petit sourire triste apparaît sur ses lèvres alors qu'il affirme :

– Je ne frapperai jamais mon frère…

Ensuite, il embrasse mon front et attrape un sweat lui appartenant dans le placard à l'entrée, avant de partir se battre pour nous.

35
Jaxon

Trouver Lennon n'a pas été bien compliqué. Ce mec est tellement attaché à l'institut que j'ai su d'instinct qu'il était allé là-bas.

J'ai fait bonne figure devant Billie, mais je crois que la situation est grave. Jamais encore Lenny ne m'avait frappé… Jamais je n'aurais cru qu'il serait capable de le faire. Je comprends qu'il puisse m'en vouloir pour avoir brisé la promesse que je lui avais faite, ainsi qu'à Cruz et Sawyer, mais j'espérais qu'il comprendrait. C'est d'ailleurs pour ça que j'ai décidé d'aller m'expliquer avec lui. Je refuse de perdre mon frère, mon meilleur ami et de semer la discorde au sein de ma famille.

Lorsque je fais glisser mon pass dans la fente de la porte automatique qui donne accès aux bureaux de l'agence, j'essaye de rester aussi calme que possible. Deux coups contre le battant, et j'entre sans y avoir été invité. Face à moi, Lennon fouille à la recherche de je ne sais quoi, ouvrant et fermant les tiroirs avec force. Quand il lève les yeux et qu'ils tombent sur moi, les traits de son visage durcissent.

– Lennon…

– Casse-toi, Jaxon. Si tu t'approches, je t'en colle une autre.

– Alors viens.

La force avec laquelle il repousse un tiroir fait trembler tout le bureau.

– Tu veux vraiment qu'on en vienne aux mains ? gronde-t-il. Je te préviens, si je commence, je ne pourrai plus m'arrêter !

– Vraiment, Lennon ? Tu ne crois pas que tu surréagis ?

Il contourne le bureau pour s'approcher de moi. Je reste immobile, le dos droit, le regardant dans les yeux sans ciller.

– Tu m'as fait une promesse, assène-t-il. Je t'avais prévenu que Billie était intouchable et tu es revenu sur ta parole.

– Je sais, et j'en suis désolé, mais je te jure que je n'avais rien prémédité. Au début, Billie était ma petite sœur et rien d'autre… mais plus le temps passait, plus elle changeait et plus je me sentais attiré par elle.

– Comme tu es attiré par les nanas que tu lèves dans les bars pour les baiser et ne plus les rappeler ensuite ?

Je déglutis, mais je soutiens son regard.

– C'est différent avec Billie, j'affirme.

Lennon s'esclaffe, mais son rire est dur et froid. Il s'éloigne ensuite et commence à arpenter la pièce tout en secouant la tête.

– Tu vois, le problème, Jaxon, c'est que je te connais par cœur. Je sais comment tu te comportes avec les femmes, je sais ce que tu recherches chez elles et je refuse que ma petite sœur vienne s'ajouter à la liste de tes conquêtes.

– Lennon, j'insiste en m'approchant, je te jure que jamais je ne jouerai avec les sentiments de Billie… Je l'aime.

Les sourcils de mon meilleur ami – il l'est toujours, je l'espère – se haussent haut sur son front.

– Tu l'aimes ? lâche-t-il. Comment est-ce que tu peux le savoir ? Tu n'es jamais tombé amoureux.

– Justement. J'ai compris que c'était le cas quand les sentiments que je ressens pour Billie sont venus supplanter tout ce que j'avais connu jusque-là. Enfin, est-ce que ce serait vraiment si terrible si j'étais celui avec lequel elle faisait sa vie ?

Semblant se calmer peu à peu, Lenny s'adosse au bureau.

– Comment vous ferez si ça ne marche pas ? avance-t-il. Tu réalises que si un jour vous vous séparez, ça fera éclater la famille ? Que vous nous obligerez à choisir le camp de l'un ou de l'autre ? Elle est ma sœur, Jaxon, je ne te préférerai jamais à elle… Putain, je n'aurais même jamais pensé qu'un jour j'aurais à le faire.

Il croit que je n'y ai pas pensé ? Il ne comprend pas que c'est justement la peur de foutre en l'air notre osmose familiale qui m'a poussé à leur cacher la vérité, à lui et à ses frères ?

– Je ne quitterai pas Billie, dis-je.

– Pourtant, tu devrais.

Ces quelques mots de Lennon me font bien plus mal que son coup de poing de tout à l'heure.

– Pardon ? je souffle.

– Si tu l'aimes comme tu le prétends, tu verras qu'il vaut mieux cesser votre… truc… maintenant avant qu'elle ne s'attache trop à toi et qu'elle finisse par souffrir.

– Tu te rends compte de ce que tu dis ? je gronde. Tu penses que je vais blesser Billie, mais c'est toi qui me demandes de le faire. Franchement, je ne te comprends pas. Tu me l'as rappelé toi-même lorsque nous étions à New York : ce que tu souhaites, c'est me voir heureux. Eh bien, je le suis avec Billie. Tu as l'air de croire que notre relation est une lubie de ma part, mais c'est faux. Ça fait des années que je suis amoureux d'elle en silence, des années que je flippe chaque fois qu'elle prononce le prénom de son pote Austin ou que j'imagine qu'elle rencontre quelqu'un et que je laisse passer ma chance, des années que je résiste autant que je le peux parce que j'ai toujours placé notre amitié au centre de ma vie… Je suis sincèrement désolé d'avoir rompu ma promesse, Lennon, mais je n'ai pas choisi d'aimer Billie. Je l'aime, point final.

Mon meilleur ami analyse chacun de mes mots pendant un long moment. Le silence dans la pièce s'étend et s'alourdit. Finalement, il se lève et me dit d'une voix rauque :

– Mes parents t'ont accueilli. Ils t'ont ouvert leur foyer, t'ont aimé comme si tu étais leur propre fils, mon père t'a même légué une partie de son héritage… Ils se sont décarcassés pour toi, *je* me suis décarcassé pour toi, on était tous prêts à se battre jusqu'à la mort pour toi… et tu fais la seule chose qu'on t'avait interdite.

Ma gorge se serre lorsque je pense à Ellen et Oscar, lorsque je me souviens du jour où ce dernier m'a invité dans son bureau pour me proposer d'intégrer l'institut Westwood… J'ai eu la sensation de faire partie d'une famille, de me sentir important et soutenu. J'ai longtemps pensé que la joie que j'ai ressentie à ce moment-là ne pourrait jamais être supplantée… jusqu'à Billie.

– Lennon, je…

– Sors d'ici, me crache mon meilleur ami. Pour l'instant, je suis incapable de te regarder en face.

– Mais merde, je n'ai rien fait de mal ! je finis par exploser. Tu te souviens, à la fin de ta mission au MIT, comme tu étais fou de rage lorsque tu as su que les parents de Dovie t'avaient interdit de la voir ? Tu te rends compte que tu es en train d'agir de la même façon ? Que *tu* décides ce qui est le mieux pour Billie, alors qu'elle est assez grande pour faire ses propres choix ?

– Oh, pitié, épargne-moi ce couplet, ricane Lennon. Il n'y a pas si longtemps encore, tu l'appelais ta petite sœur… et maintenant, elle est une femme adulte ?

Je me pince l'arête du nez. Il est déjà arrivé que Lenny et moi ayons des désaccords, mais pas de cette façon, pas en utilisant des mots qui blessent.

– Qu'est-ce que tu veux que je te dise ? je lui renvoie. Excuse-moi de t'avoir caché ma relation avec Billie, excuse-moi de ne pas avoir tenu ma promesse, mais je ne te demanderai jamais de m'excuser d'être tombé amoureux d'elle. Tu as peut-être du mal à imaginer un avenir nous incluant en tant que couple, mais je peux t'assurer que c'est le seul que je souhaite.

– Dans ce cas, nous n'avons plus rien à nous dire.

Le choc me paralyse.

– Lennon... je souffle. Tu es mon frère, tu ne peux pas...

– Je l'étais, mais tu m'as trahi. Je ne peux plus te faire confiance.

– Non, écoute, je comprends que...

– Va-t'en, Jaxon. Juste... pars. Ça vaut mieux pour tout le monde. Je n'ai plus envie de te voir pour l'instant.

Je n'arrive pas à y croire... Lennon est en train de me rayer de sa vie. Je savais que l'annonce du couple que nous formons avec Billie le bouleverserait, mais je ne pouvais un instant imaginer que cela m'exploserait à ce point au visage, détruisant tout ce que j'avais construit de plus solide au cours de ces dix dernières années.

En moi, la douleur se mêle à la déception et à la colère. Alors j'accepte de quitter le bureau, mais pas avant d'avoir répondu :

– Je crois que tu as raison sur un point. Nous ne sommes pas frères. Parce que si c'était le cas, tu m'aurais soutenu, et surtout, jamais tu ne m'aurais renié de la sorte. J'espère que tu finiras par réaliser ce que tu as fait... et j'espère qu'à ce moment-là, il ne sera pas trop tard.

Sur ce, je quitte l'agence et je grimpe dans ma voiture, pour me rendre auprès des personnes qui, elles, m'ont aimé inconditionnellement et m'ont appris ce que des parents dignes de ce nom devaient être : Oscar et Ellen Westwood. Je me gare sur le parking de la clinique avant de pénétrer à l'intérieur. Elle est calme et paisible, comme toujours la nuit. Je monte au dernier étage puis, tout doucement, j'actionne la poignée de la chambre d'hôpital qui m'est devenue trop familière et la pousse.

Face à moi, deux lits médicaux sont installés côte à côte. Sur l'un, Ellen, sur l'autre, Oscar. Les bips des machines qui les maintiennent artificiellement en vie résonnent dans la pénombre. Habitué à venir ici, je me repère facilement dans le noir. Après avoir pris une chaise, je m'installe pile entre eux, puis je prends leurs mains et je reste un long moment ainsi, à écouter leurs respirations superficielles.

« Mes parents t'ont accueilli. Ils t'ont ouvert leur foyer, t'ont aimé comme si tu étais leur propre fils, mon père t'a même légué une partie de l'entreprise qu'il a fondée… Ils se sont décarcassés pour toi, je *me suis décarcassé pour toi, on était tous prêts à se battre jusqu'à la mort pour toi… et tu fais la seule chose qu'on t'avait interdite. »*

Je ferme les yeux tant le souvenir des paroles de Lennon me blesse. Tout au long de mon trajet jusqu'à la clinique, j'ai tenté de me convaincre qu'il s'était exprimé sous le coup de la colère, qu'au fond de lui, il ne pensait pas ces mots… mais je commence à en douter, et même à me demander s'il n'aurait pas raison.

J'ai l'impression d'être un traître, et face à Ellen et Oscar, ce sentiment m'étouffe.

Je me redresse sur ma chaise et m'éclaircis la gorge. Le besoin de leur parler, de leur expliquer et de leur demander pardon me dévore.

– Je crois qu'au cours des dix années que j'ai passées près de vous, je vous ai dit un grand nombre de fois « merci », je commence. Quand vous me prépariez mes repas, quand vous étiez à mon écoute ou quand vous m'avez offert ma première voiture… mais je ne crois pas vous avoir déjà exprimé à quel point je vous suis reconnaissant de m'avoir aimé. De m'avoir offert une seconde chance dans la vie, ainsi que des opportunités inespérées. Quand j'étais petit et que ma mère passait son temps défoncée, quand je me retrouvais parfois deux jours sans manger ou qu'elle gueulait pour rien et cassait tout dans la maison, j'imaginais qu'elle n'était plus ma mère. Je me créais mes propres parents, j'espérais qu'un jour ils me trouveraient et m'aimeraient comme je crevais de l'être…

Ma gorge se serre, et je prends une profonde inspiration avant de poursuivre dans un souffle :

– C'était vous. Vous étiez les super-héros que j'attendais. Et je sais qu'il est désormais trop tard, mais j'ai besoin de vous dire que vous m'avez sauvé, vous n'avez même pas idée à quel point. Alors merci… merci pour tout.

Une larme coule sur ma joue. Je m'empresse de l'essuyer.

– Je l'aime, j'ajoute ensuite en ayant Billie à l'esprit. Je vous jure que je l'aime de toutes mes forces et je *sais* que je peux la rendre heureuse. Lennon m'en veut en ce moment, mais j'espère que vous n'êtes pas aussi déçus par moi que lui. J'espère que vous savez que Billie est tout ce que je désire et que je la ferai toujours passer en premier.

Les yeux fermés, je baisse un instant la tête. En silence, je dépose un baiser sur les mains d'Ellen et d'Oscar.

C'est peut-être idiot au regard des circonstances, mais je me suis toujours senti bien ici, dans cette chambre. Serein, et apaisé par la présence de mes parents de cœur.

36
Jaxon

Lorsque je retourne au manoir, le calme y règne, mais il n'aide pas à faire cesser le vacarme dans ma tête. C'est la première fois en presque dix ans que je ressens un poids s'abattre sur mes épaules en passant la porte de cette maison que je considère comme mon foyer depuis si longtemps.

Adossé contre le mur de l'entrée, je ferme les yeux et pousse un profond soupir.

Qu'est-ce qui va se passer maintenant ? Qu'est-ce que nous allons faire, Billie et moi ?

Épuisé et la mâchoire douloureuse, je traîne les pieds jusqu'au bar pour me servir un verre. Cependant, en m'emparant de la bouteille de scotch, je sens une présence dans mon dos. Malgré la pénombre et le silence, je *sais* que c'est Cruz qui se trouve là, assis dans le salon.

– Tu as attendu ton tour pour rien, lui dis-je avant d'avaler une gorgée d'alcool. Je ne prends plus de coups gratuitement pour le reste de la soirée.

– C'est dommage, un second hématome sur le côté droit aurait équilibré les choses, me répond-il d'une voix rauque.

Je me dirige vers lui et m'installe sur le canapé en face du sien. Lui aussi s'est servi un verre ; il faut dire que nous en avons tous grandement besoin ce soir.

– Comment va-t-il ? demande Cruz, et je comprends sans mal qu'il s'inquiète pour Lennon.

– Il m'en veut à mort, il est furieux et il est en train de se défouler sur son bureau à l'institut, je réponds.

– Eh merde, murmure Cruz avant d'avaler le reste de son verre d'une traite.

Je prends moi-même une gorgée de scotch avant de l'interroger :

– Qu'est-ce que tu fais debout ?

– Je n'arrive pas à dormir, m'avoue-t-il. Eve n'est pas là et j'ai l'impression d'avoir quelque chose qui m'oppresse la poitrine. Je te parie cent dollars que Sawyer ressent exactement la même chose et qu'il est en train de tourner en rond dans sa chambre.

– Votre lien ? je devine.

Il hoche la tête.

– Lennon est en train de nous communiquer sa rage et j'ai hâte qu'il se calme.

Cruz se passe une main sur le visage, puis se redresse en soupirant. Avant qu'il ne remonte à l'étage, je le retiens en lui lançant :

– Je sais que tu as minimisé les choses devant Billie, mais j'ai besoin de savoir ce que tu penses réellement de tout ça.

– Jaxon…

– S'il te plaît.

Cruz grogne, puis vient s'asseoir à côté de moi.

– J'ai tout un tas de discours et de sermons qui me passent par la tête, mais très franchement, à quoi ça servirait que je te les dise ? lâche-t-il. Même si j'aurais préféré que tu parviennes à te tenir ta promesse, au fond de moi, je sais que tu as tout fait pour ne pas craquer.

– Je te jure que j'ai résisté autant que j'ai pu.

– Je te crois. Et franchement, plus j'y pense, plus je me dis que c'est nous qui t'avons jeté dans les bras de Billie au moment où on t'a fait jurer de ne pas l'approcher. L'interdit, c'est si attirant…

– Je ne suis pas avec elle juste pour le plaisir de briser les règles, je précise, sourcils froncés.

– Encore heureux ! réagit Cruz.

Il se tourne vers moi et pose une main sur mon épaule, un geste que j'apprécie. Puis il ajoute :

– Écoute, je ne suis pas en colère contre toi. Comme je l'ai dit tout à l'heure, je vais avoir besoin d'un peu de temps pour m'habituer à votre couple, mais si vous êtes heureux, alors je n'ai pas mon mot à dire. En revanche, comme tu t'en doutes, Sawyer et Lennon risquent d'avoir un peu plus de mal à accepter votre relation, même si – et crois-moi, je n'imaginais pas dire ça un jour – je pense que Sawyer sera le plus conciliant des deux. Je n'ai jamais vu Lennon aussi furieux. Il se sent tellement trahi par toi… Enfin bon, la nuit porte conseil, à ce qu'on dit.

Sur ce, il s'éloigne en direction de l'escalier… mais s'arrête et pivote avant de l'atteindre.

– Oh, une dernière chose, lance-t-il.

Son regard s'assombrit alors qu'il m'assène d'une voix dure :

– Je te buterai si tu fais le moindre faux pas avec elle.

Enfin, il disparaît, et il me faut quelques secondes avant de reprendre mes esprits. Je m'empresse ensuite de poser mon verre sur la table basse du salon et de m'élancer à mon tour à l'étage pour rejoindre la chambre de Billie. De la lumière filtre sous sa porte.

Évidemment, elle m'attend.

Tout doucement, je pousse le battant et le referme derrière moi. Étendue sur son grand lit, perdue au milieu des coussins, Billie est endormie en position fœtale, ses mains jointes contre sa poitrine, comme si elle avait sombré dans le sommeil en récitant une prière. En silence, je retire mes chaussures et m'approche d'elle en la dévisageant, subjugué par sa beauté, par la douceur qui se dégage de son si joli visage. Je m'accroupis et passe le bout de mon index le long de sa joue. Elle inspire sans pour autant ouvrir les yeux, ce qui me donne envie de glisser mes mains dans ses cheveux et de déposer un baiser sur ses lèvres.

– Jaxon ? souffle-t-elle.

– Oui, c'est moi. Je me change et je viens te rejoindre.

– Attends, dit-elle en retenant mon poignet.

Le regard endormi, elle enlace ses doigts aux miens et m'interroge dans un murmure :

– Est-ce que ça va ?

Je sais immédiatement qu'elle parle de nous deux. Et même si je crains que le couple que nous formons ne soit jamais accepté par Lennon, je refuse de me montrer pessimiste devant elle.

– Ça ira, ne t'inquiète pas, je lui assure.

Elle sonde intensément mon regard, avant de tendre son bras libre dans ma direction.

– Serre-moi contre toi, me demande-t-elle.

J'obéis sans me poser de questions : je m'allonge doucement à ses côtés avant de l'entourer dans un cocon protecteur fait de mon corps.

37
Jaxon

Ce matin, j'ai l'étrange impression d'avoir une gueule de bois. Il faut dire que le mal de crâne que je me traîne est bien réel, mais j'aurais préféré qu'il soit la conséquence d'une soirée trop arrosée plutôt que du coup de poing que m'a assené Lennon.

Comme Billie, j'ai du mal à croire que nous en soyons arrivés là, mais je ne peux pas dire que je n'ai pas été prévenu : la sœur des triplés était intouchable et j'ai quand même posé mes mains sur elle. À moi d'en assumer les conséquences.

– Comment tu te sens ? me demande-t-elle justement en sortant de la salle de bain, prête à démarrer sa journée.

– Ça devrait être interdit d'être aussi sexy dès le matin, je réplique en l'attirant contre moi.

Je capture sa bouche tout en faisant glisser mes mains le long de son dos, jusqu'à ses fesses incroyablement mises en valeur par sa petite jupe en daim.

– Jaxon, ta lèvre, proteste-t-elle mollement.

– Ne t'occupe pas de ça, je lui réponds dans un grondement, en poursuivant notre baiser.

Je sens Billie sourire contre moi et c'est tout ce qui compte : que rien ne vienne assombrir notre moment. J'accepte déjà difficilement que la soirée de sa première fois ait été gâchée, alors je suis bien décidé à tout faire pour qu'elle soit le moins touchée possible par l'ambiance électrique qui va, je le crains, s'installer entre ses frères et moi.

Lorsque nous pénétrons tous les deux dans la salle à manger pour prendre notre petit déjeuner, Cruz et Sawyer sont déjà attablés, avec Scarlett et Eve. Après ce qui s'est passé hier soir, la mannequin est revenue en urgence de New York. Je n'ose imaginer l'état dans lequel doit se trouver Dovie, coincée là-bas en sachant Lennon fou de rage.

Eve et Scarlett sourient tendrement en nous voyant main dans la main. J'apprécie le soutien silencieux qu'elles nous communiquent : en revanche, mes frères semblent moins enthousiastes. Malgré tout, Billie et moi prenons place à table.

Le petit déjeuner commence dans un étrange silence, et je dois l'admettre, je suis chagriné de savoir que je suis la cause de ce changement.

– Au risque de mettre les pieds dans le plat, finit par lâcher Scarlett, personne n'est mort, il me semble ?

Elle se tourne vers Cruz et Sawyer pour ajouter :

– Jaxon et Billie s'aiment ! Ils n'ont enfreint aucune règle, aucune loi, je ne comprends pas ce que vous leur reprochez. Et puis, sérieusement, vous n'avez vraiment rien vu venir ?

– Tu étais au courant ? l'interroge Cruz.

– Personne ne savait, chéri, le tempère Eve, mais Scarlett a raison : leur couple n'est pas une surprise, en tout cas ni pour Scarlett, ni pour Dovie, ni pour moi.

Elle se tourne ensuite vers nous avec un sourire amical pour nous assurer :

– Je trouve que vous êtes faits pour être ensemble et je vous souhaite beaucoup de bonheur.

– Merci, Eve, dis-je en serrant la main de Billie dans la mienne, parce que je la sens à fleur de peau.

Ses yeux rougis me donnent envie de la prendre avec moi pour l'éloigner d'ici. À la place, je continue de caresser sa paume en espérant lui apporter assez de réconfort. Un geste qui n'échappe ni à Cruz, ni à Sawyer.

– Bon, ça suffit les conneries ! déclare ce dernier en jetant sa serviette sur la table et en se levant.

Il quitte sa place et fonce droit vers moi. Immédiatement, je me lève, prêt à lui faire face. Cruz aussi semble s'inquiéter de la réaction de son frère puisqu'il lui emboîte le pas et plaque une grande main sur son épaule. Face à face, Sawyer et moi nous dévisageons pendant de longues secondes sans rien dire. Puis, d'un coup, il m'attire dans une accolade bourrue en grommelant :

– Traite-la bien !

– Toujours, je réponds.

Un poids immense quitte mes épaules à l'instant ou je comprends que c'est sa manière de me signifier qu'il accepte la relation entre Billie et moi. Je lui rends son accolade puis je croise le regard de Cruz, qui sourit.

– J'ai bien cru que plus jamais on ne se prendrait la main pour chanter *Kumbaya* en famille, lâche-t-il.

À son tour, il m'attire contre lui et nous nous tapotons l'épaule comme deux imbéciles.

Soudain, un reniflement se fait entendre. Je pivote et je découvre non seulement Billie en train d'éponger ses larmes, mais aussi Scarlett et Eve les yeux brillants d'émotion.

– Vous n'êtes qu'une bande d'abrutis, nous lance ma petite amie.

– Normal, on est tes frères, réplique Cruz. Et lui, il est… ton mec.

Sawyer grimace.

– Hm hm, c'est encore trop tôt pour ça.

– T'as raison, l'appuie Cruz en retenant un frisson de gêne, ce qui me fait lever les yeux au ciel.

Lorsque nous reprenons notre petit déjeuner, l'ambiance s'est nettement améliorée. Seulement, je ne peux pas faire comme si la chaise vide en bout de table ne m'atteignait pas.

– Comment va Lennon ? je demande, les yeux rivés sur ma viennoiserie.

Pendant un court instant, seul le silence me répond, puis Cruz se jette à l'eau :

– On ne l'a pas vu ce matin. Quand on s'est levés, il était déjà parti à l'institut.

Je relève la tête juste à temps pour voir le coup d'œil que Sawyer et lui échangent.

– Qu'est-ce qui se passe ? je les interroge aussitôt.

– Laisse tomber, Jax, me renvoie Sawyer.

– Dites-moi ! j'insiste.

Les filles sont pendues à leurs lèvres, elles aussi. Sawyer soupire, termine son café, puis annonce :

– On n'a pas vu Lennon, mais il nous a envoyé un message à tous les deux. Il nous demande de t'informer que l'agence Westwood t'accorde quelques jours de congés.

Je me fige.

– Qu'est-ce que… commence Billie.

– Il me vire ? je m'écrie.

– Évidemment que non, m'assure Cruz. C'est juste que Lennon a décidé…

– De me mettre au repos forcé, je termine.

– C'est juste l'affaire de quelques jours, m'explique Sawyer. Le temps qu'il digère la relation entre Billie et toi.

– Mais il n'y a rien à digérer ! explose ma petite amie en se levant. Lennon n'a pas le droit de faire ça à Jax. Bon sang, je jure qu'il va m'entendre.

– Billie ! je l'arrête en posant ma main sur son bras. Ce n'est pas grave.

– Bien sûr que ça l'est ! éructe-t-elle.

– Non, vraiment… Ne va pas voir ton frère pour essayer de plaider ma cause. Laisse-le encaisser, je suis sûr que tout ira bientôt mieux.

La mine triste, Billie passe ses bras autour de ma taille et dépose un tendre baiser sur mes lèvres. Je fais abstraction des grondements de Sawyer et Cruz et me concentre sur elle. Son inquiétude crève le plafond…

– Tout va s'arranger, je répète. En fait, plus j'y pense, plus je trouve que ces congés sont les bienvenus. Ça fait longtemps que je n'avais pas pris de vacances, ce sera l'occasion. Comme ça, je pourrai t'emmener et venir te chercher tous les jours à la fac, et on passera encore plus de temps ensemble.

Billie n'est pas dupe : elle voit bien que j'essaye d'enjoliver la vérité. Au fond de moi, je suis blessé d'être exclu de mon job que j'aime tant ; plus que tout, ça me fait mal d'être mis à l'écart par mon meilleur ami.

Mais si c'est le prix pour qu'il accepte que Billie et moi sommes ensemble, alors je suis prêt à le payer.

38
Billie

J'ai beau tenter de donner le change, malheureusement, je ne parviens pas à totalement me concentrer aujourd'hui. Ni pendant les cours, ni au moment du déjeuner, où je laisse Logan et Austin entretenir la conversation, et encore moins lorsque j'accompagne mon meilleur ami à son rendez-vous au salon de tatouage.

Toutes mes pensées sont tournées vers une seule personne : Jaxon.

Notre relation débutait si bien… Les instants volés que nous partagions étaient devenus mes préférés ; et que dire de la nuit dernière ? Avant que mes frères ne nous découvrent, nous avons vécu un moment hors du temps tous les deux, qui n'appartenait qu'à nous, et puis… tout a volé en éclats.

Je suis heureuse de voir que Cruz et Sawyer sont capables de mettre leur rancune de côté pour accepter mon bonheur avec Jaxon. En revanche, Lennon m'inquiète vraiment. J'aime profondément les triplés : je sais la chance que j'ai d'avoir des frères aussi protecteurs et attentifs qu'eux. Cependant, entre Lenny et moi, il y a toujours eu un lien un peu plus fort, un peu plus fusionnel, certainement parce que, depuis très longtemps, il a choisi de devenir pour moi un prolongement de nos parents. Alors oui, son rejet me blesse d'autant plus.

– … parce que tu ne m'écoutes pas du tout, Billie.

Je redresse la tête. Le tatoueur est en train de protéger ce qu'il vient d'encrer sur la nuque d'Austin, lequel semble ravi du résultat.

– Oh, excuse-moi, dis-je en me levant.

Je m'approche de mon meilleur ami, qui pivote pour me montrer l'inscription gravée sur sa peau. Je la lis à voix haute :

– Storm ?

Austin hoche la tête, tout sourire.

– Est-ce que tu vas m'expliquer ce que ça signifie ? je lui demande.

– Non.

Je m'esclaffe, et mon ami m'imite. Côte à côte, nous quittons le salon de tatouage pour rejoindre sa voiture.

– Sérieusement, j'insiste lorsqu'il démarre. C'est quoi, Storm ?

– Pas quoi, *qui*, rectifie-t-il.

Je hausse les sourcils alors qu'Austin retombe dans le silence. Je me prépare à dévier la conversation, certaine qu'il ne me révélera rien de plus, lorsqu'il m'avoue à voix basse :

– C'est la personne qui m'a sauvé la vie. Je lui dois tout.

Je détaille le profil de mon ami, en me demandant ce qu'il veut dire par là. Austin n'est pas du genre à se confier, et c'est justement cette particularité chez lui qui m'a fait supposer qu'il doit traîner derrière lui le poids d'un lourd passé. J'ignore quels traumatismes il a vécus et peut-être qu'il ne m'en parlera jamais. Mais le fait qu'il ait, comme moi, choisi des études qui lui permettront de travailler avec les enfants maltraités et abusés est, je crois, un début de réponse à mes interrogations.

Austin a une âme pure, il est foncièrement bon, humain, et c'est d'autant plus remarquable si, comme je le pressens, il a subi des horreurs.

– Au fait, lance-t-il pour changer de sujet, je crois que tu as fait bonne impression à ma famille. Ils m'ont demandé si tu voulais venir dîner chez nous un soir…

Je m'apprête à lui répondre, quand son portable sonne, le prévenant de l'arrivée d'un message. Étant donné qu'il conduit, je l'interroge du regard, et il m'autorise d'un signe de tête à regarder le nom de l'expéditeur… En le découvrant, je retiens un cri d'excitation.

– C'est Ivy ! je m'écrie.

Mains sur le volant, Austin reste muet.

– Hé, oh, tu as entendu ce que je viens de te dire ? j'insiste. La fille de tes rêves vient de t'écrire ! Mais d'ailleurs, comment ça se fait qu'elle ait ton numéro ?

– Elle me l'a demandé quelques jours après avoir rejoint notre groupe de TD, me répond mon ami, la mâchoire crispée. Elle voulait qu'on puisse discuter du sujet de notre exposé.

– Hm… C'est bizarre, elle ne m'a pas demandé mon numéro, à moi… Alors ? Tu veux savoir ce qu'elle dit ?

– Oui, évidemment !

J'ouvre le message et lis à voix haute :

– Salut Austin, j'ai fait quelques recherches pour l'exposé et j'aimerais t'en parler. Est-ce que tu accepterais de venir boire un café avec moi ?

Je plisse les lèvres, parce que je suis à deux doigts de piailler de joie. Austin, lui, rougit légèrement, mais garde le silence. Je respecte son besoin de digérer l'info… jusqu'à ce que je ne puisse plus attendre.

– Bon sang, Austin, réagis ou je vais devenir folle ! je m'exclame.

– D'accord, du calme. Je… je réfléchis et je…

– Arrête de cogiter. Ivy Willis, la fille dont tu es tombé amoureux au premier regard, dont tu te languis depuis bientôt deux ans, celle qui ne s'intéresse à aucun garçon de la fac… vient de t'inviter à boire un café avec elle.

Je m'approche de mon ami et je glisse à son oreille :

– Elle veut t'attraper dans ses filets !

Austin secoue la tête, puis, enfin, un sourire étire ses lèvres.

– Ça paraît dingue, non ? lâche-t-il. Mais je ne dois pas m'emballer : elle me propose ce café pour qu'on discute de notre exposé, c'est tout… Ou alors, c'est un prétexte ? Billie, tu…

– Et voilà le travail !

Je repose le smartphone de mon ami et croise les bras, satisfaite.

– Comment ça, « et voilà le travail » ? s'insurge Austin. Qu'est-ce que tu as fait ?

– J'ai répondu à Ivy que tu serais ravi de la retrouver au centre-ville dans une heure.

– Oh, bordel.

– Respire, Austin. Tu verras, tout va bien se passer.

Je tapote son bras pour le rassurer, et il lâche alors :

– Tu vas me manquer, Billie Westwood, même si tu es une véritable chieuse parfois.

– Pourquoi est-ce que tu me dis ça tout d'un coup ? je lui renvoie, surprise.

– Parce que dans quelques mois, on aura terminé nos études, on va travailler, moins se voir et probablement s'éloigner un peu. C'est la vie.

Je fronce les sourcils et croise les bras.

– Qu'est-ce que tu me fais, là ? je lui lance.

– Rien, je dis simplement que…

– Que puisqu'on va quitter la fac, on ne sera plus amis ?

– Bien sûr que si, réplique Austin. Mais tu sais aussi bien que moi qu'on peut vite se retrouver débordé par le quotidien. En plus, tu vas certainement t'installer avec Jaxon, alors…

– Je pense que tu te trompes, je le coupe. Peut-être que la vie va nous emmener dans son tourbillon, et peut-être qu'effectivement on partagera moins de moments tous les deux, mais quoi qu'il se passe, où que tu sois, je resterai ton amie. Tu ne te débarrasseras pas de moi comme ça, Austin Pearce. En plus, je veux être invitée à ton mariage avec Ivy, donc je vais encore te coller aux basques un certain temps.

– Ivy et moi allons juste prendre un café, Billie. Tu as beaucoup trop d'imagination. C'est parce que tu files le parfait amour avec ton Jaxon que tu vois des couples partout, maintenant ?

Je souris amèrement. La relation que Jax et moi entretenons pourrait être *parfaite* et, lorsque nous sommes tous les deux, je suis la plus heureuse des femmes. Mais je redoute que Lennon ne fasse peser indéfiniment une ombre sur notre bonheur. Nous tenons beaucoup trop à lui pour accepter qu'il ne fasse plus partie de notre vie.

Bon sang… J'espère que je n'aurai jamais à choisir entre l'homme que j'aime et mon frère.

39
Jaxon

J'enchaîne les foulées sur le sable, escorté par Voldemort qui trottine, langue pendante, heureux que je l'ai choisi comme partenaire de course. Lorsque nous arrivons au bas de la colline en haut de laquelle trône le manoir, je me baisse, soulève le bouledogue dans mes bras, puis je le porte le long de l'escalier en pierre trop escarpé pour ses petites pattes. Après quelques minutes, j'accède à la terrasse, pose Voldi au sol et retire mon t-shirt pour éponger la sueur sur mon visage. Ensuite, je pénètre dans la pièce de vie de la demeure par la porte-fenêtre… et c'est là que je tombe sur Lennon, a priori tout juste rentré de l'institut.

– Je sais, Dovie… dit-il, dos à moi, le téléphone collé à son oreille. Si tu savais comme tu me manques, surtout en ce moment…

Bêtement, je me demande si je devrais quitter la pièce, mais l'envie d'avoir une discussion avec mon meilleur ami m'oblige à rester.

– C'est encore trop tôt pour ça, reprend-il. Non… Dovie, je…

Il se tait, écoute ce que sa petite amie lui dit à l'autre bout du fil, puis affirme :

– Je ne suis pas prêt à lui pardonner.

Au même moment, Lennon pivote et m'aperçoit. Je me fige instantanément et je remarque qu'il a le même réflexe ; mais il se reprend bien vite et annonce d'une voix plus grave :

– Je dois te laisser, je te rappelle plus tard… Je t'aime aussi, ma puce.

Puis, après avoir raccroché, il s'éloigne en direction de la cuisine. Pendant quelques secondes, je me demande quoi faire : cette situation est totalement inédite pour moi. Je ne me suis jamais senti rejeté par ceux qui sont devenus ma famille et cela m'oppresse. Sawyer et Cruz ont eu beau m'afficher leur soutien, sans Lennon, ce n'est pas pareil…

Sans mon meilleur ami, je ne peux pas être totalement heureux.

En silence, il se sert un verre de vin, bien décidé à me snober. Je sais que je devrais sûrement lui accorder la distance qu'il réclame, mais c'est plus fort que moi : j'ai besoin d'essayer de recoller les morceaux. Décidé, je marche dans sa direction et lui lance :

– Salut.

Sous mes yeux, Lennon s'empare une nouvelle fois de son portable et commence à pianoter dessus, m'ignorant royalement.

Quel enfoiré.

– Est-ce qu'on peut se parler ? je tente.

– Je n'ai rien à te dire, grogne-t-il.

– Lenny, putain…

– Je t'arrête tout de suite ! éructe-t-il en se redressant vivement. Ne commence pas à essayer de plaider ta cause ou de me faire entendre raison, parce que ça ne marchera pas. Tu m'as trahi, Jaxon et je n'ai plus rien à te dire.

– Donc c'est comme ça que ça va se passer désormais ? On ne va plus jamais s'adresser la parole ? On va rompre tout contact parce que tu refuses que je puisse aimer ta sœur ?

Il ricane comme si je ne comprenais rien à rien. Je ne l'ai jamais connu si froid, si dédaigneux. J'espérais qu'il se serait calmé une fois le choc initial passé, mais il semblerait que ce soit tout l'inverse…

– Lennon, j'aimerais que…

Il range son téléphone et pose brutalement son verre de vin dans l'évier avant de se planter devant moi et de siffler :

– La seule raison pour laquelle je ne t'ai pas chassé d'ici, c'est parce que ça m'obligerait à aller à l'encontre des dispositions définies par mon père dans son testament.

Il me fusille du regard, me bouscule en me dépassant, puis il quitte le manoir d'un pas furieux. Quant à moi, je reste paralysé avec, pour la première fois depuis neuf ans, le sentiment d'être un étranger et un orphelin.

40
Billie

– Jaxon ? Jax !

Tout juste rentrée de ma virée avec Austin au salon de tatouage, je traverse le manoir à la recherche de mon petit ami. Mais la demeure est étonnamment vide et silencieuse. Un peu inquiète, je grimpe à l'étage et me rends dans ma chambre.

– Jax ? Oh, tu es là…

Je referme la porte et me précipite sur mon lit, au bord duquel Jaxon est assis, le regard rivé en direction de la fenêtre. Après avoir retiré mes chaussures, je passe mes bras autour son cou et je me colle contre son dos.

– Tu m'as manqué, je murmure en posant ma tempe contre la sienne.

– Toi aussi.

Il entoure doucement mes poignets de ses doigts, mais alors que je m'attends à ce qu'il caresse ma peau, il se contente simplement de me tenir.

– Comment s'est passée ta journée ? je lui demande.

Il pousse un soupir avant de m'inciter à m'installer sur ses genoux. M'exécutant, je constate que ses traits sont tirés et qu'il est préoccupé. Mon premier réflexe est de prendre son visage entre mes mains et d'effleurer tendrement ses joues. Il plonge son regard dans le mien, et j'ai l'impression d'y déceler une étincelle de souffrance ; cependant, je n'ai pas le temps de m'attarder sur cette pensée, parce qu'un instant plus tard, ses lèvres se plaquent sur les miennes. Au départ, je me délecte de notre baiser. La passion et la fougue que Jaxon y met déclenchent une envolée de papillons dans mon estomac et me font frissonner de désir… Seulement, toutes ces sensations sont de courte durée. Très vite, sa bouche devient désespérée. La façon qu'il a de me tenir serrée contre lui, comme s'il essayait de me graver en lui, me noue la gorge. La détresse qu'il met dans son étreinte m'angoisse. Et alors, je comprends que quelque chose ne va pas.

– Parle-moi, Jaxon.

Abattu, il pose son front contre le mien en relâchant son souffle.

– Peu importent les événements qui sont venus la troubler, sache que la nuit dernière a été la plus belle de ma vie, commence-t-il en dégageant tendrement une mèche de cheveux de mon visage. Depuis le moment où j'ai compris que je t'aimais, j'ai décidé que, si un jour j'avais la chance de t'avoir rien que pour moi, je te chérirais comme tu le mérites, et j'espère de tout cœur que tu *sais* à quel point ce que tu m'as offert est inestimable et à quel point ça compte pour moi.

– Jaxon, qu'est-ce qui se passe ?

Un petit sourire triste s'installe sur ses lèvres. En voyant sa fossette au menton, j'ai le réflexe de passer mon pouce dessus avant de l'embrasser.

– Je crois qu'on devrait redevenir amis, Billie, déclare-t-il alors.

Non!

Son annonce fait exploser mon cœur, si bien que je bondis sur mes jambes et que je pose une main sur ma poitrine, tant la douleur qui m'assaille est vive et subite.

– Attends, écoute-moi ! dit Jaxon en se levant à son tour.

– Non. Non, non, je refuse, je… je t'aime, Jax, je t'aime, bon sang.

Mes larmes brouillent ma vue à une telle vitesse que je perds un instant l'équilibre, déstabilisée. Jaxon passe un bras autour de ma taille pour me retenir et me garder contre son corps.

– Écoute-moi, je t'en prie, supplie-t-il, le regard torturé. Je t'aime moi aussi et ça me déchire le cœur de devoir te dire ça, mais je pense que c'est mieux si *pour l'instant*, nous redevenons ceux que nous étions auparavant.

– Mais comment ? On ne peut pas revenir en arrière, Jaxon. Je ne veux pas te voir tous les jours sans pouvoir te toucher, c'est impossible.

Je m'agrippe au col de son sweat et je plaque mes lèvres contre les siennes.

– Je t'en prie, ne me quitte pas…

– Ce n'est pas ce que je fais, Billie, répond Jax en me laissant l'embrasser avant d'agripper mes bras et de m'inciter à reculer. Ce ne sera pas définitif, juste le temps que les esprits s'apaisent… Je ne peux pas vivre avec une partie de ma famille qui m'en veut.

En moi se déchaîne une véritable tempête d'émotions. Je suis tout à la fois en colère et terrifiée, j'ai mal que mon foyer se déchire et je souffre pour l'homme que j'aime.

– Mais tu peux vivre sans moi ? je couine.

Les épaules de Jax s'affaissent.

– Je crains que non… soupire-t-il. Mais je sais que toi, tu arriveras à comprendre pourquoi je fais ça.

– Non. Non, Jaxon, je ne peux pas.

Je commence à m'éloigner, désireuse de quitter cette chambre pour échapper à ce qui est en train de se passer.

Si je ne peux pas écouter ce qu'il a à me dire, alors ça ne sera pas réel.

– Billie, attends !

Jaxon me rattrape. En croisant à nouveau son regard, je fonds en larmes.

– Je t'en prie, dis-je, la voix brisée. Ne fais pas ça. Reste avec moi, ne m'abandonne pas.

– Billie, murmure-t-il, le souffle court. Je suis désolé, tellement désolé.

– Tu m'avais dit que tu ne me ferais jamais de mal… Jaxon, tu… tu n'es pas juste l'homme que j'aime, tu es aussi mon meilleur ami et la personne qui compte le plus dans ma vie. Comment est-ce que je vais faire sans toi ? Comment est-ce que je vais réussir à continuer maintenant que je sais ce que c'est que de t'aimer et d'être à toi ?

– On se retrouvera, d'accord ? affirme-t-il avec conviction. Ce n'est peut-être pas le bon moment pour nous aujourd'hui, mais je sais qu'il finira tôt ou tard par arriver.

Dévastée, je me laisse aller dans ses bras chauds et réconfortants. Je me pends à sa nuque et je profite de son étreinte pour la dernière fois avant…

Combien de temps ?

Un vent de panique me paralyse et je m'accroche à lui avec encore plus de force. Je ne peux pas accepter qu'il me laisse… Je ne peux pas le laisser partir. Pas lui, pas Jaxon.

Il semble persuadé que ce ne sera qu'une pause dans notre relation… mais s'il se trompait ? Si le destin mettait une autre femme sur son chemin et qu'il m'oubliait ?

Et si Jaxon était destiné à être l'amour de ma vie, mais pas l'homme qui la partage ?

Cette idée me fait d'autant plus souffrir que, durant des années, j'y ai cru.

– Ma Billie, si tu savais comme je m'en veux de te faire subir ça… Je t'avais promis de ne plus jamais faire naître de larmes dans tes yeux et voilà que cette promesse aussi, je suis incapable de la tenir.

– J'aimerais ne pas m'effondrer, dis-je entre deux sanglots, mais ça fait si mal de te perdre…

– Tu ne me perdras pas. Je serai toujours dans ta vie.

– Mais pas comme je le voudrais.

– Notre famille est si importante pour moi, Billie… Lennon me déteste en ce moment et je ne peux pas l'accepter. Dans la lettre qu'il nous a laissée, Oscar nous a demandé de ne jamais nous diviser… mais c'est ce qui va se passer si nous ne nous séparons pas pour l'instant. J'ai besoin de réparer les choses et j'ai besoin que tu me comprennes.

Jaxon me laisse pleurer dans son cou pendant un long, très long moment. Lorsque mes larmes se tarissent enfin, je prends le risque de croiser son regard, et voir ses joues mouillées par le chagrin me donne envie de hurler. Mais je réalise qu'il lui a fallu un courage énorme pour prendre sa décision. Jaxon a toujours été fort, et il mérite que je le sois aussi.

Doucement, je passe mes pouces sur ses joues.

– Qu'est-ce que tu vas faire ? je lui demande.

– Sawyer m'a proposé d'aller passer la nuit chez Scarlett lorsque je l'ai prévenu de ma décision, en même temps que Cruz.

Mes yeux s'écarquillent.

– Tu quittes le manoir ? Jaxon, non…

Cette histoire va beaucoup trop loin.

– Tu es chez toi ici ! je reprends. Reste, s'il te plaît.

– Sauf que si je dors à quelques mètres de toi, je ne vais pas réussir à résister à l'envie de venir te retrouver pour passer la nuit dans tes bras.

À ces mots, Jax m'attire à nouveau contre lui pour me serrer contre son torse. J'en profite pour respirer son parfum et le caresser tant que je le peux encore.

– Jure-moi que tu ne m'en veux pas, me glisse-t-il.

La poitrine secouée de sanglots, je hoche lentement la tête, avant de lui assurer :

– Je suis incapable de t'en vouloir.

– Je t'aime tellement, Billie Westwood.

– Et je t'aime aussi.

Nous nous embrassons une dernière fois, puis Jaxon quitte ma chambre d'un pas traînant, comme s'il était vidé de toute son énergie…

Comme s'il laissait une partie de lui entre mes mains encore tendues dans sa direction.

41
Billie

Il est rare que je me rende à l'institut deux fois en si peu de temps. Les entreprises familiales sont un pan de la vie de mes frères plus que de la mienne, alors je pénètre peu dans leur domaine.

Mais il faut que je leur parle, et maintenant. Alors s'ils pensent que se terrer ici m'empêchera de leur dire leurs quatre vérités, ils se trompent lourdement.

Je traverse le stand de tir vide à grandes enjambées pour échapper à la pluie torrentielle qui s'abat sur Cape Cod aujourd'hui. Il n'est que huit heures du matin, mais je sais que les triplés se trouvent déjà ici. Lorsque j'ai émergé de ma nuit sans sommeil et que j'ai réalisé qu'ils avaient tous fui avant d'avoir eu le cran de croiser mon regard, j'ai vu rouge. Aucun d'eux n'a eu le courage de venir voir comment j'allais après ma rupture avec Jaxon…

Ces lâches.

– Salut, Billie.

Je pivote en direction de la voix qui m'interpelle… et me fige.

– Alice ? dis-je, étonnée de voir un membre de la famille d'Austin ici.

– Comment vas-tu ? me demande-t-elle avec un sourire engageant.

– Je… qu'est-ce que tu…

Puis soudain, je comprends. Quand j'ai vu la jeune femme chez Austin, elle m'a paru familière, et pour cause. Elle travaille à l'institut, j'ai donc dû la croiser une ou deux fois lors de mes rares visites ici.

– Oh bon sang, Alice, excuse-moi, je n'avais pas saisi que tu…

– Que je travaillais avec tes frères ? complète-t-elle en souriant. Ne t'inquiète pas, c'est pas grave.

Quand même, le destin nous réserve parfois des coïncidences incroyables…

– Tu les as vus, d'ailleurs ? je m'enquiers. Je les cherche.

– Ils sont en réunion dans les bureaux, m'indique-t-elle avec un petit signe de tête en direction de l'aile est. Ils avaient l'air préoccupés : j'espère que tout va bien pour votre famille…

Je laisse échapper un petit rire.

Si seulement…

Je sers une réponse vague à Alice, puis je la remercie. Elle s'éloigne sous la pluie, qui n'a pas l'air de la déranger. À mon tour, je reprends mon chemin. Arrivée devant la porte de la partie privée, je sors le pass qui la déverrouille, puis je pénètre à l'intérieur. Je rejoins ensuite le bureau de Lennon et je ne prends même pas la peine de toquer : j'entre directement.

– … reprendrai contact avec vous dans la semaine.

En me voyant fulminante devant lui, mon frère abrège son appel téléphonique. À ses côtés, Sawyer et Cruz me dévisagent, inquiets.

– Billie… commence Lennon.

– Ça va ? T'es fier de toi ? j'attaque sans préambule.

– Écoute, je sais que tu ne comprends pas pourquoi j'ai frappé Jaxon, mais je t'assure que…

– Je ne te parle pas de ça ! je reprends, hors de moi. Oui, tu as déconné dans les grandes largeurs, mais ce n'est pas le sujet.

Je m'approche jusqu'à planter un doigt rageur contre le torse de Lennon. Peu importe qu'il mesure presque trente centimètres de plus que moi : je suis tellement révoltée et blessée que rien ni personne ne me fait peur aujourd'hui.

– Je t'ai toujours beaucoup estimé, je commence en détachant chaque syllabe pour qu'il intègre bien ce que je vais lui dire. Je croyais que tu serais toujours là pour me protéger, quoi qu'il arrive.

– C'est le cas, Billie.

– TAIS-TOI !

Je suis vraiment à bout de nerfs.

– Ma puce, essaye de te calmer, intervient Cruz en faisant un pas vers moi.

– Reste où tu es, Cruz, je l'arrête. Toute ma vie, vous trois avez essayé de me garder dans un cocon, et c'est en partie ma faute, parce que je vous ai laissés croire pendant trop longtemps que vous en aviez le droit. Mais c'est faux et tu es allé trop loin en poussant Jaxon à rompre avec moi, Lennon.

– Quoi ? s'écrie mon frère, sincèrement surpris.

– Ne joue pas l'étonné.

– Ma puce…

– La ferme, Sawyer. Cruz et toi non plus n'êtes pas exempts de tout reproches. Je sais qu'il vous a prévenus qu'il me quittait. Je sais que vous m'avez entendue pleurer hier soir, mais vous n'avez même pas daigné venir me réconforter.

– On pensait que tu avais besoin d'être seule… tente Cruz.

– Billie, je te jure que je ne savais pas ce qu'il avait en tête, plaide Lennon.

– Mais tu l'as rejeté ! Tu l'as traité comme un paria alors qu'il est l'homme le plus intègre que je connaisse.

Je recule et je dévisage les triplés tour à tour.

– Vous vous êtes retournés contre votre propre frère, et ça ne vous empêche pas de dormir la nuit ? je m'insurge.

– Sawyer et moi, nous vous avons donné notre bénédiction, se justifie Cruz.

– Et malgré tout, Jax a quitté le manoir hier parce qu'il ne s'y sentait plus désiré… Lequel d'entre vous l'a retenu, hein ? Aucun !

Furieuse, je relève mon pull pour faire apparaître le tatouage sur mes côtes.

– « Face à l'adversité, ensemble, toujours », je récite. Ça ne signifie donc rien pour vous ?

– Il a brisé une promesse, s'entête Lennon.

– Oh, j'emmerde ta promesse. Vous n'aviez pas le droit de sceller un pacte *me concernant*, pas plus que d'interdire quoi que ce soit à Jaxon. Peut-être que lorsque vous êtes ici, à l'agence, tout le monde vous obéit au doigt et à l'œil, mais je ne suis pas l'une de vos employées.

Je reprends mon souffle, puis j'ajoute :

– J'espère de tout mon cœur que jamais personne n'œuvrera pour vous séparer des femmes que vous aimez, mais si un jour c'est le cas, je serai là pour vous soutenir, parce que c'est ce qu'on fait quand on appartient à une famille. J'aurais aimé que vous vous en souveniez, que *tu* t'en souviennes, Lennon, au lieu de faire passer ton ego blessé avant mon bonheur.

Cruz tente de s'approcher pour me prendre dans ses bras mais je recule. Maintenant que j'ai dit ce que j'avais sur le cœur, j'ai besoin de m'isoler. Sans un mot, je quitte l'agence, retrouve ma voiture, puis je démarre et je commence à rouler sans but aucun. Aujourd'hui, je ne me sens pas d'aller à la fac, je n'en ai pas la force.

Alors que je traverse Cape Cod, ce petit coin de paradis que j'aime tant et qui m'a vue grandir, la seule chose à laquelle j'arrive à penser c'est que désormais, sans Jaxon, je ne m'y sens plus en sécurité. Je n'arrive pas, même une seconde, à imaginer vivre dans le même endroit que lui sans que nous puissions être ensemble. Être à la fois si proches et si éloignés sera une torture, je le sais déjà…

Les kilomètres défilent devant mes yeux. Je conduis de façon automatique, sans vraiment réfléchir à ma destination. Tout ce que je veux, c'est me retrouver seule avec moi-même, m'éloigner de la peine et de l'ambiance merdique qui sont en train de ronger notre famille.

Finalement, je décide de rentrer au manoir… mais seulement pour foncer à l'étage et remplir un sac de voyage de mes affaires. À cet instant, j'ai conscience que je laisse mes émotions me guider, mais tant pis : si Jaxon et moi sommes condamnés à être séparés, alors je n'ai plus d'autre choix que de partir…

42
Jaxon

Je dois admettre que le nouvel appartement dans lequel s'est installée Scarlett est plutôt sympa ; en tout cas, la literie est de bonne qualité. Malgré tout, je ne parviens pas à trouver le sommeil. Il est plus de minuit et je ne cesse de me retourner encore et encore en espérant enfin tomber de fatigue… mais c'est peine perdue. Toutes mes pensées sont tournées vers Billie, dont le visage baigné de larmes me hante depuis que je l'ai quittée hier. J'ai l'impression qu'un gouffre s'est ouvert dans ma poitrine : je me sens à la fois vide et à l'étroit dans mon propre corps.

Passant un bras derrière ma tête, je ferme les yeux et tente de m'apaiser en me remémorant des moments entre Billie et moi. Mais c'est alors que de violents coups sont frappés contre la porte d'entrée. En une seconde, je me redresse et bondis du lit. D'abord sur mes gardes, je traverse l'appartement à pas de loup. Cependant, avant que j'aie pu regarder à travers le judas qui est l'intrus, une voix que je connais bien s'élève.

– Jaxon ! s'écrie Lennon, avant de recommencer à marteler la porte.

Sourcils froncés, je tourne le verrou. Mon meilleur ami pénètre dans l'entrée comme une tornade.

– Où est-elle ? demande-t-il.

– Qui ça ?

– À ton avis ? Billie ! Billie, est-ce que tu…

– Mais enfin, qu'est-ce qui te prend ? Billie n'est pas ici, alors arrête de hurler, tu vas réveiller les voisins.

Lennon jette un œil par la porte de la chambre pour s'assurer que je lui dis la vérité, puis sa tête tombe entre ses épaules et il pousse un profond soupir.

– Lenny… je l'appelle.

– Billie est partie, lâche-t-il alors.

Immédiatement, mes muscles se tendent et mon sang se glace dans mes veines.

– Partie ? je répète, abasourdi.

Lennon se retourne et c'est seulement à ce moment que je réalise à quel point son visage est fatigué et inquiet.

– Elle est venue me voir à l'institut ce matin, m'explique-t-il en s'adossant au mur derrière lui. Elle était hors d'elle… Quand elle est partie, je me suis dit qu'elle aurait besoin d'être seule quelque temps, alors je n'ai pas cherché à l'embêter. Sauf que ce soir elle n'est pas descendue pour le dîner, donc j'ai fini par tenter d'aller lui parler. Comme elle ne répondait pas, je suis entré dans sa chambre. Son dressing était ouvert, et son sac de voyage n'était plus là.

Et merde.

Paniqué, je passe une main sur mon visage, puis dans mes cheveux, avant d'exploser :

– PUTAIN !

Tout ça, c'est ma faute. Si je ne l'avais pas quittée, si je m'étais battu pour nous, Billie serait restée au manoir…

Et maintenant, où est-elle ? Est-ce qu'elle s'est enfuie pour de bon ? Est-ce qu'elle est seule quelque part, perdue ? Peut-être terrifiée ?

– J'ai cru qu'elle était venue te retrouver… ajoute Lennon.

– Et vu comme tu as débarqué ici, je suppose que tu étais prêt à la ramener à la maison de force ? Tu ne penses pas en avoir déjà assez fait ?

Je ne sais pas si c'est à cause de l'angoisse, mais toujours est-il que Lennon ne répond rien. À la place, il baisse la tête et pousse un profond soupir.

– Bon sang, Billie, où est-ce que tu as pu aller ? je marmonne en faisant les cent pas au milieu de l'appartement.

Je m'oblige à me concentrer, à réfléchir à ces dernières semaines, à ces dernières années, même, et à passer en revue toutes les discussions que nous avons eues, toutes les confidences que Billie m'a faites, pour espérer deviner où elle est partie.

– Quand l'accident de ma mère est survenu, commence soudain Lennon, me surprenant, j'ai su qu'il manquerait un repère à Billie et que grandir sans présence maternelle lui serait atrocement difficile. Ça l'a été pour nous aussi, mais Ellen et elle étaient fusionnelles. Et même si nous l'avons tous aimée aussi fort que nous l'avons pu, je sais que nous n'avons pas comblé le vide que maman a laissé dans son cœur. Quand papa a été agressé, j'ai eu peur qu'elle ne perde pied… mais elle est restée solide et je dois le reconnaître, c'est en grande partie grâce à toi.

Figé, je décide d'écouter mon meilleur ami, même si je ne sais pas où va nous mener cette histoire.

– Ils n'iront jamais mieux, reprend-il d'une voix rauque. Nos parents ne reviendront pas… Chaque fois que je vais les voir, je dois faire face au médecin qui me répète qu'une décision devra bientôt être prise. Dans ma tête, nos parents sont partis, alors je me dois de reprendre leur rôle pour Billie. J'ai toujours eu besoin de protéger cette gamine. Je sais qu'il en est de même pour Cruz et Sawyer, mais en ce qui me concerne, c'est l'une de mes priorités absolues. Parce que, même si nous n'avons pas le même ADN, pour moi, nous sommes du même sang. Alors quand je t'ai demandé de ne pas l'approcher, je l'ai fait parce que je connais les hommes. Je nous connais par cœur, Jaxon. Toi et moi avons eu d'interminables conversations sur tes conquêtes, et tu me partageais volontiers des détails intimes. Chaque fois, je priais pour que Billie ne tombe jamais amoureuse de quelqu'un qui n'aurait pas de scrupule à raconter de telles choses sur elle à ses potes.

– Lennon, je n'aurais jamais…

– Laisse-moi finir, s'il te plaît. Non, ce ne serait pas un drame si ma sœur te choisissait. Et c'est vrai, vous ne faites rien de mal… Billie est venue me remettre à ma place tout à l'heure et elle a dit quelque chose qui m'a interpellé : elle m'a accusé d'avoir fait passer mon ego blessé avant son bonheur. Et tu sais quoi ? Elle a raison. C'est exactement ce que j'ai fait. Jaxon, avant d'être mon frère, tu es mon meilleur ami, et avec Cruz et Sawyer, tu es l'une des personnes en qui j'ai le plus confiance. Alors, quand j'ai réalisé que tu m'avais trahi… C'est vrai, j'ai vrillé. Parce que la loyauté est pour moi au centre de notre famille et que j'ai eu l'impression de perdre un frère. Si toi, en faisant partie de mon clan, tu étais capable de briser un serment que tu m'avais fait, alors je ne pouvais accorder ma confiance à personne…

Lennon se passe une main sur le front, puis sur son petit bun au-dessus de la tête.

– Je veux que tu sois heureux et je veux plus que tout que Billie le soit aussi, conclut-il. J'ai compris… Le sermon de Billie, sa fuite, la peine que j'ai imposée à notre famille… Je suis désolé, Jax. Je ne vais plus m'opposer à votre relation.

J'ai l'impression de recevoir un autre coup de poing de sa part en plein visage… sauf que celui-là est loin d'être douloureux.

– Vraiment ?

– Je suis terrifié à l'idée de savoir Billie dehors, quelque part, et je la connais. Si elle s'est enfuie, c'est parce qu'elle t'aime vraiment et qu'elle ne renoncera pas à toi. Elle voulait me provoquer un électrochoc et elle a réussi.

– Je l'aime aussi, j'affirme avec véhémence. Merci, Lenny, de me faire confiance pour prendre soin d'elle.

À ces mots, mon meilleur ami s'approche de moi.

– J'ai quand même quelques mises en garde à te faire, lâche-t-il. Tu l'as laissée tomber hier et tu l'as brisée… Ne recommence jamais.

– Je n'en ai pas l'intention.

– Sache que si un jour vous vous séparez, je prendrai son parti.

– C'est noté.

– Quand vous serez devant nous, essayez de ne pas vous dévorer le visage ou de vous peloter. Sinon, ça va m'agacer.

– Bien sûr.

– Et enfin… garde-la. Peu importent les obstacles que vous rencontrerez, garde-la près de toi, parce qu'elle est et sera pour toujours la plus belle chose qui te soit jamais arrivée.

Je déglutis et tends la main à mon meilleur ami, qui lève les yeux au ciel et m'attire dans une accolade virile. À cet instant, un poids monumental tombe de mes épaules et c'est alors qu'un éclair de lucidité monte jusqu'à mon cerveau.

– Je sais ! je m'exclame. Je sais où elle est !

Sans attendre, je me précipite dans la chambre pour passer un sweat et enfiler des chaussures avant de bondir sur mes clés de voiture.

– Je viens avec toi, décide Lennon en m'emboîtant le pas.

– Non ! je l'arrête. Ça doit être entre elle et moi. Juste nous deux.

Lennon ferme un instant les yeux avant de hausser les épaules en guise d'accord. Après avoir attrapé mon téléphone, j'ouvre la porte de l'appartement à la volée ; cependant, avant de m'éloigner, je me fige et pivote vers mon meilleur ami.

– Lennon, il faut que je te dise… Avec Billie, ce sera pour toujours, je lui affirme. Je ne vais pas juste la garder, je vais l'épouser, lui faire une tonne de bébés aux yeux bleus et vieillir à ses côtés. Billie n'est pas juste la femme qui partagera ma vie… Elle est *la bonne*.

– Amen, mon frère ! Maintenant, ramène ma petite sœur à la maison.

••••

Il ne m'aura pas fallu longtemps pour repérer l'immense voilier amarré à la marina. *Ellen* est inscrit en larges lettres noires sur sa coque… Je bondis sur le ponton en m'écriant :

– BILLIE ! Billie, où es-tu ?

Un visage ne tarde pas à apparaître depuis l'intérieur de la cabine.

– Jaxon ! dit ma petite amie, perdue. Qu'est-ce que…

Je m'élance dans sa direction, agrippe son visage et fonce sur ses lèvres pour lui donner un baiser à la hauteur de ma joie.

– Raconte-moi ta journée, je lui demande lorsque je parviens enfin à me détacher d'elle.

– Quoi ? soupire-t-elle, les lèvres gonflées et les yeux brillants de désir.

– Ta journée… je répète.

– Mais c'est le milieu de la nuit ?

– C'est pas grave, raconte-moi tout.

Billie secoue la tête, à la fois pour reprendre ses esprits mais aussi pour dégager les mèches humides de pluie de son visage, puis elle commence :

– Aujourd'hui, je me suis levée épuisée, avec le cœur brisé, et après avoir crié sur mes frères, je suis venue ici parce que tu me manques et que je ne supportais pas d'être au manoir sans toi. Le meilleur moment de ma journée, c'est celui-ci, et le pire, c'est chaque seconde depuis que tu m'as quittée.

Je prends ses mains, dépose un baiser dans chaque paume, puis je me lance à mon tour :

– Aujourd'hui, je me suis levé avec le cœur brisé moi aussi, et j'ai erré dans Cape Cod sans but pendant un long moment. Mon pire moment de la journée, ça a été quand j'ai réalisé ce que j'ai fait hier… et le meilleur, c'est quand Lennon est venu me donner sa bénédiction.

Les yeux de Billie s'écarquillent.

– Quoi ? Tu… vraiment ?

– Oui. Ton discours et ta fuite lui ont donné à réfléchir.

– Oh mon Dieu, Jaxon… Ça veut dire que toi et moi, on…

Pour couper court à ses balbutiements, je plonge sur ses lèvres et je dévore sa bouche tout en plaquant mon corps contre le sien. La pluie s'abat sans relâche autour de nous, nos vêtements et nos cheveux sont trempés, mais ça n'a pas d'importance. Ce qui l'est, c'est la joie incommensurable qui nous parcourt et nos cœurs qui battent à l'unisson. C'est même tout ce qui compte.

43
Billie

Clinique de Cape Cod, trois mois plus tard

Aujourd'hui est un jour que chacun d'entre nous redoutait.

Aujourd'hui, un livre entier de notre vie se referme de la plus douloureuse des façons.

Aujourd'hui, il est l'heure des adieux.

Au cours de ces dernières semaines, l'état de santé d'Ellen et Oscar ne s'est pas amélioré, bien au contraire. Si notre mère est restée stable – elle approche des quatre ans passés dans le coma –, notre père, lui, a subi plusieurs AVC graves, si bien que la décision d'abréger leurs souffrances à tous les deux s'est imposée à nous. Bien que déchirant, c'était le seul choix que nous avions. Les médecins sont unanimes : nos parents ne se réveilleront jamais. Il aura fallu beaucoup de discussions et un grand courage de la part de tout le monde pour programmer ce jour où nous allons les laisser partir.

Nous nous retrouvons tous dans leur chambre. Là, sur ces lits, ils sont si… *eux*. C'est comme s'ils dormaient, comme s'ils allaient ouvrir les yeux à tout instant… sauf que nous savons désormais que cela n'arrivera plus.

Main dans la main, toute notre famille est réunie pour notre adieu aux deux parents les plus merveilleux qui soient. Au cours des jours qui viennent de s'écouler, nous avons tous eu l'occasion de venir leur parler une dernière fois ; ça a été dur, très dur, mais nous les aimons trop pour les retenir égoïstement. Savoir qu'ils vont s'éteindre en même temps, eux qui étaient de vraies âmes sœurs, nous aide à apaiser la douleur de leur départ.

Les choses se passent rapidement. Lorsque les médecins coupent les machines, il ne faut que quelques minutes à notre père pour nous quitter. Notre mère, elle, met près d'une heure à s'endormir pour de bon. Pendant tout ce temps, nous la veillons, pour la dernière fois.

Enfin, les bips réguliers cessent. Et le silence s'abat dans la chambre.

Ils sont partis.

••••

Lorsque nous quittons la clinique, des larmes coulent sur les joues de chacun des membres de notre petit groupe. Dovie, Scarlett et Eve marchent lentement devant nous, se soutenant les unes les autres, tandis que j'avance, comme toujours, encadrée par mes frères et l'homme que j'aime. Mon cœur souffre le martyre : même si je m'y prépare depuis des jours maintenant, je réalise que je ne verrai plus jamais les visages de mes parents, même immobiles, même endormis… Je sais d'ores et déjà qu'une part de moi n'acceptera jamais la façon dont leur existence s'est terminée, mais je sais aussi que si je veux avancer dans ma vie, il va falloir que je me concentre sur l'avenir, sans me laisser alourdir par le passé.

Tandis que mes belles-sœurs s'éloignent en direction de nos voitures, mes frères, Jaxon et moi nous arrêtons pour prendre le temps d'accepter ce qui vient de se passer. Silencieux, nous regardons le paysage, Cape Cod qui s'étend devant nous.

– Et maintenant ? demande Sawyer.

– Maintenant… On avance et on vit, répond Lennon.

– On continue à les emporter partout avec nous, ajoute Cruz.

– On ne les oubliera jamais, dit Jaxon.

– Et on transmet tout ce qu'ils nous ont appris, je termine.

ÉPILOGUE
Jaxon

Sept mois plus tard

Lennon(Johnqui?)
Où est-ce que vous êtes ? On s'était donné rendez-vous au manoir il y a déjà quinze minutes.

Cruz(maispasTom)
Désolé, le jet d'Eve a décollé avec du retard et on vient juste d'atterrir à Cape Cod. On sera là bientôt.

Eve(sansAdam)
Dovie, est-ce que tu pourrais vérifier que j'ai bien laissé mon ensemble Versace dans notre chambre, s'il te plaît ?

DovieBennett(astrophysicienneauGISSdeNewYork)
Oui, il est bien là. J'ai hâte de tous vous revoir !

Eve(sansAdam)
Oh, ça y est, tu t'es enfin choisi un pseudo !

Sawyer(maispasTomnonplus)
Mais… Dovie, tu n'as pas compris le concept ? Tu dois trouver une référence avec ton prénom, pas étaler ton CV.

DovieBennett(astrophysicienneauGISSdeNewYork)
Ah, parce que tu as déjà rencontré beaucoup de Dovie, toi ? Mon prénom est aussi rare que l'humilité chez Cruz, alors excuse-moi de ne pas avoir de « référence » à donner.

Jaxon(thenumber5)
AH AH AH !

Lennon(Johnqui?)
J'aime quand mon petit génie sort les griffes et lance des piques…

Cruz(maispasTom)
Je te remercie pour la balle perdue, Dovie.

Billie(thebestkid)
Salut tout le monde. Je pars à l'instant de l'orphelinat, je vous rejoins le plus rapidement possible.

Scarlett(maispasJohansson)
J'aurais dû deviner que vous seriez en retard, le repas va refroidir…

Jaxon(thenumber5)
Tu étais tellement sexy ce matin, j'ai bien failli ne jamais te laisser sortir du lit.

Lennon(Johnqui?)
…

Sawyer(maispasTomnonplus)
...

Cruz(maispasTom)
...

Billie(thebestkid)
Euh... mon amour ? Tu t'es trompé de conversation.

Jaxon(thenumber5)
Ah...

Sawyer(maispasTomnonplus)
Ça y est, j'ai gerbé !

Cruz(maispasTom)
Putain, j'ai des images qui hantent mon cerveau, maintenant, j'ai envie de me crever les yeux.

Eve(sansAdam)
Cruz est en train de nous faire une crise de panique, mais tout va bien aller. On vous rejoint dans cinq minutes.

DovieBennett(astrophysicienneauGISSdeNewYork)
Toi aussi t'étais sexy ce matin, Lennon. Puisqu'on en est à faire des confessions intimes ici, je peux le dire !

Sawyer(maispasTomnonplus)
Non, Dovie, on n'est pas là pour étaler nos vies sexuelles. Garde tes réflexions sur mon frère pour toi, s'il te plaît.

Lennon(Johnqui?)
Merci, ma puce. Sois pas jaloux, Sawyer, toi aussi, un jour, tu seras sexy.

Scarlett(maispasJohansson)
Tu veux vraiment qu'on se batte à ce sujet, Lennon ? Vraiment ?

Sawyer(maispasTomnonplus)
AH AH AH. Autant te le dire, Lenny, tu n'as aucune chance contre ma Letty. Bon, trêve de plaisanterie, si vous ne vous ramenez pas dans dix minutes, je verrouille le portail et vous irez déjeuner ailleurs.

***Cruz(maispasTom)** a modifié le nom de votre groupe pour « Les Westwood et Sawyer qui a un taux de sexytude aussi élevé que celui d'un poulpe ».*

***Sawyer(maispasTom)** a modifié le nom de votre groupe pour « Les Westwood et Cruz la tête de nœud à l'ego fragile ».*

Lennon(Johnqui?)
Oh non, ça recommence...

••••

– Félicitations, mon frère, dis-je à Sawyer en lui donnant l'accolade.

– Merci, me répond-il, ravi. Scarlett et moi, on adore cet endroit, tu sais.

– Je vous comprends, elle est magnifique.

Tout le monde est réuni pour le premier déjeuner officiel dans la maison que Scarlett et Sawyer se sont offerte il y a quelques mois et dont les travaux viennent de se terminer. Dovie, Lennon et Voldemort, Eve et Cruz, Scarlett et Sawyer ainsi que Billie et moi, nous sommes tous là.

– Loin de moi l'idée de verser dans le mélodrame, mais… ça me fait bizarre que tu ne vives plus avec nous, mon frère, dit Cruz en posant une main sur l'épaule de Sawyer.

Ce dernier lui rend son geste affectueux… avant de lever les yeux au ciel et de lâcher :

– La maison est à moins d'un kilomètre du manoir, donc tu ne vas pas te débarrasser de moi comme ça.

– Eh merde… Lenny, change les serrures.

Au même moment et dans un geste parfaitement synchronisé, Sawyer et Cruz se font un doigt d'honneur.

– Vous n'arrêterez jamais, leur dit Billie en secouant la tête.

– Jamais, ma puce, lui répond Cruz avec un sourire goguenard.

– Oh, les filles, venez, il faut que je vous montre le jardin et la piscine ! s'écrie Scarlett, tout excitée.

Eve et Dovie s'empressent de la rejoindre. Billie, elle, prend le temps de déposer un baiser sur ma joue, et j'en profite pour pincer discrètement ses fesses.

– Arrête de la peloter devant moi, grogne Lennon, à qui mon geste n'a pas échappé.

– Oups, je lâche avec un sourire en coin.

– Espèce de salopard.

– Espèce de beau gosse.

Lennon lève un sourcil tandis que je hausse les épaules.

– Quoi ? Comme le dit si bien Selena Gomez, « tue-les avec de la gentillesse ». J'ai décidé de t'achever à petit feu en te complimentant.

– Oh, pitié…

Pendant un instant, nous discutons des nouveautés dans la vie de chacun. Après Sawyer et Scarlett, c'est au tour de Cruz et Eve de songer à investir dans leur petit nid d'amour. Eux aussi aimeraient trouver une maison qui ne soit pas trop loin du manoir : après tant d'années passées à vivre ensemble, nous éloigner les uns des autres semble inenvisageable.

En ce qui nous concerne, Billie, Dovie, Lennon et moi apprécions notre cohabitation. Alors, c'est vrai, il faudra bien un jour que nous prenions tous notre indépendance, mais pour l'instant, rien ne presse, et puis le manoir est notre foyer, il doit rester dans la famille. De plus, Dovie a récemment obtenu une proposition de la part du MIT, son ancienne université, pour enseigner aux étudiants. Et même si elle aime son job au GISS, elle prend très au sérieux cette demande de la doyenne. Elle reste attachée à la fac où elle a passé tant d'années. Si elle acceptait ce poste, elle se rapprocherait à nouveau de Cape Cod et viendrait vivre à plein temps avec nous, ce qui rend Lennon fou de joie.

Ce dernier profite d'ailleurs de l'absence des filles pour nous dire :

– Mes frères, il faut que je vous parle de quelque chose.

Nous nous tournons vers lui. Tout en jetant un regard en direction de Dovie, qui nous tourne le dos de l'autre côté de la baie vitrée, il glisse une main dans sa poche pour en sortir un petit écrin en velours noir. Il l'ouvre, et nous découvrons une sublime bague de fiançailles ainsi qu'une chevalière avec une obsidienne au centre.

– J'ai prévu de faire de Dovie une Westwood, nous annonce-t-il, ému.

– Lennon… je souffle, touché par son initiative moi aussi.

Sawyer et Cruz ne disent rien, ce qui est étonnant. Alors, surpris, nous les observons sortir à leur tour de leur poche le même genre d'écrin.

– J'ai prévu de demander sa main à Eve, déclare Cruz.

– Et moi à Scarlett, enchaîne Sawyer.

Waouh… c'est quelque chose.

Sans voix, nous nous regardons les uns les autres, quand je réalise que mes frères me fixent, suspicieux.

– Ah non, dis-je en levant les mains, aucune demande en mariage prévue de mon côté. En tout cas, pas dans l'immédiat. Billie vient d'ouvrir son cabinet de psychologue et on entend bien profiter de notre vie à deux avant les grands projets… mais ça viendra. Cela dit, pourquoi ne suis-je pas étonné que vous ayez eu tous les trois la même idée au même moment ?

Les triplés se contentent de rire pour toute réponse.

– Donc… trois mariages en prévision, hein, commente Lennon, amusé.

– On dirait le titre d'une comédie romantique, ricane Sawyer.

– Pour ça, il faut ajouter plus de drama, intervient Cruz. « Trois mariages et une rupture », ça sonnerait mieux.

– J'ai hâte de voir qui héritera du premier divorce, dis-je.

– Cent dollars sur Sawyer, lance Cruz.

– Tenu.

– Tenu.

– La ferme, bande d'abrutis !

Nous nous esclaffons, avant de reprendre notre sérieux lorsque les filles pénètrent à nouveau dans la maison – heureusement, les triplés ont déjà rangé leurs précieux écrins.

– Au fait, les garçons, commence Dovie, vous avez toujours prévu de vous rendre à Rochester dans deux semaines ?

– Oui, confirme Lennon, et ensuite, on passera le reste du week-end à New York avant de revenir ici pour préparer la rentrée à l'institut. J'ai hâte de voir ce que la nouvelle promo a dans le ventre.

– En parlant de Rochester, intervient Sawyer, j'ai reçu ce matin un coup de fil de la part de la mairie. Ils m'ont confirmé que la stèle ainsi que la pierre tombale de Victoria ont bien été installées.

– Je n'en reviens pas que votre mère biologique n'en avait pas jusque-là, je soupire en secouant la tête.

– Elle est morte en froid avec sa famille, explique Cruz. Personne ne s'est occupé de lui donner des funérailles dignes de ce nom. Elle méritait tellement mieux… On s'est chargés de lui offrir au moins ça.

Au cours de l'année écoulée, les triplés sont retournés plusieurs fois à Rochester, leur ville de naissance, pour en apprendre plus sur leur mère biologique. Ils nous parlent d'elle de temps en temps, mais jamais de Luke, qui croupit actuellement en prison, et c'est normal. La seule personne de leur passé qui vaille la peine d'être nommée, c'est Victoria.

Quand on y pense, c'est grâce à elle que nous sommes tous réunis aujourd'hui : si elle n'avait pas abandonné les triplés sur le perron des Westwood, jamais ces derniers ne seraient venus s'installer à Cape Cod… Jamais ils n'auraient adopté Billie à l'orphelinat, jamais je n'aurais rencontré Lennon au lycée, jamais ses frères et lui n'auraient embrassé la carrière de bodyguards qui leur a permis rencontrer leurs moitiés.

Notre histoire a commencé grâce au geste incroyablement courageux d'une mère aimante qui s'est sacrifiée pour ses enfants, pour leur donner une chance d'avoir une belle vie.

Et aujourd'hui, ils l'ont obtenue.

Balayant la pièce du regard, j'observe ces personnes que j'aime plus que je ne peux l'exprimer et je me réjouis de l'avenir qui se profile à l'horizon.

Parce que je sais que, peu importe à quel point la vie tentera de nous mettre à terre, nous resterons toujours les Westwood : un groupe d'individus qui ne partagent pas le même sang mais qui ont tous hérité du gène de la famille.

Face à l'adversité, ensemble, toujours.

FIN

REMERCIEMENTS

Ça peut paraître étrange, mais les remerciements, c'est peut-être l'étape la plus difficile pour moi, et je crois que c'est parce que ça signifie que ces mots sont les derniers que j'écrirai dans mon livre.

Je déteste les remerciements parce qu'ils signifient que la séparation est imminente et que le vide va bientôt m'emplir totalement.

Ici, je clôture *Bodyguards*, cette série dont l'idée est née une fin d'après-midi lors d'une conversation dont je ne me souviens plus exactement le sujet… Ce dont je me souviens parfaitement, en revanche, c'est le moment ou le mot « bodyguard » a surgi dans mon esprit ; l'instant d'après, Lennon s'imposait à moi. Plus tard, au fil des jours, il m'a présenté ses frères et j'ai accepté de me lancer dans cette aventure avec lui parce que je savais qu'il avait des choses merveilleuses à me faire découvrir.

Au cours de ces six dernières années, j'ai quitté de nombreux personnages, mais laisser partir les Westwood fera sans aucun doute partie des « au revoir » les plus difficiles. Cette fratrie hors du commun va me manquer terriblement et si je veux être tout à fait honnête avec vous, je n'ai pas envie de clôturer leur histoire… mais toutes les bonnes choses ont une fin, n'est-ce pas ?

Il est temps pour moi de remercier les personnes qui ont aidé à faire naître *Bodyguards*, et on commence par Camille, mon éditrice. Cette année passée à construire et déconstruire les Westwood a été l'équivalent de montagnes russes. La montée nous a parfois donné des sueurs froides mais la descente en valait franchement la peine. Chaque fois que je dois te citer dans des remerciements, j'ai envie de dire « on l'a fait, encore » et je me rends compte qu'à chaque nouveau projet, je ne doute pas une seconde qu'on y arrivera, ce qui en dit long sur la confiance que je te porte. Merci pour ta patience, ta disponibilité et pour prendre toujours le temps d'écouter mes idées et envies.

On remonte bientôt en selle, prépare-toi.

Merci à Camille la graphiste pour ses couvertures encore et toujours sublimes.

Merci aussi évidemment à Hugo New Romance pour avoir accueilli mes bodyguards et me faire confiance depuis maintenant six ans. On ne change pas une équipe qui gagne.

Merci également à mes proches, pour avoir été présents cette année qui a été pleine de bouleversements.

À mes parents et à ma sœur particulièrement : j'aime notre famille, notre conversation WhatsApp déjantée (merci de m'avoir laissé la nommer, quoique je ne vous aie pas trop laissé le choix) et j'aime surtout que malgré les changements que la vie nous impose, notre lien à nous ne change pas.

À Livia. Qui de jour en jour grandit et devient une petite fille incroyable. Je n'avais jamais imaginé qu'une relation marraine-filleule pouvait être aussi forte, mais le jour où tu as pointé le bout de ton petit nez, tu ne m'as pas laissé d'autre choix que de t'aimer… et depuis, je m'attèle à faire en sorte de tenir toutes les promesses que je te fais.

Enfin, un grand, un immense merci à tous les lecteurs et les lectrices qui se sont déjà procuré les trois premiers tomes, ainsi qu'à tous ceux qui me suivent depuis le tout début, comme ceux qui me rejoignent chaque jour.

J'aime échanger avec vous sur les réseaux sociaux, vous êtes si bienveillants et si passionnés. Merci d'être là.

Pour terminer, un merci particulier à mes personnages : Lennon, Cruz, Sawyer, Jaxon, Billie, Dovie, Eve, Scarlett et bien évidemment, Voldemort.

Votre famille est la mienne et vous faites partie de ma famille pour toujours.

NOTE

Vous voulez en savoir plus sur Austin et sa famille ? Ils ont été les héros d'*Après la tempête*, l'un des romans précédents de Laura S. Wild, également disponible chez Hugo New Romance. Les Seven n'attendent que vous pour vous livrer leur histoire… Découvrez-en le prologue dans les pages qui suivent !

DÉCOUVREZ UN EXTRAIT D'APRÈS LA TEMPÊTE

de Laura S. Wild

Prologue

RYAN

Atlanta, Géorgie.

Les vendredis soir sont synonymes de fête entre amis pour la plupart des adolescents de seize ans des États-Unis. Pas pour moi. Ce moment de la semaine est celui que je redoute le plus, celui que je déteste par-dessus tout, car il lance les hostilités du week-end. Deux jours interminables…

Le clapotement de mes bottes dans les flaques d'eau commence à m'exaspérer. Il pleut à seaux, la température avoisine les deux degrés et je serai chanceux si je n'attrape pas une pneumonie. Mes vêtements complètement trempés me collent désagréablement à la peau, mais je ne me mets pas à couvert pour autant. Je continue à trottiner pour arriver plus vite à la maison.

Chaque jour, je parcours dix kilomètres aller-retour à pied pour me rendre au lycée. La plupart du temps, je m'en tape, mais pas le vendredi.

Je cours un peu plus vite. La nuit est déjà tombée, ce qui signifie qu'*il* va bientôt rentrer et que le cauchemar va commencer…

Lorsque j'atteins la rue sinistre dans laquelle nous vivons, je repère immédiatement la voiture garée dans l'allée. Mon pouls s'emballe et je sprinte sur les derniers mètres, défonçant presque la porte d'entrée lorsque des cris me parviennent au travers.

– Lâche-le, Randy !

C'est pour éviter *ça* que, chaque vendredi soir, je fais en sorte d'être rentré avant *lui*. Malheureusement, aujourd'hui, j'ai été retenu au lycée par l'un de mes profs, qui m'a reproché mon manque d'investissement… Je savais que les minutes que je perdais étaient précieuses, je le savais… mais je ne pouvais rien faire d'autre que de le laisser terminer son sermon. Et j'ai eu beau courir la majeure partie du chemin de retour, j'arrive tout de même trop tard.

La scène qui se joue devant moi, je la connais par cœur, sauf que d'habitude c'est moi qui me retrouve traîné sur le sol, à la place de mon petit frère.

Austin, six ans, hurle de terreur, le visage rouge, les larmes noyant ses joues d'enfant.

– Ryan, s'écrie-t-il en m'apercevant. Ryan, j'ai peur.

En entendant mon prénom, la brute épaisse qui me sert de beau-père se tourne dans ma direction. Son sourire froid me fait frissonner, mais ça ne m'empêche pas de lui foncer dessus et de le percuter de plein fouet.

– Lâche-le, enfoiré, je hurle en essayant d'arracher le col du pull d'Austin de ses grosses mains.

– Te voilà rentré, petite merde ! réplique Randy avant de me coller un coup de poing dans l'estomac.

Le choc m'envoie au sol. En me tenant le ventre, je m'écrie en toussant :

– Ne le touche pas. NON !

Je me jette en avant, mais trop tard. Austin reçoit une violente gifle du revers de la main, et il chute lui aussi. Mon cœur se brise devant le spectacle de cet enfant innocent qui se recroqueville en position fœtale pour absorber la douleur et pleurer en silence.

Cependant, ce n'est pas ce qui me fait le plus enrager. Ce qui m'est le plus insupportable, ce sont les sanglots de ma mère. Elle se tient dans l'embrasure de la porte du salon, les mains couvrant son visage, et elle pleure à chaudes larmes sans pour autant esquisser un pas dans notre direction, sans essayer de venir en aide à ses fils qui sont en train de se faire tabasser par l'ordure qu'elle a épousée. Elle demeure spectatrice de toute cette violence et je ne comprends pas comment elle peut l'accepter…

– Que des bons à rien, grogne mon beau-père, ivre mort, comme chaque vendredi soir.

À l'écouter, il a des centaines de raisons de boire. Son travail qui le pousse à bout, ma présence ainsi que celle d'Austin, ma mère qui a cramé le repas, la météo, bref, absolument tout et n'importe quoi est une excuse pour se soûler et nous violenter.

Après la mort de notre père, peu de temps après la naissance d'Austin, ma mère, incapable de vivre seule, a rapidement refait sa vie. Il y a cinq ans que cet enfoiré de Randy est entré dans notre vie et bientôt trois ans que mon petit frère et moi sommes ses souffre-douleur. Parmi ses collègues, personne ne le soupçonne d'être un sac d'alcool violent. Avec eux, il se montre sous son meilleur jour et il se garde bien de faire le moindre écart. Mais quand vient le vendredi, il quitte son job plus tôt pour se réfugier dans un bar et boire jusqu'à se griller les neurones. Ensuite, il revient ici… et s'adonne à son activité favorite. Jusqu'à maintenant, j'ai toujours fait en sorte d'être son seul défouloir. J'en ai pris, des coups, j'ai reçu mon lot d'insultes et de menaces de mort. Au début, cela me terrifiait et j'étais désespéré par tant de haine à mon égard. Mais avec le temps, j'ai appris à ne plus faire attention à toute la merde qui sort de la bouche de cet enfoiré. Je me suis concentré sur mon objectif : être le bouclier de mon petit frère.

Ce soir, c'est la troisième fois qu'il lève la main sur lui, la troisième fois que j'échoue à le protéger.

La fois de trop…

La douleur dans mon estomac se dissipant un peu, je me redresse et prends Austin dans mes bras. Je monte à l'étage, chargé de son petit corps endolori, tandis que l'alcoolique s'égosille depuis le bas de l'escalier :

– Reviens ici, sale merde ! J'en ai pas fini avec toi.

Je m'enferme avec Austin dans la chambre que nous partageons. Il sanglote contre moi, dévasté.

– Hé, regarde-moi, lui dis-je d'une voix douce.

Ses épaules frêles se soulèvent rapidement. Sa lèvre inférieure fendue saigne à cause du coup qu'il a reçu et cette vision me donne envie de hurler.

– Je n'ai rien fait de mal, je te le jure, hoquette-t-il. Je suis resté bien sage et silencieux dans notre chambre comme me le demande toujours maman. Je ne l'ai pas provoqué.

– Je sais, mon grand, je sais. Ne t'inquiète pas, tu n'y es pour rien.

– J'ai mal, gémit-il.

Il se force à chuchoter de peur que quelqu'un d'autre que moi ne l'entende se plaindre.

– Ne bouge pas, dis-je en le déposant sur le lit.

Je me baisse et attrape sous le sommier la petite trousse à pharmacie que j'ai rassemblée au fil du temps. Je prends de quoi soigner Austin, puis je retourne vers lui. Ma gorge se serre quand je le vois combattre ses larmes et tenter d'étouffer la douleur pour ne surtout pas envenimer les choses avec le démon qui nous empoisonne l'existence.

– SORTEZ DE LÀ !

Mon frère et moi sursautons en même temps lorsque deux poings furieux s'écrasent contre la porte.

– Randy, je t'en prie, gémit ma mère.

– La ferme ! Dégage de là et va préparer à bouffer.

Comment peut-elle accepter de se laisser traiter ainsi ? Ça me sidère. Je sais qu'elle est terrifiée par son mari et qu'elle craint de se faire rouer de coups elle aussi, mais tout de même…

Dire que, depuis le début, tous les signes étaient là, devant ses yeux… Mais elle a préféré les ignorer. À peine ont-ils été mariés que Randy a commencé à lui imposer sa volonté, à la rendre dépendante de lui. Il lui a d'abord suggéré de quitter son emploi de réceptionniste, affirmant que son salaire suffisait largement à entretenir le foyer. Puis il a commencé à ne plus aimer les amis qu'elle fréquentait. Ma mère, aveuglément amoureuse, a petit à petit coupé les ponts avec tous ceux qu'elle connaissait. Enfin, Randy a décidé que nous devions déménager à plus de mille kilomètres de Dallas, où nous vivions auparavant… À partir de là, ma mère, financièrement et affectivement sous emprise, est devenue « l'épouse de… » et plus une personne à part entière.

En grandissant, j'ai tenté de lui ouvrir les yeux, en vain. La première fois que Randy a levé la main sur moi, j'ai cru que cela agirait comme un électrochoc sur elle, mais au lieu de s'interposer, elle a fui dans une autre pièce lorsqu'il a menacé de lui faire subir bien pire si elle s'en mêlait.

Bien sûr, un jour est venu où il a fini par s'en prendre à elle aussi.

Pas une fois elle n'a appelé la police. *Moi*, j'ai tenté d'agir. J'avais quatorze ans et ma mère venait de dévaler l'escalier après y avoir été poussée. Ce soir-là, j'ai appelé la police en cachette et une patrouille a sonné à notre porte. J'espérais tant que cela signerait la fin de ce cauchemar… Mais j'ai vu ma mère afficher son sourire des beaux jours, faire face aux policiers, leur dire que j'étais en pleine crise d'ado et que j'avais menti… C'est à cet instant que j'ai arrêté de lui faire confiance, à cet instant que j'ai arrêté de la respecter.

– SORTEZ ! continue de s'époumoner Randy derrière la porte.

Entre ses hurlements, les gémissements de ma mère et les pleurs de mon petit frère, quelque chose se rompt en moi, et je prends une décision radicale. J'attrape le sac à dos rempli d'affaires de première nécessité pour Austin et moi que j'ai préparé il y a quatre mois déjà.

Cela fait des semaines que je n'en peux plus d'encaisser sans rien dire. Dans ma tête, je suis prêt à cette éventualité depuis un moment : partir, quitter ce foyer malsain où règnent la haine et la violence…

Oui, dans ma tête, je suis déjà loin. Mais il est hors de question que je laisse Austin derrière moi. Il est ma seule famille, le seul pour qui je suis prêt à tout.

– Austin, écoute-moi, dis-je après avoir rassemblé d'autres vêtements dans un sac de voyage.

Je m'accroupis pour essuyer ses larmes et caresser ses cheveux noirs identiques aux miens, alors même que le fou furieux continue de tambouriner contre la porte.

– Écoute-moi, je répète pour obtenir l'attention de mon petit frère. On va s'en aller, d'accord ? On va partir d'ici tous les deux et ne jamais revenir. Tu veux bien ?

Sans hésiter, il hoche vivement la tête, puis il se jette à mon cou.

– Je ne veux plus rester ici, Ryan, pleure-t-il contre moi. J'ai trop peur. Et je ne veux plus qu'on me fasse mal.

Ma gorge se serre un peu plus.

– Je suis pas méchant, poursuit-il tout bas. Il dit que je suis méchant mais je sais que c'est pas vrai. Je mérite pas d'être puni tout le temps.

Si j'avais encore une hésitation, elle s'évapore à cet instant. Cet enfant mérite autant de bonheur que je peux lui en apporter.

Je lui dois une belle vie.

– Fais-moi confiance, tu ne seras plus jamais puni.

Je soulève mon matelas pour y récupérer le canif qui appartenait à mon père et que je n'ai jamais quitté.

– Mets-toi derrière moi, dis-je à Austin. Ne t'inquiète pas, il ne te touchera pas.

Les bras de mon frère se serrent autour de ma taille. Je suis prêt à parier qu'il ferme les yeux de toutes ses forces pour ne pas voir ce qui va se passer.

J'attends que les coups contre le battant se calment, puis je déverrouille doucement la porte avant de l'ouvrir violemment. Surpris, Randy recule et titube. Derrière lui se trouve l'escalier et je ne rêve que d'une chose : qu'il le dévale tête la première.

Alors qu'il retrouve l'équilibre, je pointe le couteau sous son visage.

– Fous-nous la paix, sinon je te plante, j'affirme le plus sérieusement du monde.

Mon frère se serre plus fort contre moi, et ma mère, debout à côté de son mari, me regarde avec de grands yeux.

– On va partir, je leur annonce. Austin et moi, on se casse et on vous laisse dans votre merde tous les deux.

– Non ! s'écrie ma mère. Tu ne peux pas emmener mon bébé.

Elle esquisse un pas dans ma direction mais je la menace avec mon arme elle aussi.

– Ton bébé ? Le même qui vient de se prendre une raclée gratuitement ? Celui que tu n'as jamais défendu et à qui tu demandes de rester enfermé en silence dans sa chambre pour ne pas faire de vagues ? Celui-là, de bébé ?

– Où crois-tu pouvoir aller comme ça ? crache Randy. T'es mineur et tu te trimballes avec un enfant. Tu ne tiendras pas un jour sans être ramené ici.

– Ne t'inquiète pas, je me débrouillerai. N'importe où, ce sera toujours mieux qu'avec vous deux. N'allez pas nous chercher ni prévenir qui que ce soit, c'est clair ? J'ai assez de preuves pour vous faire mettre en prison pour des années, alors si vous ne voulez pas que ça arrive, vous nous foutez la paix.

Sur ce, j'entraîne Austin avec moi au rez-de-chaussée. Je passe dans la cuisine et remplis un sac vide d'autant de nourriture que je le peux. Randy et ma mère débarquent sur mes talons, mais je les menace à nouveau de mon couteau. L'alcoolique, qui croit certainement que je bluffe, s'approche de moi, sa grosse main tendue en avant. Sans réfléchir, je lève l'arme et lui fais fendre l'air. L'enfoiré recule et crie de douleur en se tenant le bras.

– La prochaine fois, c'est dans la gorge, t'as compris ? je grogne.

Ma mère tente encore une fois de protester :

– Ryan, tu ne peux pas…

– Si, je peux, et je vais le faire, je réplique. Moi, j'ai l'habitude, maintenant, mais vous n'avez pas le droit de pourrir l'enfance d'Austin. Tu aurais dû dire la vérité à la police quand tu en as eu l'occasion. À présent…

Malgré la colère que je ressens à l'égard de cette femme qui a démissionné de son rôle de mère, une pointe de tristesse m'envahit alors que je m'apprête à lui dire mes derniers mots.

– Tu l'as laissé s'installer avec ses démons, je reprends. Et un jour… un jour, il t'emportera avec lui, maman.

J'attrape nos sacs puis je prends la main d'Austin. Je récupère les clés de la voiture de ma mère dans l'entrée et nous quittons la maison en trombe, mon frère et moi. J'ignore encore où nous allons : je sais simplement que je dois nous éloigner d'ici, et vite.

– Qu'est-ce qu'on va faire maintenant, Ryan ? me demande Austin quelques heures plus tard.

J'ai réussi à nous trouver une chambre dans un motel à peine salubre, et mon frère me paraît encore plus petit, assis au bord du lit double que nous allons devoir partager cette nuit. Je tente de me montrer aussi rassurant que possible en lui répondant :

– On va commencer par changer de ville, s'éloigner un maximum de la maison.

– Où est-ce qu'on va aller ?

– Est-ce qu'il y a une ville que tu voudrais découvrir ?

– Je ne sais pas trop.

Austin fronce les sourcils, puis il ajoute :

– Je crois que j'aimerais voir l'océan.

– Alors c'est là qu'on ira.

Je m'approche et m'agenouille devant lui.

– Je ne veux pas que tu t'inquiètes, d'accord ? lui dis-je. Plus personne ne te fera de mal. On va s'en sortir.

– D'accord.

Sa lèvre est encore gonflée. Je déglutis et embrasse son front.

– Je vais te préparer un sandwich, j'annonce en ouvrant le sac de provisions. Ensuite, tu essayeras de dormir un peu.

– Merci, Ryan.

Le regard triste d'Austin me serre le cœur mais je m'oblige à afficher une assurance à toute épreuve.

– Je suis content que tu sois mon grand frère, déclare-t-il avant de retirer ses chaussures.

Ma gorge se noue, mes yeux se remplissent de larmes, mais je garde le dos tourné, me concentrant sur la préparation du sandwich. Je sais que fuir était la meilleure des solutions, mais je sais aussi que l'avenir s'annonce sombre. Je suis encore un adolescent, et j'ai maintenant avec moi un petit garçon dont je dois prendre soin.

À l'extérieur, la pluie tombe, encore plus fort que tout à l'heure. Le vent se lève, sifflant bruyamment lorsqu'il s'engouffre entre les immeubles. On dirait qu'une tempête est en train de se préparer, et curieusement, je trouve cela réconfortant, raccord avec ce qui vient de se passer ce soir, avec la décision que j'ai prise.

En un instant, tout a été détruit.

Maintenant, il ne reste plus qu'à reconstruire.

N'HÉSITEZ PAS À SUIVRE LAURA S. WILD SUR SES RÉSEAUX SOCIAUX OU À LUI ÉCRIRE PAR MAIL POUR LUI PARTAGER VOTRE AVIS SUR SES ROMANS !

Instagram : laurawild10

TikTok : laurawild10

Facebook : Laura S. Wild

Mail : mywildworldlsr@gmail.com

RETROUVEZ L'ACTUALITÉ DE NOS SÉRIES NEW ROMANCE® SUR :

Instagram : @hugonewromance

TikTok : @hugonewromance

Facebook : @hugonewromance

Twitter : @hugonewromance

www.hugopublishing.fr

REJOIGNEZ-NOUS SUR :

www.festivalnewromance.fr
www.hugopublishing.fr